那双美丽的眼睛

「冰心散文奖」获奖作品精选

四川人民出版社

中国散文学会　编

图书在版编目（CIP）数据

那双美丽的眼睛："冰心散文奖"获奖作品精选 /
中国散文学会编. —— 成都：四川人民出版社， 2023.4
ISBN 978-7-220-13026-7

Ⅰ.①那… Ⅱ.①中… Ⅲ.①散文集-中国-当代
Ⅳ.①I267
中国国家版本馆 CIP 数据核字(2023)第 050814 号

那双美丽的眼睛："冰心散文奖"获奖作品精选

NASHUANG MEILI DE YANJING BINGXIN SANWEN JIANG HUOJIANG
ZUOPIN JINGXUAN

中国散文学会　编

出 版 人	黄立新
责任编辑	王　雪
责任印制	祝　健
出版发行	四川人民出版社(成都市三色路 238 号)
网　　址	http://www.scpph.com
E-mail	scrmcbs@sina.com
新浪微博	@ 四川人民出版社
微信公众号	四川人民出版社
发行部业务电话	(028)86361653　86361656
防盗版举报电话	(028)86361653
印　　刷	成都兴怡包装装潢有限公司
成品尺寸	170mm×210mm
印　　张	22.875
字　　数	200 千
版　　次	2023 年 4 月第 1 版
印　　次	2023 年 4 月第 1 次印刷
书　　号	ISBN 978-7-220-13026-7
定　　价	88.00 元

目录

第一辑

第二辑

第三辑

Chapter
01

第一辑

昆仑气脉

蒋子龙

公路像缎带，从西边天际垂挂下来，柔软地跃动着，油光闪闪。我们自下盘旋而上，想去看帕米尔高原的一个山口。据说电影《冰山上的来客》中那些惊心动魄、出神入化的山口，就是在这儿拍摄的。

一路上恍若在仙境中漫游，干燥的中午，突然看到前方出现一汪清水，仿佛是刚下过大雨，柏油路面还泡在水里。待你走近，水面又移到你更远的前方……或者在公路的一侧出现一片碧海，无边无涯，清波荡漾，海面上有清晰可辨的亭台楼阁，或雄伟壮观，或溢光流彩……

这一切当然都是美妙的幻象。由于我们并不在饥渴中，所以只看见了它的美丽，不觉得它是一种欺骗。只有你有所求的时候，欺骗才会发生。你最渴望的东西构成对你的最大诱惑，你的渴望就是你的弱点。

步入仙境是要无欲无求的。

这种感觉真好，就仿佛一步步离世俗越来越远，灵魂在一点点净化。能有这样一番体验，真是不虚此行。我甚至生出更大的奢望，若每年都能来一趟帕米尔高原，清洁身心，净化灵魂，该是多大的福分、多大的快乐？

一路上我没有看到一个行人，却看到路边有放置得很整齐的东西，一个包袱、一个鼓鼓囊囊的袋子，甚或是一件叠放着的羊皮袄，都用石块压着……向导告诉我，山上的牧人下山放牧，越走天气越热，便把用不着的东西放在路边。或十天半月，或一两个月，等到他们的干粮吃完了，回山的时候再一件件拿走。

我问："其他过路的人不会顺手牵羊地拿走吗？"

向导说："不会的，这是千百年来留下的风俗。"

好，果然神仙境界。也只有这样的风俗，才和如梦如幻的帕米尔相称。这让我想起在戈壁滩上第一次吃西瓜，以为可以不必像在城市里那么拘束了，西瓜籽可以往野地里随便吐，西瓜皮可以扬手就投得远远的，不想主人跑过去把我丢弃的西瓜皮捡回来，扣放在路边。并解释说："这是规矩，扣着可以尽量保持西瓜皮的水分，万一后面有遇到意外断了水的人，西瓜皮也可解一时之急。"

好规矩，我此生都不会再忘记戈壁滩上这个吃瓜的规矩。新疆是个好地方，不知道还有多少这样的好规矩？

越走山越高，气温也越低，阳光从雪峰上折射下来，感受到的不是温暖，而是袭人的寒气。在一个绝妙的转弯处向导停下来，向我们讲解道："这儿的角度最好，可遥望昆仑山。"

真是灵境仙台，眼前地脉断绝，但见横空千里，清光炫目。阳峰雪崔嵬，阴崖冰堆玉，"烟霞深护万千重，天上风云起卧龙"，果然是神仙世界。

难怪这里会成为中国神话的发祥地，顾颉刚先生就将中国神话分为两大系统，一是昆仑神话，一是蓬莱仙话。而昆仑神话又保存最完整、结构最宏伟，是中国远古神话的精华。《史记·禹本纪》载："昆仑其高二千五百余里，其上有醴泉、瑶池。"

于是，昆仑山在中国神话中就成了"百神之所在"，而瑶池的西王母，则是中国神话中最有影响的女神。

"凌空恍得青云路，回头悠悠觉自然。"我们完成了一次神仙游，下得山来已是皓月悬空，耳边似又响起清人施补华的《疏勒中秋》："眼中一明月，正映昆仑墟。心中一明月，乍出东海隅。两月本一月，心眼抑何殊……"

乘月色我们进入喀什——南疆的经济文化中心，也是去过一次就让你再也不会忘记的地方，却又很难准确地概括它的魅力。因为喀什是神秘的，又是现实的。

你未到喀什，喀什是现实的。它作为一种常识，让你可感可知：南依喀喇昆仑山，北接天山山脉，东临塔里木盆地，西靠帕米尔高原，喀什正好处于欧亚大陆的中心地带。再加上有高山融雪汇成的喀什噶尔和叶尔羌河，凡山麓和河流流域都水草丰美。因此，喀什理所当然地成了古代中国通往中亚的"丝绸之路"的要站。既充溢着浓郁的异族情调，又弥漫着"唐家风雨汉家烟"……

喀什又是新疆唯一的一座中国历史文化名城，有被流行文化演绎得神奇曼妙、令人心向往之的香妃墓、阿巴克霍加麻扎伊斯兰古墓群，以及中国最大的伊斯兰礼拜寺——艾提尕尔清真寺……但是，当你真的走近喀什才会感到它的神秘和古老，很难真正了解它。

喀什早在公元二世纪就是西域三十六国之一的疏勒国首府。随便一个院子里的随随便便的一棵无花果树，就可能已经生长了三百年；冰川流经的地方，桃树都存活了至少有五百年；那些老杏树已说不清活了有多少年，道边常见的极其普通的胡杨，却能"生而不死一千年，死而不倒一千年，倒而不朽一千年"——生生死死，就是三千年！

南疆的时间，几年、几十年、几百年就如同一瞬。历史在这里显得格外沉凝厚重，你站在喀什，仿佛就站在历史之中。因此，谁又能真正说得清，历史里还掩藏着多少不为人知的秘密？喀什仿佛在述说着南疆历史中的神秘情境，站在这里伸手就可以触摸历史，闭上眼睛可以和历史对话，睁开眼睛便又回到现实之中。

历史即是现实，现实宛若历史……

历史本来就没有结局，每一个结局都是新的开始。所以，喀什又是崭新的。

山 路

红 尘

旅行是没有终点的，故行者永远都在路上。

这是我们走上山路的第四天，我们每天行走的时间是由太阳来决定的，日出之时我们整装出发，日落之时我们止步歇息，而为了安全起见，绝不赶夜路。

在喜马拉雅山脉，山路都在山脊上的，山脊的中轴连着所有海拔超过 7000 米的山峰。通常人们看着地图，就可以轻轻松松地周游世界，或者动一下食指、刷一下微信，就可以把人间的绝世美景一览无余，但很少有人会想到，那些在地图上标出来的大大小小的地点，那些在巴掌大的手机上遗世而独立存在的极地，其实在我们身处的真实世界里，却有着无数的艰难险阻。

从安纳普尔纳山区一张比例尺为 1：125000 的地图上看，每天摆在我们面前的路程只有几厘米，犹如微尘与萤火，在眨眼之间就可飞逝而去，但要想最终抵达喜马拉雅王国的山顶，却需要日复一日的长途跋涉。

吉鲁丹达的清晨凉风扑面，已有两个背夫在帮一个美国女孩捆绑硕大的背包。

我看了看手腕上的卡西欧光动能登山表，表上显示的海拔高度是 1750 米，这意味着今天的整个行程，都将是悲催的"up，up"上坡了。我所知道的一个成年人正常行走的步幅大约在 65 厘米，即每走一大步的距离为 0.65 米，一段 1 公里的路程，大约需要走上 1538 步。在柯南道尔的小说中，神探福尔摩斯能够通过一个人走路的步幅，推算出其身高与习惯，从而把嫌疑人圈定在他的神机妙算之中。我想如果我要完成 220 公里的 ABC 全程，大约需要走上 33 万步之多，真正的万步长征、万里征途呀，不知福尔摩斯可否也给我这个最不善走路的驴友下个神秘的论断，看看我到底是个什么样的人?！或者预测一下，我走的每一小步又有何意义?！

通常在一个宿营地，会遇见来自不同国家、不同年龄的徒步者，由于每个人每天的脚程不一样，体力、快慢不一样，因此在早上一起出发的徒步者，是很难在傍晚时再次相逢的，故无论是来寻求佛教的教化与熏陶的朝圣者，来进行异国情调探险的旅行者，来体验和感受艰苦的第三世界生活的灵修者，还是用脊背行走的背夫，用脚印丈量山径的山民，人生仅此一个时刻、一个时段同路，于是我们每个人，都加倍地看重这百年才能修来的一起走路的时光，在开满了野花的小路上，继续着我们的足迹，走着我们没走完的路程，写着我们没写完的故事。

而我发现，很多时候人生就真的如同是一场徒步旅行，让身体与心灵经历一次苦行的锤炼，也在不知不觉之中，修行亦修心。如果你是一个喜欢品味过程的人，那么旅途的长度、难度对你而言，就根本算不了什么。

一条路的感恩与承诺

一离开吉鲁丹达，就是一大段又陡又漫长的上坡路，其垂直高度差为 500 米，鱼尾峰那剪羽型的完美双面，优雅地高耸在群山的皱褶之上，仿佛伸手就可触及，但要到达那里，却又是何其艰难。我只能仰望着湛蓝的天空，一步一步地向上，嘴里呼哧呼哧地出着粗气。

在小路上大约每隔 2 公里的路程，就会看到一个用干石堆砌起来的石台，这些石台的形状呈矩形或四方形，约 3 平方米大、1 米来高。石台一般都有两层，第一层的高度恰好齐到腰部，便于把背包、背篓等放置在上面歇气，人也可以很舒服地靠在上面或躺在上面小憩一会儿；第二层是个面积更大一点的平台，可以在上面堆放大型的货物，或做野餐。向导比格姆说这种石头平台叫"chautara（曲榻拉）"，是尼泊尔古老的休息地，有的石台已经沿用了上千年。

尼泊尔的道路蜿蜒曲折，高低不平，这给步行者带来了极大的困难。为了缓解旅途中的疲劳，各地的尼泊尔村民自发修建了成千上万个曲榻拉，供行路的人卸下行李歇歇脚，它们有的在冠盖如云的菩提树荫下，有的在陡峭山脊的垭口上，许多曲榻拉的所在地还是古印度神庙的遗址，而在每个村口的曲榻拉，则是乡村生活的焦点。

石台的中央，通常有棵印度榕树或菩提树，树根深深地扎入石头与杂草之中。菩提树有一种特殊的宗教含义，因为佛陀便是在菩提树下悟道的，故它常被种在寺庙周围或石台上。过往的行人常在这里停留，坐在树荫下面乘凉、歇气、休息，舒服地睡上一觉，互相聊聊天，做上一顿简易的午餐。而村里的人，则在这里聚会、聊天、做生意或举行宗教仪式，有的背夫在这儿打听家乡的信息，或许也是最后的消息，有的徒步者在这儿了解前方旅途的路况。

有一次，几个在石台上晒土豆干的女子看着我说："Sherpani，Sherpani！"她们把我当成了长着杏眼、脸颊宽大、颧骨高耸、皮肤棕色的夏尔巴女子，那是尼泊尔高海拔地区的本地藏族人。能得到当地人的认同，我很开心，说明好几天以来的暴晒，让我这个有 1/4 蒙古族血统的女子，看起来已经和一个本地女子无异了。

每个曲榻拉看起来都像一个热闹的乡村俱乐部，或生动的咖啡平台。佛教和印度教中讲因果报应的法则，所以那些一生都在山路上行走的山民，无论是穷人还是富人，都会倾其所有，齐心合力地修建一座石台，并把它视为一种改善因缘、供奉山神的途径，种下福报、奉行众善的喜舍——我则把它称为一个超可爱的"欢乐小站"。

走在山路上，偶尔还会看见一两座微型的白色石塔，长满青苔的塔基上，刻有某个人的名字，塔尖上插着一束野花。最初我以为是供奉山神的小神龛，走了好多条顺畅、铺满石板的小路后，才知道那是纪念捐路者的墓碑。

印度教徒死后实行火葬，会将骨灰毫不保留地抛撒进圣河，或山溪里，不留一点痕迹。而只有那些修了很长一段石梯路，或开辟了很远一段山路的捐献者去世后，人们才会在小路的中央，为他立上一座墓碑，而墓碑的方向，则永远朝着他们崇敬的雪山。

走上那些布满青石、洒着淡淡阳光和淡淡花香的美丽山路时，不由得会很感激那些少年时、青年时、壮年时、老年时一直都在这条路上跋涉着的山民。喜马拉雅的地理环境与崇山峻岭常常意味着异乎寻常的艰难生存，但尼泊尔人却用一生的爱恋和意愿，崇敬着那些将他们分割开来的山脉、河流和峰峦，即使消失了、死亡了，也要成为一块铺路的基石，或一处遮阴的石台，他们把浪漫的心事与不变的忠诚，全都沉淀在了坎坷、崎岖的路上，而那是他们对一条路的一生的感恩与承诺。

一颗糖的甜蜜与重量

攀爬上 2210 米的错姆龙时，已是上午 10 点，我们在这里买了一壶热水，坐在石台上很"腐败"地吃了几块奥利奥饼干。错姆龙是安纳普尔纳山区最后一个永久性定居点，有 800 多名古荣族的村民。这座面积辽阔的村庄有 15 家风景绝美的客栈，家家户户的露台都面朝着安纳普尔纳南峰、赫育楚里峰与鱼尾峰三座雪山，我想就赖在此地，风花雪月地老去，而向导比格姆说我们才走了 ABC 全程的一小半。

在石台上，我们遇见了两个中国女孩，我没想到她们竟然在上海的图书馆里读过我的一本关于尼泊尔的书——《梵香》。当有人在喜马拉雅的小路上，看着你的面孔，惊呼着你的名字时，我想那是我这个旅行作家最荣耀与最喜悦的时刻。

世界上的道路有数亿条，犹如浩瀚的星辰，但人们却会因为旅行而千里相逢，也会因为旅行而照亮着彼此的心灵，温暖着不再陌生的路程。现在我明白，我的命运就是旅行，或者更恰当地说，旅行就是我的命运，我的归宿，人一生中最美的时光其实永远都是在路上的。

离开错姆龙，再往前走，就不会再有自然的村落了，随后宿营地的位置和客栈的数量，都是由安纳普尔纳峰保护区项目办公室（ACAP）来决定的，徒步者搭设帐篷的地点也是由ACAP来严格指定的，同时ACAP还严禁在海拔2000米以上的区域使用木材来烧火，只能用煤油或液化天然气罐来烹饪食物，禁止在错姆龙以上的神山、圣地杀戮动物和售卖肉食，因此，错姆龙是你能够最后享受到一餐炸鸡或牛排的口福之地。

尽管错姆龙是河谷里最高的一个人类居住地，但牧羊人却会在夏季驱赶着成群的绵羊和山羊，去到保护区里海拔更高的山地放牧。在下完150米油亮发光的石梯路后，我们来到了水声咆哮的错姆龙科那，小心翼翼地走过那座架设在1860米高的吊甩甩的索桥后，我们又沿着一片长满了竹子、杜鹃花树和橡树的丛林继续往上攀爬。

中午时分，在半山腰提切的一家迷你客栈，吃了第一顿没有鸡肉的素餐达尔巴。午餐跟周围的空气一样清淡，我觉得好像根本没有吃过东西一样，依然感到饥饿和头部缺氧，在抬头的一瞬间，我看见一个很小的男孩从远远的牧羊人的帐篷外，像飞鸟一样向我俯冲了下来。

他冲下来看见我的时候，递了一片小小的树叶给我，然后他就用细细的声音说道："Sweet！"在海拔2000米以上的地带，能够看见的村庄和人烟已经越来越稀少了，这个牧羊的小男孩一路狂跑下来，原来他是想向我要一颗糖。

我马上晃动着手说："No candy，no candy（没有糖、没有糖）！"

那一刻，我就是一个来自都市、很善于自保的那种人。在向导的背包里，我们带着少量的巧克力和奶糖，但由于我们要在山里跋涉十几天的时间，那些糖无疑是我要在缺少食物的高海拔地区补充能量和体力，甚至是缺氧时救命用的，故我显得非常吝啬，本能地说出了"没有糖"。

小男孩把树叶放在我的手心里后，很失望地站到了小路的边上，那一刻，我瞥见了他眼中正在熄灭的些许光亮。

我们继续悄无声息地往湿努瓦方向跋涉。这时，走在我身旁的比格姆兄弟说到，他在8岁之前，几乎都没有穿过有型有款的衣服，也没有去过博卡拉的城镇，但有一次，一个徒步者给了他一颗糖，他就把那颗糖用绳子拴住，玩了 3 天，最后才恋恋不舍地把那颗糖吃掉。

当比格姆轻声向我讲述他小时候的故事时，我的心里充满了羞愧，我第一次知道，一颗糖在喜马拉雅山区孩子们的童年生活里，是多么的记忆深刻和难忘呀。当那个小男孩向我要糖时，他不是说的"candy"（一种很正式、很书面的关于糖果的说法），他说的是"sweet"，他说的是关于糖的一种甜蜜、芳香、愉悦的味道。

在有的旅行手册上，总会提醒游人不要轻易地给贫困地区的孩子糖果、钱币等，认为这样会养成他们乞讨的习惯。我想，这只是我们在现代文明熏陶下的一种僵硬、固有的思维。在我们今天的城市生活里，即使有人请你吃山珍海味，你都不会觉得有多美味的时候，如果一颗糖，可以让一个孩子形成那么美好的感觉、那么美妙的记忆，而我为什么竟要如此吝啬和自私呢?! 竟然连一个微小的甜美都舍不得送人呢?!

佛陀在两千年之前曾说："你所给予的最终都会回到自己的身上。"在 11 天之后，当我再次进入喜马拉雅时，我精简了能够扮靓的花花绿绿的衣物、相机的镜头和登山装备，而是带了足够分量的糖果，我自然而然地就会与路上相遇的牧羊人的孩子、垭口上遗世而独居的木屋里的女孩坐在阳光照耀的曲榻拉石台上，分享着一粒粒的糖，那时我和孩子们一样觉得，糖是天底下最好吃的东西，他们吃糖时缺牙咧嘴、闪闪发亮的笑容，永远都装在了我的心里。

当我最终仰望到喜马拉雅 8 座 8000 米以上雪山的日出时，我想如果没有那些向导和背夫的帮助，几乎很少能有徒步者能够完成伟大的喜马拉雅之旅的。而同样，那些不断长大的山地孩子，又会带着他们如甜心般美好的性情和忠诚的品质，一代代地成为登山者们最有力、最可靠的援助者。

本文节选自中国旅游出版社 2020 年出版的《珠峰鼓手》

黄河三日

王昕朋

隆冬时节，我沿黄河入海口的东营市向上，经滨州、济南二市，进行了3天的考察。3座城市，风格不同，内涵也不同，但深植于黄河文化中的一种不懈追求的精神是共同的。

鸟儿乐园

黄河三角洲湿地公园位于黄河入海口的山东省东营市，一踏上这块土地，心灵便受到深深的震撼。

一望无际，再望仍然无际，已经发黄的芦苇荡虽然不像春夏时节那样绿浪翻滚、气势磅礴，也不像深秋时节那样芦花飘雪、银装素裹，但金碧辉煌、波澜壮阔的景象，显示出一种成熟之美、广袤之美、雄性之美。

陪同考察的东营同志自豪地说："黄河三角洲湿地公园1992年建设时只有187种鸟类，这几年增加到370多种，充分说明生态保护取得了明显成效。近几年我们东营有句口头禅，叫作'环境好不好，鸟儿最知道'。"

突然，一位同行惊喜的叫声吸引大家把目光投向窗外。只见一排排类似电线杆的水泥杆顶端，挺立着一只只大鸟，羽毛有黑有灰，嘴很长且笔直，外形极像白鹤。它们有的曲颈像在眺望，有的低头像是凝思，有的扭头仿佛在等待。东营同志告诉我们，这种鸟叫东方白鹳，是国家一级重点保护野生动物，在全国有2500—3000只。湿地公园自2005年到2017年底累计成功繁育937只，成为中国最大的东方白鹳繁殖地之一。2010年中国野生动物保护协会授予东营市"中国东方白鹳之乡"称号。

"电线杆子怎么看不见电线?"一位同行好奇地问。

"您再仔细看看杆子上边有什么?"东营市同志笑着说。

"鸟巢!"车上的人异口同声回答。

据介绍，东方白鹳对生态环境的要求相比其他鸟类更加苛刻。它们喜欢在干扰少、环境好、食物丰的地方栖身，还有一个特殊爱好是在高大的乔木或电线杆上筑巢。但在电线杆上筑巢，其粪便会腐蚀电线，也威胁其自身安全。为此，东营人就在湿地上竖起一排排形似电线杆的水泥杆，供它们筑巢繁殖。他们诙谐地称之为东方白鹳的"安居房"。

一般来说，冬季来临之前，鸟类会成群结队地南迁。但现在已是隆冬，不仅水泥杆上可见栖息的东方白鹳，水边、草地、沼泽地甚至一片片湖面上，随处都能看到各种鸟儿，有的在潇洒地散步，有的在恣意地啄食，有的在快乐地追逐嬉戏，有的在旁若无人地私语……

一阵鸟鸣声在耳畔响起，仰头望去，只见空中一群体态优雅、全身洁白的丹顶鹤在盘旋，时而绕着圆圈，时而列成一字线，仿佛是在做一场激动人心的空中飞行表演。

"过去，东营是鸟类的国际机场、中转站。这些年生态环境越来越好，在这儿过冬的鸟儿越来越多！"东营市同志说。

"环境好不好，鸟儿最知道"，这不仅是东营人的口头禅，亦是东营人的一种精神追求，东营的一种标识。同时，它也应当是新时代的一个缩影！

一城湖光

我们进入滨州时，已是华灯初上时分，那一栋栋伟岸的商业大楼、一排排规整的居民大楼灯火通明，楼下悠然散步的人们，以及沿街饭店窗口显现的身影或笑脸，能让人们感受到这座城市繁华的气息、暖暖的温度。离市中心越近，空中、地面上的灯光越发明亮，风格也不时变幻，忽而嫣红如霞光，忽而发绿似绿波，忽而金光闪闪像金秋的稻穗，忽而五彩缤纷如节日焰火……"这霓虹灯真漂亮！"我感叹。滨州的同志告诉我："这是湖光和霓虹灯光交相辉映产生的效果。"

我留心看了一下，发现车子驶过的沿街两旁，不时就出现一片明镜似的湖泊。那些湖泊有大有小，有长有方，但错落有致，布局工整，一看就知道经过科学规划、精心设计。霓虹灯光在湖面上留下一道道快乐的身影，而湖水则反哺似的把光芒折射给霓虹灯光，相互交融、相互辉映，灵动地编织着这座城市七彩的夜空。

第二天在滨州城考察时，我发现这座城市里大大小小的湖泊星罗棋布，与湖泊相连的几乎都是一座园林。滨州同志告诉我，建设黄河之滨生态园林城市，保护黄河生态，是几届市政府的一种共识，他们坚持绿色发展，把生态环境质量逐年改善作为区域发展的约束性要求，纳入考核体系。通过多年努力，全市建成108座园林72座湖泊，几乎遍布每条街道，荣获全国水土保持生态环境建设示范市场、中国优秀旅游城市、国家园林城市等荣誉称号。

"一城湖光一城秀，一城园林一城福"，这是滨州这座黄河之滨城市留给我的美好印象。

小推车

在济南黄河之滨的黄河文化展览馆里，一幅旧照片吸引了我的目光，这是 20 世纪 50 年代山东人民治理黄河时推着小推车爬坡的场景：一群衣衫破旧的人们，奋力推着堆成小山状的淤泥，沿着陡峭的河坡向上艰难地行进。长长的车队，在古老的黄河河道上犹如一条气势磅礴的长龙。

这张照片似曾相识。我想起，在淮海战役纪念馆里也有几幅小推车的照片，只不过场景是战场上，小推车上堆的是粮食、弹药等物资。天空可见尚未散尽的硝烟，脚下可见炮火留下的弹坑。不同的时代背景，不同的场景、人物，小推车上装载的货物也不同，但有一个共同之处，都是用小推车这种运输工具在改天换地。

这种木制的小推车，只有一个轮子，靠人来推，就是这样的一辆辆小推车，推出了中国革命抑或说世界战争史上的奇迹。淮海战场上，几十万辆小推车日夜兼行，长驱千里，运送着战场上需要的物资，陈毅元帅曾充满深情地说："淮海战役的胜利是老百姓用独轮小车推出来的。""他们用小推车把革命推过了长江。"

中华人民共和国成立初期，山东省包括北方广大地区的人民群众，推着小推车投身祖国建设，黄河文化展览馆里这组照片就是真实的写照。

岁月更新，时光留痕。如今，小推车作为一种传统的运输工具已进入历史博物馆。我们在山东农村考察时看到，马路两边停放的是汽车等现代运输工具。但是深深地根植于黄河文化之中、深深融入山东人民血脉之中的那种坚忍不拔、不怕牺牲、甘于奉献、赤胆忠诚的"小推车"精神，依然在齐鲁大地传承并不断发扬光大，小推车"吱呀吱呀"的历史回声，在北方大地久久荡漾，如同未来在召唤。

古道上的阳光

杨　杨

　　八十多年前，有一个弥散着几分缥缈气息的名词——云南，在长沙市内外成为一个热词。那个时候，几乎每个白昼，甚至到了深夜，一群年轻的大学教授和学子们，都会在嘴里、心里和梦里纠缠着这个名词。而在之前的岁月里，他们对云南知之甚少，要么仅仅听说过而已，要么偶然在书中相遇，一切的一切，都宛若一个遥不可及的地理传说。也许有人知道，在不可一世的汉武大帝梦境里，那是神话一般的彩云之地，让他终生魂牵梦萦。但对于三国时代的诸葛亮来说，那却是偏居一隅的不毛之地，他虽曾亲历此地，可留给他的记忆却是一生的畏途和种种险境。

　　事实上，这群年轻的大学教授最熟悉的地方却是巴黎、罗马、伦敦、纽约，他们大多数是从那些地方留学归国，最能谈论和欣赏的是法国诗歌、意大利音乐、德国哲学和美国电影等，他们一直蜗居在北京、天津的大学里，过着"假洋鬼子"一样的生活。

可是，残酷的现实突然粉碎了他们最优雅的日常生活，那些像魔鬼一样的日本侵略者，凶恶地扑向他们最美丽的城市，侵占了他们的家园，炸毁了他们的大学，他们被迫带着中华文化的种子，颠沛流离地来到祖国南方一个较为宁静的城市——长沙。可是，在他们"顿足"之时，日本侵略军的铁蹄从北方向南方踏来，大片国土沦陷，仅仅在两个多月前由北京、天津迁到长沙的清华、北大、南开三所大学，刚刚组建了一所"临时大学"，不得不匆匆做出一个无奈而悲壮的决定，告别长沙，继续往西南方向转移。

长沙临时大学的"教育长征"开始了。他们分三路向彩云之南靠近。第一路是梅贻琦校长和大多数教师、家眷、女同学和一部分男同学，沿粤汉铁路从长沙到广州，然后由广州、香港乘船到越南海防市，再由滇越铁路乘火车到昆明。第二路由冯友兰、朱自清等十位教师负责，从长沙坐火车到广西桂林，再换乘汽车途经柳州、南宁，过镇南关（今友谊关）到越南河内，最后也顺着滇越铁路到达昆明。

第三路是由师生组成的"湘黔滇旅行团"，从长沙出发，跨越湘黔滇三省，翻过雪峰山、武陵山、苗岭、乌蒙山，徒步到云南昆明，选择这一路的学生共 245 人，他们全是经过严格体检之后，身体条件较好的男生，一律身着黄色军装，戴着军帽，打着绑腿，穿着草鞋，佩戴着"湘黔滇旅行团"的臂章，背着水壶、干粮袋、搪瓷饭碗和自购的"菲菲牌"油纸伞。走在这支队伍之间的，有清华的闻一多、李继侗，北大的曾昭抡，南开的黄钰生、黄子坚等 11 位老师。他们于 1938 年 2 月 20 日出发，4 月 28 日抵达昆明，历时 68 天，平均每天走 30 多公里，总计步行 1300 公里。这是一次名副其实的"文化苦旅"，也是一次"诗意"的求索和探险。他们经历了雨雪冰雹天气，在农舍地上铺稻草过夜，与鸡鸭、猪牛陪睡，闯过山林、雾谷、匪区，渡过激流险滩，几乎每一天都险象环生，惊心动魄。但闻一多教授对学生们说："你们是天之骄子，应看一看老百姓的生活。"所以在"旅行"中，许多学生开始用心观察老百姓的生活。每过一地，有的访贫问苦，调查民情，有的留心收集各种资料，有的写日记，有的采集植物标本，有的调查沿线的地质地貌和矿产分布。他们近距离地观察和感受到了众多少数民族的言语、服饰、风俗，他们捡到了一些形如卵石的金黄色矿石和寒武纪三叶虫化石，他们看到瘦弱的儿童、背盐的妇女、流浪的人们。当然，他们也看到了许多美不胜收的风景，每当那个时候，他们的心情就很复杂，一方面感到"山草才经新雨绿，夕阳红处绽桃花"，另一方面又感到大好山河已遭侵略者的践踏而"破碎"，因而发出"国破花犹泪，月残猿也惊"的感慨。这样的旅行对年轻学子来说，"感觉如同经历了几个国度"。

一些学生在出发前就成立了"歌谣采集组"，聘请闻一多先生任指导老师。闻一多说："有价值的诗歌，不一定在书本上，好多是在人民口里，希望大家到民间去找。"其中有一个名叫刘兆吉的同学竟然在途中采集了 1000 余首民歌，平均每天采集 15 首。最后精选出三分之一，分为"情歌""儿童歌谣""抗战歌谣""采茶歌""民怨""杂类"六类，编辑成《西南采风录》一书。其中有几首是夹杂着"异质"的"惊世骇俗"的民歌，如："要想老婆快杀敌，东京姑娘更美丽；装扮起来如仙女，人人看见心喜悦。同胞快穿武装衣，各执刀枪杀前锋。努力杀到东京去，抢个回来做夫人。"又如："斯文滔滔讨人厌，庄稼粗汉爱死人，郎是庄稼老粗汉，不是白脸假斯文。"有的教师觉得这些歌谣"庸俗、低级"，有损"风雅"，而闻一多则借题发挥，发表了非常精彩的见解，他说："你们说这是原始，是野蛮，对了，如今我们需要的正是它。我们文明得太久了，如今人家逼得我们没有路走，我们该拿出人性中最后最神圣的一张牌来，让我们那在人性的幽暗角落里蛰伏了数千年的兽性跳出来反噬他一口。打仗本不是一种文明姿态，当不起什么'正义感''自尊心''为国家争人格'一类的奉承。干脆的是人家要我们的命，我们是豁出去了，是困兽犹斗。"后来，联大的许多师生对这些民歌民谣"甚感兴趣，竞相索观"，有的甚至说这是现代的"诗三百"。

当他们走过湘西的蛮荒之地，进入贵州之后，一路上可见的是层峦叠嶂，云遮雾罩，阴雨迷茫，风景异常单调。但是，当他们一脚踏上云南的土地之时，就如同走进了"滇南胜境"，眼前豁然开朗。他们看到了一大片平原，阡陌纵横，层层麦田翻起金黄色的波浪，间或有些油菜和蚕豆，也似乎散发出即将成熟的气息。土地的颜色也发生着变化，由深灰色变成了红色。山间是起伏变化的白云，与身边一排排墨绿色的尤加利树和树后那一片片色彩各异的田地，相互映衬，宛如一幅幅天然版画，更显得云南天空大地的深厚与美丽。陈达在《浪迹十年》中写道：远远的山头上露出了一片阳光，渐渐地展开，金黄色向我们这边延长……很快阳光就投射到师生们的身上了，他们感到了从未有过的温暖和舒畅，突然有人喊出了一个清脆的声音："我们到云南了!"紧接着，大家都欢呼起来："我们到云南了! 我们到云南了!"

这就是师生们亲历的云南第一道风景——一种不同寻常的阳光。他们似乎觉得云南的天空中存在着某种不争的事实——

此处的阳光与别的地方的阳光有着许多不同之处。好像这片古老的土地与太阳签订了某种协议，让阳光以一种独特的姿态、色彩、温度和力量来亲和大地的肌肤，让每个有机会进入这片土地的男女老少，都能产生种种难以形容的美妙感觉，而且没有人会对自己的感觉无动于衷。那就是，大家都会因为这里的阳光而深深发出一声惊叹："云南的确是个好地方！"

师生们如释重负，顿时活跃起来了。每个人说起话来，声音里都好像包含着春天的气息。而且，他们越接近昆明，阳光一刻好过一刻，每一分钟都让他们从变化的阳光里领悟到微妙的感觉。在他们意识里，前面就是一座在艳阳天下生机勃勃的城市，深深地吸引着他们向它靠近。即便后来几天又遇到连绵阴雨，但他们常常把"昆明"和"阳光"这两个迷人的词汇联系在一起，从它们之间寻找一些逻辑关系，暗自把昆明视为一座"阳光之城"。他们似乎感觉到了来自宇宙的光热与一座美丽城邦之间存在着一种必然而神秘的关系。

是的，生活的意义是从陶醉和梦想开始的，而太阳给世界、给人类带来了光和热，带来了果实和鲜花。同样也给这一群"在路上"的大学师生带来了希望、信心、快乐和梦想。在他们看来，太阳是世界的"眼珠"，是他们看得见的最伟大的圣灵。它注视着我们，滋养着我们。他们也把最真诚、最明亮、最悦耳的"赞美诗"献给它。

在梦想的诱惑下，昆明仅凭"阳光之城"这一点有别于北京、上海、哈尔滨、乌鲁木齐的"异域情调"，就可触动师生们的心灵，更何况他们日常生活中最需要体验的内容之一，就是来自阳光的"温暖"。在他们匆匆奔赴昆明的路上，他们已明白一个"真理"——在中华大地上，再也找不到一个像昆明一样的阳光如此新鲜、温馨、虚幻的城市了。

节选自云南人民出版社 2019 年 1 月出版的《大学之光——行走在云南深处的西南联大》

西峪，昌平的桃花源

余森华

浪迹昌平二十多年，自以为对这里是再熟悉不过的，也因此莫名多了一重身份，偶尔客串一把研究乡土的文化人，东拉西扯的，跟乡亲们漫谈那纵横的沟壑，那叠翠的群峰，还有那山水里的往事烟云。

可惜，我错了，错得一塌糊涂。那是去年的秋分时节，缘于工作，意外闯入崔村镇的西峪村。我不曾听说西峪，因而便蒙了。当车子拐过狭窄的山口那座小桥的时候，无论如何也猜不透西峪到底是个啥样子。进村的柏油路在沟谷的曲折里，不知所终，似乎消失了。左右的山峰伟岸着，绿的衣裳已然褪去。穿行在谷底，光秃的柿子树，迎着秋风，像不停搓着双手的木讷汉子，静静守候在那里。高挑的树上，缀满了金灿灿的柿子，仿佛老街上一盏盏点亮的红灯笼，急不可待的，盼着年的到来。几只喜鹊振翅高飞，掠过枝头，才唤醒我无尽的遐想，颇有陶渊明笔下"缘溪行，忘路之远近"的意境。

七拐八拐，晕头转向的，才见到一栋红色的建筑，门口立着"两委"的牌子。迎面走来的村干部陈月琴女士是这般的清秀和干练，她得知我们的来意之后，径直当起向导，带着众人向村里走去，一路相伴，娓娓道来。

一条街，顺着溪流蜿蜒而上。漫步在沟旁，坎下蹿上来的树冠，抻出一个个偌大的柿子，俏皮得很，好似扒着门缝往外瞧的孩童，露出羞涩的面孔，笑迎远方的来客。大家的脚步忽而有些凌乱，乱得原地转圈儿，远的近的高的低的，环顾着，环顾着接受这悄声的问候，真是美了醉了，心里全然丢了工作的念头。

这崖上啊，层层叠叠，错落着依山而建的农舍，周遭依旧是那些不知厮守了多少年的柿子树。紧凑的空间，民居照着山坡的凹面排开，突兀在高高垒起的院坝上。精美的石头会说话，细心留住了岁月的斑斓。仰着脖子张望，映入眼帘的大爷，坐在门口的石墩上冲我们喊，"来逛逛"，浑厚的声音落进刚刚冒泡的烟圈里，飘忽不定的，宛如一幅迷人的版画。房前屋后的一块块菜地，巴掌大小，随意的几垄小葱，散出浓浓的乡土气息。小溪的对面，树梢里隐着一户人家，白墙黑瓦，院门虚掩，满是南方水乡的范儿。

一路上坡，略微有些喘，但那沿途的景致，却挡不住追求美的执着。如同《桃花源记》里的武陵人，"复前行，欲穷其林"。这一刻，陈干部拦下我们说："再往前就进深山老林了，上面有原始的橡树林，还有佛斋寺的遗址。"我万分惊喜，佛斋寺，忙问什么年代的？可她也不甚明了，稍显遗憾。于是，步履姗姗，原路折返，挥挥手，再挥挥手，作别那一片梦幻的橡树林。

回村的路上，陈干部说西峪的四季都很美，春天桃花、夏天碧水、秋天红叶、冬天飞雪。他们是新换届的一拨人，眼下正盘算着怎么挖掘村里的"聚宝盆"，"打包"做一个主题，发展旅游，让更多的游客知道西峪、爱上西峪，也富裕村里的百姓。她讲得兴致勃勃，我听得乐不思蜀。好嘛，难能的是心动，可贵的是行动，心行合一，有什么不可能呢？一切皆有可能。

出了村，她不忘叮嘱，多来几趟，眼见为实。我诺诺应下。

回得家来，翻阅资料，佛斋寺，确有其事。不过，没有旁的记载。倒是写着因为寺院的缘故，很久以前的西峪叫佛斋峪，该是先有寺后有村的吧！再者，书上也说，西峪绵延几里地，沟深林密，早年又叫黑沟。我想，里面的故事定能不少。如果下一番功夫，又能帮上一丁点儿的忙，那该多好。

时隔数月，我并没有忘记承诺，糟糕的是新冠肺炎疫情突然来袭。战"疫"打响，大伙儿更忙了。西峪还好吗？他们的梦想有进展了吗？那里的山桃花盛开了吗？我反复追问自己，怯怯地拿出手机，微信联络陈干部。末了，她发来好多照片。哦，莫不是我掉进了"桃花源"，不然哪儿来的"忽逢桃花林，夹岸数百步"。这里岂止是百步？是千步，是万步，是漫山遍野的粉嘟嘟！

捧着照片，放大了看，缩小了看，百看不厌，真是"艳"福不浅。若说漫山遍野，一点也不为过。蓝天白云下，陡峭的山梁，势如惊涛拍岸，卷起山花的波浪，似烟又似雾，化作轻盈的舞步，扑面而来，可谓分外妖娆，令人倾倒。近了看，枝头的花朵紧紧相拥，绽放在阳光里，白里荡着红，红里漾着白，衬着水灵灵的花心，像那会说话的眸子，唤出黛玉般的甜甜笑容。

"欲把西湖比西子，浓妆淡抹总相宜"，这西峪恰是别样情……

西峪的秋，我来了；西峪的春，我也算来过了。等待夏天，遥望冬天，我再来，再来看西峪的新模样！

本文发表于 2020 年 5 月 8 日《检察日报》第七版"绿地"副刊

第
一
辑

鹿泉的流年之约

聂虹影

  参加全国百名文化记者"多彩鹿泉"采访活动抵达鹿泉时，已是万家灯火的夜晚。

  鹿泉乃冀之古邑，千载沧海桑田走过，夜色中的鹿泉尽显妖媚，星星点点的灯光蜿蜒曲折连成线、连成串、连成面，暖黄、油绿、火红、湛蓝、淡紫……照亮了边边角角，温馨中有浪漫，幽静中显神秘。第一次踏上这座千年古城，却莫名地亲近，只因，这是我老班长牛俊虎的家乡。于是，从军之初与鹿泉相关的故事拂去岁月的烟尘，从记忆深处鲜活走出。

  34 年前，满脸稚气的我初踏从军路。三个月新兵集训结束后，我和另一个叫红的女兵被分配到通讯排话务班。话务班在办公楼二层的东南角，话务班隔壁是载波班，那时候通信不够发达，电话是人工接转，需要 24 小时值守。载波班负责保障通信畅通，技术含量比话务班要高。

下连不久就是春节，军营里弥漫着浓浓的节日气氛，这些对于身为新兵、首次离家在外过年的我们，难免会勾起思乡情愫。

大年初一晚上，营区礼堂有场慰问演出，文化生活相对匮乏的年代，这是难得的新年大礼包。除个别官兵客串外，大部分节目都出自部队文工团，能现场观看演出，该是件多么令人激动的事情。老兵们除了演节目的就是看节目的，作为刚刚下连的新兵，值班的任务就落在了我和红身上。那个夜晚，办公大楼里除了值班的，都去礼堂看演出了，长长的走廊一片漆黑。窗外万家灯火，零零星星的烟花璀璨着夜空，此起彼伏的鞭炮声令我们更加怀念家的温暖。红刚说了句我想妈妈了，我们俩就抱头痛哭起来，那一刻全没了革命军人的形象。这时，隔壁载波班的牛班长走了进来，一看我俩这阵势，赶忙安抚说："想家了吧？别难过，新兵时都是这样过来的，时间长了就好了。"他接着说："你俩赶快收拾一下去礼堂看演出吧，载波那边没啥事，我来替你们值班。"幸福来得太突然，我和红一时反应不过来。"赶紧去吧，演出要开始了，听说还有大腕歌手演唱。今晚大家都看节目电话不会多，我一个人忙得过来。"看我们还傻愣着，牛班长又催促道。我和红连忙给牛班长敬了个军礼，转身向礼堂狂奔。

此后再见到牛班长，就多了一份亲近。身处同一个连队，工作的交叉也很多，每次和牛班长对班，处理完业务上的事情，他都会和我们多聊两句，关心一下我们的工作和生活。二十世纪八十年代，军营新老兵等级分明，老兵很少和新兵啰唆，牛班长的关心让我们感到无比温暖。聊天时牛班长常常和我们提到他的家乡河北鹿泉，牛班长提及他的家乡时语气中满满的自豪，他说获鹿古城已有 4000 多年的发展史，就连河北省会石家庄也曾是它所辖的一个小村落。战国时称石邑，隋朝改为鹿泉县，唐朝改称获鹿县，以后又称镇宁州、西宁州，明清又恢复获鹿县建制，就这么叫来叫去，名字被修改多次。牛班长告诉我们，古时的获鹿就是通燕赵、连三晋的货物集散地，素有"日进斗金的旱码头"之称。

鹿泉，顾名思义，一定是个有鹿有泉水的地方，好诗意的地名！牛班长给我们讲了与地名有关的两个传说，一是汉朝大将韩信外出狩猎，发现一只白鹿，一路狂追搭箭急射时，却发现鹿突然不见了，而箭却射在石头上。他走上前去拔下箭时，一股泉水喷涌而出。后人根据这个传说，把泉取名为白鹿泉，此地便得名"获鹿"。第二个传说讲的是唐朝天宝十四年十一月初九（755 年 12 月 16 日），身兼范阳、平卢、河东三地节度使的安禄山，以"忧国之危"、奉密诏讨伐杨国忠为借口在范阳起兵。当时国家长久刀枪入库、马放南山，民疏于战，河北州县立即望风瓦解，当地县令或逃或降。短时间内，安禄山就控制了河北大部郡县。唐天宝十五年（756年），因安史之乱鹿泉县改名为获鹿县，始有"获鹿"一称，"鹿""禄"谐音，意即擒获安禄山之意。牛班长的一番描述，令我们对那个叫作获鹿的地方，充满了遐想和向往，牛班长邀请我和红找机会一定去他的家乡看看，他说上学时他最喜欢历史，如果我们去了，他会是个非常称职的向导。

我们下连后的来年深秋，牛班长复员了，那一批走了百十个老兵，聚是一团火，散是满天星，来自五湖四海的老兵，家乡不同车次也不同。当时的交通工具主要依托绿皮火车和长途汽车，有些车次还是后半夜，所以老兵退伍那几天，留队官兵几乎昼夜不眠。每一次送别都是全连列队，锣鼓喧天，军号齐鸣，向老兵敬礼、握手、拥抱，挥泪告别，大家都挺伤感的，认为此一别，就是一生。那个落叶萧萧的季节，我和红哭红了双眼。牛班长是最后一个离队的，尽管之前牛班长一直宽慰我们"来日方长，后会有期"。但真正到了分别时刻，他还是没能控制住感情，泪流满面，记忆中定格的牛班长，就是穿着摘下领章帽徽的旧军装，从车窗里探出身子，流泪向我们挥手告别的样子。

脱下军装回到家乡的牛班长，常常写信过来，依然关心着战友们和老连队的建设发展，也讲些他的近况。牛班长因为在部队表现优秀加上专业特长，被安排在县邮电局工作，第二年春天，牛班长结婚了，对象是同村的青梅竹马，在部队时牛班长钱包里一直夹着准嫂子的照片，但都是独自欣赏，不给我们看，结了婚的牛班长终于很大方地寄来了他和妻子的合影。嫂子很漂亮，穿着大红的上衣，背后是太行山脉的葱绿。随信寄来的除了照片和喜糖，还有两编织袋香椿芽，一袋新鲜的，一袋是被盐浸过的。班长委托我们把喜糖发给战友们，分享他新婚的甜蜜。编织袋的香椿转给炊事班，他怕新鲜的寄到后捂烂了，特意撒上盐腌了一些，腌好的存在冰箱里吃半年都没问题。班长在信中说，他停薪留职了，和妻子承包了一个小山头开荒种树。他说，家乡的红油香椿在峪里梯田尽享春风雨露，曾是皇家贡品，味道独特，寄点过来让战友们尝尝鲜。

那段时间，食堂早中晚都会有与香椿有关的菜或主食，餐桌变成了"香椿宴"，香椿酱、香椿拌黄豆、香椿炒鸡蛋、炸香椿鱼、香椿虾皮烧豆腐、香椿煎饼、香椿花卷，大家品尝美食的同时，也感受着牛班长浓浓的战友情谊。牛班长说他承包的山地除了香椿树之外，还有核桃树、柿子树、枣树。他在信中说，明年就有收成了，战友们探家时可以拐过去，到他的小山头看看风景，品尝下果实。牛班长的一番描述更令我们对那个叫获鹿的地方无限向往，我和红相约，等明年这批下连新兵业务上能独当一面了，我俩一起休假，去看看牛班长。

心愿还没来得及实现，我就收到了军校的录取通知书，8月底，背着简单的行李告别老部队奔赴军校。我走后不久，老部队就接到了撤销的命令，顺应裁军大潮，大部分人员都转业复员了，保留下来的业务骨干统一迁往北京航天城。没有了老连队，我们就好像断线的风筝、无根的浮萍，心里没着没落的。战友们各奔东西了，毕业分配至其他军种的我，一直是高频率快节奏的工作生活，加上当年通信不发达，渐渐和战友们包括牛班长都失去了联系，再也没有机会去看看他的山头，品尝一下他的劳动果实。

鹿泉采访的日子里，深切地感受着这个千年古城厚重的文化底蕴和淳朴的民风民俗，联想到牛班长的敦厚朴实，与这块土壤的浸润渗透有着密不可分的关系。鹿泉于我而言，一直是个美丽的传说，当年"香椿宴"那份沁人心脾的香，一直飘荡在记忆中，不曾消散。从河北同人口中获悉，牛班长的家乡谷家峪如今已有3000亩香椿树，成为旅游胜地，香椿作为主打产品，加工后远销全国各地及海内外。

尽管已是隆冬，我脑海中依然涌现了大片大片的绿，仿佛看到数万棵挺拔的香椿树在山坳中、在春光里，依风而立，如列队的士兵般齐刷刷冒芽吐苞，采天地灵气，吸日月精华，令人襟袖带香浸入肺腑。我仿佛又回到了30多年前的老连队，坐在话务班听牛班长神采飞扬地介绍他的家乡。仿佛又坐在了老连队食堂里，品尝着来自鹿泉的"香椿宴"。光阴荏苒，岁月带走了许多记忆也淹没了许多记忆，但总有些东西会刻骨铭心，不经意间就穿越时光隧道扑面而来。

鹿泉采访，我践行的，是跨世纪的流年之约！只是，烟尘隔岸，淡陌离殇，青春早已不再，并且永远也回不来了！

本文刊载于 2020 年 6 月 30 日《中国移民管理报》国门副刊

灵运了这一方山水

陈桥生

瓯江在这里轻轻地拐了一道弯，不再一意向南，而是绕过古城一路东流入海，把南岸留给了温州城，北岸便是今天的永嘉县。

瓯江水量丰沛，水势平缓，似乎象征着温州的沉稳与低调。温州，以气候温和而得名。然而，温和的绝不只是气候。还有这方山水，以及养育的这一方人，以及"天下温州人"展现给世界的无处不在的温润的气质。

房间偌大的落地窗，正如一个画框，将整个江面以及两岸的风光框成了一幅天然的山水画。山色空蒙，水光潋滟，林立的高楼错落有致，玉带似的水面仿如美人颈项间佩戴的珠链熠熠生辉，又如其善睐的明眸，美艳绝伦。日出日落，更为这方山水涂抹上千般妩媚，万种风情，这不是一幅已经完成的画作，而是无时不变幻随时给你惊喜的流动的画轴。每当华灯初上，灯火闪烁绵延，又为这道明眸勾勒出格外分明的眉线。只需泡上一杯茶，静静地坐在窗前，看窗外阴晴变幻，感悟着山水间的眉目传情，顾盼流光，已经不是欲把西湖比西子，而是直把瓯水作美人了。

在江心，是一座小洲，那便是江心屿。从高铁站过来的路上，经过东瓯大桥时，猛然间便看到了去往江心屿的指示牌。马上想到谢灵运的《登江中孤屿》诗，但我不敢相信，这真的就是诗中的江心屿。来到永嘉，为的就是追寻谢灵运的踪迹，但猝然而遇，还没来得及醒悟过来。从手机上搜索出这首诗，似乎也难以找到可辨认的痕迹，于是便没再去追究。

江心屿正对着下榻的酒店，在其后的两天时间，我无数次凝视过她。"乱流趋正绝，孤屿媚中川。云日相辉映，空水共澄鲜。"诗中的空灵意境，也曾得乎我心。如果说瓯江是美人佩戴的项链，那江心屿便是项链上的那颗钻石吊坠"海洋之心"；如果说瓯江是美人善睐的明眸，那江心屿便是那"白水银里养着的黑水银"。但我终于没能认识她，要直到匆匆离去时，才懊悔已经完美地擦肩错过。"蒹葭苍苍，白露为霜。所谓伊人，在水一方。溯洄从之，道阻且长。溯游从之，宛在水中央。"苦苦追寻，已在眼前却又茫然未识，多少事如此令人懊悔！

其实，也许无须懊悔。两相凝望，或是另一种体认。也是一座孤屿，应该就是谢灵运度过人生最后数月时光的岛屿，就在我生活了二十年的广州城，近在咫尺，曾无数次地徘徊或凝望，却依然无法获得哪怕多一点点的认识。

永嘉的江心屿，在 1600 年前，抚慰着诗人惆怅不平的心情，带给他豁然开朗的艺术与人生启悟。"水长而美"是永嘉，在故乡山水的感召下，身为永嘉太守的谢灵运，获得了内心的相对安宁，于是从诗人的心中，从楠溪江水中，从江心孤屿上，汩汩流淌出中国的山水诗。

然而，当他历经十年时光的沉沦，从永嘉走向遥远的岭南，来到广州城河南的这座孤屿时，等待他的已经不是山水的愉悦与慰藉，也不是诗人的激情与感发，而是"诏于广州行弃市刑"的人生悲剧。

谢灵运徙赴广州，及其后人近二十年的居所，位于何处已无从确考。但今天珠江南岸的中山大学校址所在地名为康乐园，旁有康乐村、客村，不免让人以为即是康乐公（谢灵运，小字客儿，故称谢客，封康乐公）曾经活动居住的所在，不然如何解释这个名字偏偏集中出现于此地呢？

只是，行色匆匆的人们，再无心去追寻一位覆灭者的踪迹。再熟悉不过的地名，天天挂在嘴上，甚至朝夕相处，却没有人去理会它的由来，更不会将之与这位大诗人联系在一起。异乡岭南实在不是他的福地，不像永嘉之于他，处处相看是妩媚。

这位陈郡谢氏的公子哥，在朝时汲汲以求，却碌碌无为，一旦外放到了始宁、永嘉，不但灵运了这一方山水，而且开拓出山水诗的崭新境界，成为山水诗鼻祖。一位温州的同行告诉我，谢灵运已经成为永嘉最深远的文化品牌，现在很多的雅集，都指定要以永嘉的绿水青山为舞台，放歌于山水间，娱情于天地中。

百丈瀑，堪称楠溪江一绝。一道飞瀑从百米高崖泻出，如白绫千尺，银河倒悬。瀑旁三面合围，崖壁直立，望之恰似大玉甑的纵切面，明王叔果诗赞曰："玉甑倚云敧，飞泉百尺垂。"那个秋日的夜晚，我们列坐瀑底潭边草地上雅集，云淡风寒，水声激激，月色溶溶，缥缈迷蒙。舞台上巨型的 LED屏，流淌着楠溪江上、瓯越山水的无限风情，有崇山峻岭、茂林修竹，又有清流激湍、舴艋翩翩……著名表演艺术家瞿弦和先生就和着这山水清音，倾情演绎著名的《兰亭集序》。也曾无数遍诵读这篇美文，却从未获得过如此强烈的感遇。"向之所欣，俯仰之间，已为陈迹，犹不能不以之兴怀，况修短随化，终期于尽！古人云：死生亦大矣。岂不痛哉！"面对山水胜景，油然而起的却是人生终期于尽的无穷感慨，闻听之下，几近泪下。也许，只有置身于这方山水间，才能感动于如此怀抱与寄托。

然而，上天终究是钟爱这方山水的，送走了王羲之，又迎来了谢灵运，等来了孟浩然。

"借问同舟客，何时到永嘉。"来自各地的游客们，在雅集中用不同的方言演绎着同一个心愿，如天问般的声音，一遍又一遍，在山谷之间回旋荡漾。

此文刊于 2018 年 12 月 18 日《羊城晚报》

第一辑
......

西戈壁晒秋

龚培德

一

那时节，秋天的西戈壁是最富有色彩的。

不要说田野上的庄稼各显收获的沉甸，就是晾晒在西戈壁每家屋顶、院落的各种蔬菜，也都成为这个紧临准噶尔盆地古尔班通古特沙漠边缘很能炫耀的风景了。

晒秋是在立秋之后。

这是有原因的。立秋之后，靠近沙漠的西戈壁早晚温差有10多度，此时的阳光如一位温厚的老人，慈眉善目，不似夏日脾气暴躁，从早到晚都灼人，所以此时晾晒的干菜品相最好，红的透红、青的靛青、绿的翠绿。

而为什么西戈壁要晾晒干菜？这是这个地方漫长的冬季储存冬菜的特有方式。西戈壁这地方属于天山北坡，从当年的十月底至第二年的"五一"之前，在长达半年的时间里几乎见不到星点的绿色。而人们饭桌上吃的菜，除了每家每户菜窖里储存的大白菜、土豆、青萝卜外，还有的就是立秋之后晾的干菜、酱菜和腌制的各类咸菜、酸菜、泡菜。

西戈壁能晾晒和腌制的蔬菜品种很多，连队菜园子里种的所有蔬菜都可以拿来腌制和晾晒。最常见的是秋天大田里间苗时拔下来的白菜苗，家家户户都会用架子车整麻袋地拉回家，讲究些的人家会用清水洗净后挂在铁丝上晾晒，家里劳动力少，大田地里的活干不完的人家会随意地散放在苇席上，只要散散地铺开不捂着就行。这些看上去不起眼的白菜苗，到了冬季只需从屋外端进来一盆雪水浸泡，不多时就会显示出原有的样子，无论是炒、煮、炖，或用来蒸包子、包饺子、下面条，都会显露出冬季难见的青翠。

晒辣椒是必不可少的，勤快些的人家用线绳穿起来一串串挂在屋檐下，嫌麻烦的人家用刀一破两半直接铺在苇席上和床单上，只需几天的阳光，即便是带些青颜色的辣椒也会变得通红，成了这片褐黄的土地上最抢眼的颜色。

黄瓜、苦瓜、葫芦、茄子，都可以晾干成片。

花菜、长豆角需要在开水锅里焯一下，这样晾晒出来可以保持原有的本色。

而对孩子们来说，最喜欢的是大人们晾晒的甜瓜干。大田的瓜园子罢园了，许多人家都会背上几麻袋甜瓜蛋子，女人们会利用晚上的休息时间，将这些甜瓜蛋子削皮、切成瓜牙子，然后挂在晾衣服的铁丝或者红柳条上，经过白天的阳光和夜晚的露水，半个月后当这些瓜片萎缩成小拇指般粗细的干条条时，人们就将它们取下来放入筐子，挂在家里的屋梁上存放起来（如果不挂起来放在高处，贪吃的孩子们随手可取的话，用不了几天便会被他们全部填入肚皮）。这些甜甜的瓜干是冬季连队孩子们最渴望和最期盼的美味。

雪里蕻、芹菜和莲花白晾晒不是要把它们变成储存的干菜，而是为腌菜所用，因为这几种菜水分多，如果不晾晒而直接撒上盐入缸，保不准还没熟，这一缸菜就坏了。这都是有前车之鉴的，万万不可省略。至于用韭菜、芹菜裹着辣椒、豆角、莲花白和香菜混搭，那是女人们腌菜时不同的花样。

蔬菜晾晒根据需求时间长短不一。

在西戈壁连队，家家户户的房前或屋后都有一个长约三四米、宽约一点五米、深度不少于一点五米的菜窖。冬天再冷菜窖也会保持一定的温度和湿度，利于蔬菜的保存和保鲜。而菜窖储存的基本上就是老三样：大白菜、土豆、青萝卜。大白菜、土豆、青萝卜在入窖前也是需要晾晒的，不仅晾晒的时间需要更长，而且要不停地来回翻腾。大白菜因为含水量太多，自打过霜从地里拉回来，就一棵棵摆在墙角晒太阳，一直晒到西戈壁第一场雪落下。大白菜入窖时大地已封冻，即便是菜叶子上有些冻伤也不碍事，此时放入菜窖最宜，入窖太早，窖内温度过高，很容易捂烂，而在大地冰冻之时入窖，依靠菜窖湿温的呵护，冻伤的大白菜渐渐苏醒，用西戈壁人的话说，就是慢慢缓过来。

二

连队的女人大都是晒晾的好手。

由于地处沙漠边缘，这儿的太阳不仅毒辣、粗暴，就是风沙也能把人脸打得生疼，因此一年四季，这里的女人几乎都用头巾裹着脸。不同颜色的头巾也成了晒秋的图画。

女人们会根据自己腌制蔬菜的需求进行晾晒，而且在心底暗暗较劲。连队职工吃饭大都是端个碗聚在一起，女人们这时就会把最拿手的美味呈现在自家男人的碗里。不说是试比高低吧，说是一种心理攀比自然一点也不过分。

这里的女人来自全国的四面八方，她们的男人是响应党建设边疆的号召从家乡到这里开荒、种地的，等这儿有了一定的生活基础了，男人就会把老家的婆娘孩子接过来。也有单身汉在这里苦干了几年，口袋里有了钞票，连哄带骗的也领了一个鲜灵灵的媳妇，从家乡来到了这里。

因为来自不同的地域，女人们在腌制蔬菜方面的口味也完全不同，有的偏辣，有的偏咸，有的偏酸；腌制的家什也不同，有的用盆，有的用铁桶、木桶，也有的用罐头瓶子，可谓十八般武艺皆派上用场。

我小时候最爱吃的是我们家隔壁邻居罗姨腌的泡菜。罗姨是四川人，她的丈夫是连队的木工师傅，那时连队玻璃器皿很少，最多的就是连队商店里的罐头瓶子，而连队唯一能改善改善生活的也只有罐头。也不知罗姨从哪儿搜集来那么多的罐头瓶子，她家的窗台下，一层层地垒了好几层，一数有好几百个，她就用这些罐头瓶子腌泡菜。罗姨腌的泡菜很好看，透过玻璃可以清晰地看到里面装有豆角、辣椒、姜片、萝卜、香菜等，红白黄绿各类蔬菜显得那样清爽，还没打开瓶盖就令人嘴馋难抑。西戈壁农场的梁场长有次临时下连队检查工作，因为过了吃饭点，食堂也没准备什么菜，食堂大师傅和罗姨是老乡，便向罗姨要了一瓶泡菜给梁场长下饭，谁知梁场长当即被这泡菜所迷，不仅一顿饭吃完了一瓶泡菜，而且还吃上了瘾，临走专门到罗姨家讨要两瓶带回场部。梁场长说这是他这辈子吃过的最好的泡菜。

罗姨的泡菜为什么让人过口不忘？谁也搞不明白。连队也有几个四川女人，她们做泡菜也是一把好手，味道也不错，可只要和罗姨的放在一起，总觉得口感缺少点什么。这几个女人不服气，认为罗姨腌制的泡菜好吃，是因为存有老汤水。罗姨便很大方地每人送了他们几瓶汤水，回家之后她们用罗姨的老汤水加工泡菜，虽然口感有所进步，但依旧没有罗姨腌制的招人味蕾。有人不信这个邪，在腌制泡菜时专门到罗姨家中，看她如何下料、封盖，回去之后照本宣科地按步骤进行，但依旧无法相比。问罗姨究竟是什么原因，罗姨也只是淡淡一笑并不回答。问的多了，罗姨谦虚地说，哪有什么秘密哦，大家腌的菜都不差，一样的好吃哟。

多年后母亲告诉了我罗姨腌制泡菜为什么好吃的秘诀。母亲说罗姨的泡菜为什么与众不同，关键是她用的盐不同。我们西戈壁人腌菜都用的是当地盐湖生产的盐，而罗姨用的是她千辛万苦从四川老家探亲时背回来的自贡井盐。要知道那时候火车才刚通到乌鲁木齐，从四川到乌鲁木齐路上要走好几天，从家乡回来大包小包，谁不嫌重会背上一袋子盐呢？而背盐这种事情罗姨是不会明说的。因为背回来的盐少，给了这家不给那家，连队的人还不都得罪了，所以罗姨闭口不谈盐的事。罗姨之所以后来没忍住告诉母亲这个秘密，一来是母亲这个人嘴紧不会轻易说出去，二来是母亲冬季腌制的是大缸咸菜，不需要张口向罗姨讨要井盐。

三

母亲的家乡徐州这块土地自古和战争结上了缘。因为战争频繁，民风彪悍，自然没有闲时打造精美的食物，好战之地的人对口中之物也便没有了那般的挑剔。煎饼、黄豆酱（盐豆子）、大葱是那个地方人们填饱肚子的标配。因此母亲从家乡出来，尽管扔掉了许多可以携带的物件，但为了嘴巴和肚皮的需要，她仍是不顾父亲的劝阻，背着一个 20 斤重的鏊子，从几千公里的大运河来到了这天山脚下的西戈壁。

西戈壁原本就是一大片戈壁滩，虽然缺绿色，但不缺柴草，母亲的铁鏊子摊出的煎饼大受人们的喜爱。想想食物的演变也非常神奇，就那么一勺面糊糊，在母亲用一个薄薄的竹片灵灵地转动下，眨眼之间一张张比脸盆还大的圆圆的煎饼就送到了嘴边。而吃煎饼最大的好处是在里面可以加很多的菜，常见的是辣子炒小鱼、炒河虾、炒鸡蛋之类，可以在菜和煎饼之间进行最完美的组合。母亲摊煎饼最令我们向往的是在每年的"五一"之后，第一场细雨湿润了土地，露出地面的韭菜在微风的荡漾下旺旺地显示出娇嫩。母亲会把当年的第一茬韭菜和头年晾晒的辣皮子切碎，撒点油和盐将它们拌在一起。她首先将鏊子上摊好的一张煎饼取下后放在箕子上，然后又摊上一张，在第二张完成定型之后，就将拌好的韭菜馅迅速地摊了上去，这样两张煎饼就合在了一起。这种类似韭菜盒子的煎饼，由于在鏊子上快速受热成为焦黄，吃起来格外香脆。母亲将这两张合起来有馅的煎饼称之为"哈"，以表这种食物形态的完美。在连队围着母亲看她摊煎饼的人很多，母亲从来不吝啬，她将"哈"好的煎饼用刀分成若干，让围观的人品尝。

母亲晒秋主要任务是做她的三缸酱，用她自己的话，没有酱怎么能过日子呢。

第一缸是辣椒酱，在连队菜园子里，母亲会挑选那些几乎全身都被晒成紫红或褐红的辣椒作为主料。她将这些辣椒洗净在阳光下暴晒，直到没有一点水分的时候，再把辣椒和姜蒜一起剁碎。在用刀剁的过程中，母亲都会不时撒上一些盐，撒盐的辣椒会渗出水分，母亲就用纱布把这些水统统挤掉，然后分别装了几个盆子放在透风的地方。母亲会用高粱秆编的箅子，白天掀开晚上盖上。而每天下班之后，她会用红柳棍在盆子里搅翻一遍，这样经过一个多月时间的晾晒，辣椒酱变得没有了冲鼻的辛辣，母亲会把所有盆子里的辣椒酱倒入一口大缸，她边倒还不停地用鼻子嗅嗅说，虽然已晒出了辣香味，但这些辣椒酱还有很足的火气呢，但再过两三个月把它们在缸里闷上一阵就会老实了。

父亲有时插话说这个不是酒，还需要用时光来验证它的绵醇。

　　每当这时母亲就会用不屑的口气说，烧酒哪有这个费工夫，哪儿凉快到哪儿凉快去，做这活不是我吹牛，你们哪个男人也比不上我。的确，在做家务活方面，父亲绝对不是母亲的对手，听了母亲的话他只有不再言语。

　　伴随时光的沉淀，辣椒酱也在散发美味。每天嗅着缸里的味道，母亲好像也完成了一件重大的使命，她有时候会围着装辣椒酱的大缸转上几圈，有时也会掀开箕子看看颜色。每当我们看到母亲嗅完酱缸后那种惬意的笑容，就知道母亲对自己的劳作成果是满意的、自豪的。

　　连队也有一些女人照着母亲的方式做辣椒酱，但成功率不高，因为放不了几个月就会长毛无法食用，即便放再多的盐也无济于事。问母亲是何缘故，母亲自己也没搞清楚，而且年年如此。后来连队的女人不再追问母亲，想吃了直接拿个缸子就来取，而且还振振有词对母亲说："谁让你不教会我们做的，不吃你家的吃谁家的。"每每此时母亲会很宽容地一笑，等人出门时还送上一句，吃完了再来啊。若干年后母亲搬进了城里的楼房，再晒辣椒酱时也同别人一样去掉辣椒籽，她所晒的辣椒酱也长了毛，直到那时才大悟，原来辣椒籽是含油的，在西戈壁是连籽一起晒的，有籽粒护着酱才不会长毛，而一旦将辣椒籽去除也就使酱失去了天然的保护机能。这个道理看似简单，如不亲自体验，哪能明白呢？

第二缸是西红柿酱。母亲将那些熟透的西红柿在开水锅里烫一下，待冷却后去掉外表那层薄皮，再用刀将根部的硬块削掉之后，就将这些西红柿剁碎，每年母亲会剁上好几大盆西红柿丁，辅料是一盆红辣椒丁、一盆葱姜蒜丁，还有一盆事先煮好的黄豆。熬西红柿酱和辣椒酱不同。辣椒酱是直接剁后放入盐晾晒。西红柿酱则是需要用油炝锅，如果说辣椒酱是由生而演化成熟，西红柿酱则是煮熟后再晾晒。步骤如下：锅里倒少许油，油翻滚先炸葱姜蒜，当锅中飘出香味再倒入西红柿丁翻炒，随着铲子的快速翻动，那些西红柿丁不久就成了糊状，而此时锅内便可倒入黄豆、辣椒丁，撒上盐了。熬酱的真功夫在此时也就越发显示出来。火小，锅里的酱不翻滚冒泡；火大，一不留神锅底就煳了。可以说拿铲子的手必须时时刻刻不停地在锅里翻动，哪怕说句话或铲子停个三五秒，锅里立马就会蹿出煳味。一旦鼻子嗅出了这煳味，这锅酱就成了废品，前期所有的忙活也算白干了。所以熬酱可以说是个技术活，每到掌控火候的关键时刻，母亲总会亲自站在灶台前，一手拿条毛巾擦着额头上的汗，一手不停地翻动着锅铲，锅里的西红柿酱随着火候的变化不停地改变着颜色。熬一大锅西红柿酱一般需要三四个小时，而母亲从始至终都会在灶台前看守，直到锅里的各种食材完美地融合在一起，散发出独有的诱人味道时，母亲这时从锅里盛上一小碗让我们品尝，问我们味道怎么样？好吃吗？我们用馒头蘸着刚出锅的酱，一个个吃得满头冒汗，甚至来不及回答她的问话，那种幸福的感受真是无法用言语来表述。此后母亲将西红柿酱也用盆子放在通风的阳光下翻晒，这个过程大概需要半月有余，直到酱黏稠得可以揉成团了，母亲才将这些酱集中起来放入缸内。

第三缸是黄豆酱，在父母老家称为盐豆子酱。每年在连队收获过后的黄豆地里，母亲和连队的职工都会去拾秋，这些捡拾回来的豆子可以归自己。连队许多人家会用黄豆生豆芽，或炒着当零食吃，而我们家的这些黄豆就全部被母亲当宝贝一样用来做黄豆酱。黄豆酱做起来并不复杂，这应该是山东、江苏一带女人自小就会干的家务。首先是将晾晒好的黄豆放入铁锅内煮熟，满屋飘香时盛到红柳条编织的小筐里，控尽水后装入粗布口袋，再将口袋放入一只大枕头内，继而母亲将枕头放在一条装满麦草的大麻袋中间，紧挨着火墙码置，有时还会在麻袋上压块石头。我问压石头是什么意思？母亲说是在给黄豆做窝呢，三七二十一天，届时这些豆子就该发芽了。我摇头不信，煮熟的鸭子不会飞，那些煮熟的豆子还能发芽？真会哄人！虽然心存疑虑，我心里还是暗暗盼望着有奇迹发生，扳着指头数着天数。终于，见证奇迹的时候到了，母亲打开袋子，如若窨变，金黄的豆子变得乌黑，彻底改变了原有的高贵容颜，而在筷子的搅动下，乌黑的豆子居然缠成了缕缕丝线。母亲说，我没骗你吧，我要的就是这些丝，当黄豆由生变熟，由灿烂而成乌黑，它们的生命旅程也进行蜕变，剩下从原料到佳肴的涅槃之旅就是由母亲的巧手来完成了。她将干辣椒粉碎，青萝卜切成片，再调点香油……总之，你绝对想不到这些毫不相干的食材混搭聚集后产生的奇特芳香，对胃的诱惑是怎样的强烈。在平常的日子里，母亲会将这一缸黄豆酱下青萝卜作为辅菜，如果连青萝卜都没有了，她就会切上几根葱段，全家人围着从缸里盛出的一碗黄豆酱，真切地感受到生活的富足和希望。每每母亲看着我们狼吞虎咽的样子时，眼睛里总是闪着泪光。不知是她感到亏欠了儿女，还是为自己的手艺在贫困年月里得到了发扬和延续而自豪。这些黄豆酱在冬季里可以鲜食，若到来年四五月份还未吃完，母亲便将其捞出来，在阳光下暴晒后成了盐豆子。这种盐豆子因为缺失水分在家里存放个两三年也没问题，而且用这些干盐豆子炒鸡蛋、煮豆腐，那又是另外一番美味了。

本文刊于《四川文学》2020 年 12 期

第一辑

金塔的胡杨

蒋应红

一

在沙漠戈壁，芨芨草、红柳、胡杨之类的草木实在算不上什么稀罕物。只要是稍微有点水的地方，你都会发现它们三步一株、五步一簇、低低矮矮、密密匝匝生长的身影，没有修长的身姿，也没有耀眼的花叶，在春秋易序、寒暑交替中永远恪守着一岁一枯荣的自然法则。

这些沙漠里的普通植物中，我偏爱胡杨。不仅缘于其"生而千年不死，死而千年不倒，倒而千年不朽"的神奇，更缘于对其在黄沙漫漫、劲风疾走的恶劣环境中展现出生命的顽强姿态心存敬畏。

这绝对不是一种平凡的树，它们是戈壁的魂。

走近地处西北的金塔县的潮湖胡杨林，虽说这片胡杨林已经成为国家级的沙漠胡杨林景区了，但依然不收门票，完全敞开着大门，或者准确地说没有大门，一任来自大江南北的游客自由地走，尽情地看。

一叶知秋，深秋的胡杨林层林尽染，沐浴着秋日的暖阳漫步其间，踩着软软的细沙，你可以随心所欲地走、天马行空地想，你也可以自歌自舞自开怀，无拘无束无碍。感受那一片片金黄的树叶优雅地在风中蹁跹，然后落到你的身上，旋即又翻转着扑向大地的童趣。细风摇曳着胡杨林，金黄的树叶纷纷扬扬，漫天的花雨缤纷炫目，将大地铺展成金色的地毯。落叶的沙沙声与流沙的飒飒声交响，这片林子里仿佛在举行一场盛大的仪式，普天同庆秋天的来临。

万木萧萧，黄叶飘舞，这或许是胡杨对节气的期许、对大地的礼赞、对生命的致敬。正是这份执着、热情、感怀，我宁可相信草木是有情的。

风动，树动，还是心动？

沙黄，叶黄，还是梦黄？

金色是秋的本色，也是梦的底色。在这个童话般的世界中，抖落一身的疲倦，你会完全陶醉在这充满希望、兆示吉祥的世界中。

有人说，额济纳的胡杨林是大家闺秀，金塔的胡杨林就是小家碧玉。在林子深处，有一泓诗意的浅水叫金波湖，它是大地的眼睛，宁静、纯洁，环湖岸上生长的芦苇是睫毛一样的镶边。在玻璃似的湖面上倒映着湛蓝湛蓝的天空，浮动着洁白的云团，四周的胡杨也把自己布满沧桑的身躯轻轻地躺在上面。湖面皱起圈圈涟漪，那是相亲相近的野鸭水鸟在嬉戏，它们才是胡杨林中真正的主人，轻灵的羽翼飞渡天光，在湖影中滑翔，这到底"劈开了谁的内心，望见秋天下的教堂"？

人在画中走，金塔的胡杨林因为这泓水而灵秀，这份淡妆的妩媚让人心醉，让人心碎。

二

胡杨，你到底是怎样的一种树？

徜徉在金塔的胡杨林中，我的心时时被那一株株顽强的生命所震颤。它们像饱经沧桑的老人，精神矍铄，从容淡定。树干早已枯黑，虬枝缠绕，因为风吹日晒而皲裂的口子遍布全身。你可以想见，多少个日日夜夜，任凭劲风怒吼、黄沙蔽空，它们依然迎风而立，一幅岿然不动的神态。它们的根系在大地的深处漫展，枝杈傲然地直指苍穹，哪怕黄沙淹没躯干，也是昂首挺立、临危不惧的英雄气魄。是的，莽莽黄沙可以毁灭一座楼兰古城，但却不能摧垮一个倔强的生命。铮铮铁骨，朗朗硬气，纵然倒下，也是千年不朽。因此，胡杨也被世人誉为"沙漠中的英雄树""最美丽的树"。

据说，胡杨是第三世纪残余的古老树种。试想，在漫长的历史发展中，它们从海边出发，拥拥挤挤，浩浩荡荡，穿山越岭，跨河渡江，逶迤潜行，它们的足迹遍布西亚、中国的西部地区，在新疆库车、甘肃敦煌等地，都曾发现了胡杨木化石。这些死亡之海中的生命之魂，在东进的征途中永远没有停歇前进的步伐，向东、向东，一路向东，哪怕干渴而死，也要直挺挺地站在天地间充当沙漠行人的导航标杆。

居住在大戈壁的人都知道，有胡杨的地方，就有水源，就有生的希望。广袤的戈壁滩上，你会发现胡杨丛生的地方就有村庄。村庄和胡杨往往相伴而生，相依而存。在河西走廊上的老人们都有这样的记忆，那时候人们乱砍滥伐，胡杨大片大片地减少，可受风沙的罪了，尤其是冬春季节，刮上一夜风，早晨起来，大门就被半人高的黄沙堵死了。

胡杨既是村庄的守护神，也是村庄的生命源。

居住在当地的人都知道胡杨是"会流泪的树"，这是因为，它们在环境干旱的时候，体内都储存了大量的水分，如果划破树皮，水汁就会像流泪一样从"伤口"中渗出，这"泪"，结晶成碱，可以食用。胡杨的木质坚硬，成为人们搭房架梁的首选。幼苗嫩叶，富含钙和钠盐，是牛羊的理想饲料。是的，一滴胡杨泪，谁解其中味，"采得百花成蜜后，为谁辛苦为谁甜？"

耐干旱，耐盐碱，抗风沙，每一棵正在生长或者已经死去的胡杨都无愧于"沙漠的脊梁"。

在景区的腹地，豁牙的烽火台旁，烽烟早已灰飞烟灭于历史的天空，我看见雌雄异株的两棵胡杨，佝偻着身躯，相互搀扶着，蹒跚走向村庄，走向抗沙的前线。

三

胡杨的存在，让我们解读中国古代文学史有了一个新的维度。

中国古代文人士子的心中都有一个西部梦，因为那里是成就英雄的地方。在通往西部的路上，和亲的女郎总是哭哭啼啼，而裘马的少年往往血脉贲张。即或是平沙漫漫，关山万里，也挡不住络绎不绝的文人才士前赴后继的步伐：高适、岑参、王之涣、陶翰等逶迤而来，就连参禅入道、超凡脱俗的王维都曾说："孰知不向边庭苦，纵死犹闻侠骨香。"他们怀着朝圣般的虔诚，像随军的记者，哪怕筚路蓝缕，困难重重，不惜付出生命的代价，也要用苍秀之笔，大写意地描绘塞外边关的苍凉、雄奇、悲壮、瑰丽，在疾风、斗石、黄沙、飞雪、孤城的意象中，丰腴了文学的篇章，他们发自内心的慷慨悲壮也会永远在文学的长河中激荡。日月同辉，辉耀古今。

如果说，我们将文人才士向往西部仅仅理解为是通过建功立业博取功名，这就狭隘了。西部固然是战争的频发之地，在西风猎猎、金戈铁马中容易让英雄脱颖而出。然而，西部的魅力更在于浸染了风、雪、沙、石的品格——劲似疾风、逸像飞雪、广若莽沙、坚如磐石，融合为荡气回肠的西部精神。如果不是这种贯通古今的精神气脉，我们在今天怎么依然能看见浩浩荡荡、意气风发的支援西部和开发西部的大军呢？

杨花落尽，胡不归？胡杨凝聚了这种精神：纵然飞沙呼啸、惊心动魄，依然岿然不动、矢志不移；纵然刀光剑影、杀声震天，依然从容不迫、安步当车；纵然冰丈阑干、雪满天山，依然根生大地、枝指苍天。

我敬畏每一株胡杨，它们是生物学上的植物化石，也是留存于现在的古代将士们鲜活的兵马俑，一排排矗立在风头沙浪的胡杨，俨然待装出阵的卫士，凝视它们，仰望它们，我的脑海里出现的是眉宇间透着刚强、勇敢、坚定的将军：卫青、霍去病、高仙芝、哥舒翰、封常清、左宗棠……他们平乱西域、保家卫国的赤胆忠心难道与胡杨扎根边陲、挡风拒沙的矢志不移不是一脉相承的？

虽然在浩瀚的文献中，或许胡杨太不起眼、太过于平凡而没有留下过多描述的文字，话说回来，"此心虔诚，何须供坛？"我们或许不承认胡杨对中国文学有什么影响，但我们也不能否认，雄浑劲健的边塞篇章就不曾沾染胡杨风骨凛然的气韵风貌？

如果说，将军是中国古代历史的靓丽景观，那么，胡杨就是炎黄子孙的精神图像。这图像印刻在华夏民族的骨头上，渗透在华夏民族的血肉中。生生不息，源远流长。

四

就在胡杨林的盛景娇艳了金塔的时候，"神舟十一号"在距此不远的酒泉卫星发射中心腾空而起，就在世人都为此欢呼庆贺的时候，可曾知道这些具有胡杨脾性的航天人曾鞠躬尽瘁的日日夜夜？他们克服艰难困苦，满怀为国争光的雄心壮志，自强不息、顽强拼搏、团结协作、开拓创新，取得了一个又一个的辉煌成就，也铸就了"特别能吃苦、特别能战斗、特别能攻关、特别能奉献的航天精神"。演绎了一曲现代版的"黄沙百战穿金甲，不斩楼兰终不还"的千古绝唱，正如梭罗在《瓦尔登湖》中写的：

> 人们说他们懂得不少，
>
> 瞧啊，他们生了翅膀——
>
> 百艺啊，还有科学，
>
> 还有千般技巧，
>
> 其实只有吹拂的风，
>
> 才是他们全部的知觉。

还有酒钢人、油田人以及千千万万来到这片土地上的志愿者、支边者，他们远离故乡，携儿带女，把风沙的怒吼当作前进的号角，用"献了青春献子孙"的无私精神，再一次描绘出丝绸之路云蒸霞蔚、星斗灿烂的壮丽景象。

临别的时候，朋友的同学匆匆赶来相送，他是山西人，2011年清华大学毕业后主动参加甘肃选调来金塔工作，而今已经娶妻生子，安家落户了。在和我们聊天的时候，他话不多，总是憨憨地笑着，但言谈举止中透着沉稳、热情、自信、乐观。

......

我仿佛又看见了那一株株正在破土而出、拔节生长的胡杨幼苗，相信它们一定会在自己的年轮上谱写华丽的篇章，在这片贫瘠的土地上演绎生命的奇迹。

绚丽着、坚守着、奉献着，戈壁，因为胡杨的存在永远不会荒凉。沙漠，因为胡杨的生长终将变成沃野。我们坚信。

2018 年 12 月 15 日发表于《人民日报》（海外版）

湘江源记

陈夏雨

上　山

又下雨了。好。

我是熟悉下雨的人。尘世艰辛，生老病死，为了繁衍生存，万物都不能免俗。它们解决不了自己的肮脏、错误、疼痛和罪孽，雨水一直在帮忙清洁、安慰和洗涤。

各种树木、花草都在风雨中赶路。有些树，身子歪了，恨不得"拔腿而起"。后面的推前面的，有些拥挤，但秩序井然。除了鸟，没人去插树的队。树不管高矮大小，都有自己的位置和空间，一律按造物主的旨意排列。

树叶是造物主在山里发行的通用货币。每棵树的屋檐下都储蓄了很厚的一层。颜色金黄的从这家串到那家，在林间通行。有些树，叶子落尽，光秃秃的。那是花光了钱的赌徒，它输给了秋天。地下有根，枝上有叶，就会活得绿意盎然，就是这里的富裕户。

盘山而上。白雾在林梢为鸟儿和神仙搭了一条云路。溪流在峡谷为鱼虾铺出了一条水道。我只能走在人类搭建的木栈上。空气太好，我想装满两个玻璃瓶。打开一个，插进吸管，一小口一小口慢慢啜饮。剩下一瓶打包带走，世间纯净的东西越来越少呵，当倍加珍惜。

一棵老松，站在雨中发抖。松脂透明发亮，像老人的泪。我收起伞，当是脱帽。在雨里默默凝望，向抵抗风、雨、霜、雪的老兵行注目礼。它未必痛。即使有，也是生活中必须经历的。一根松枝突然松开松果，松果正好砸在我的头顶，有些痛。是的，有些痛必须自己承受，而我的肉体也好像有了一棵松树的灵魂。

我和槭树、枞树、红豆杉、马尾松、杜英、南天竹这些老伙计都很熟，见了面就要打声招呼。我看到谁就喊一声它的名字。它一定会随风摇摆，朝我晃动一下身躯。在大自然里行走，认识的越多，越不孤单。人类孤独，需要伙伴。

有棵小树一边开花，一边结果。它的外貌、树皮、树叶、枝丫蔓延的方式，我都没看到过。树身坚硬，疤痕和结瘤的纹路都很特别。叶子周边有不明显的锯齿，叶肉稍厚，在雨中泛出白光。花也不大，白里带黄，花蕊、花托、花瓣、花柄都很精致，而横枝上竟结了很多橘红或靛蓝色的小浆果。我很想摘一颗尝尝，又觉得不好，尽管有些饿，但还可以忍受，就咽一口自己的口水吧。对美好的事物，只可远观而不可亵玩焉。

木　栈

雨，还在下。没事，我正好净化一下自己。

木栈如人生，穿过雨雾，曲折地爬向山顶。

各种色彩和形状的枯叶，落在栈板上，缀满了晶莹的水珠。有些叶子刚落下，如翅膀缓慢张合的蝴蝶，还有呼吸。我不能再踩上一只脚。它们曾在高枝习惯了被人仰视，我不必落井下石，也不忍心听它内心深处破碎的声音。仲秋的山头，风将灰雾擦白，让山遮一些，露一些。一幅水墨画，恰如其分。树尖在雾气里浮动，正像这幅画漂浮的灵魂。

木栈托起我的脚往上走。落叶随风带路，比我走得更快。我被风舔一下，差点摔倒。一只花鸟在树丛中突然腾身而起，在我前面飞，像一个灵动的动词。它小心翼翼地落在我左上方的树枝上，腹部露出好看的羽毛，雨点在它的脊背散成细碎的珍珠。我走到它的正下方，它在枝上踩一脚，雨水泼了我一身，发出"啪啪"的响声。我冲它一笑。我不该贸然闯进它的家，还很不礼貌地偷窥了人家。它是那么漂亮，我真想捡一根毛羽做纪念。人就是这样功利，总想占有。占有的越多，包袱越重。欲望也是意念中的占有。

雨声比鸟叫好听。鸟和我都闭了嘴。这只花鸟却朝我"呱呱"叫了两声。我心虚，不知应对。

坡度抬升，我的眼睛追踪花瓣、花鸟，追踪易消逝的事物。有些树掉叶厉害，有些动物对我避而不见，或因为季节，或就是人为。它们正从我们的世界缓慢地消逝，再缓慢一些就好了。

消　逝

野菊花像个送别的人，到处奔走。一丛野菊抱紧一块快要掉下悬崖的红石，劝说它不要消极坠落。它连峭壁也不放过，身心全部贴上去，安慰那些不舍离去的落叶。世间所有事物，都要屈服于大气候。该走的时候走，该留的时候留，不让开花的时候别开。

小指甲盖大的野蓝莓，驮在细枝上，沉甸甸的。有些果皮乌紫，有些还泛着青绿。银色的水珠在横枝上排着整齐的队形，一个个缓缓跳下。姿势很美，我挨个表扬。

野板栗是什么时候裂开的？再裂开一些就好了，我就可以剥开它的棕衣，抵近它的肉身了。

突然，一只像柿子一样柔软的"红酥手"敲了一下我的前额。回头一看，其实就是一只野柿子。它通体红润，长了一些褐斑，叶梗已经枯黑。肚子里传来"咕噜噜"的声音，我确实有些饿了，做了一个张口吞下它的样子。我没吃它。有双眼睛在树丛里看着我，我不能吃了它的口粮或零食。有几个游人肆无忌惮地折枝采摘，我心里很是鄙视，同时也鄙视一分钟前的自己。荆棘和枝条时不时地拦我一下，我希望它们让路，我错了，我才是客人。我不能随手乱采，呼吸一下它们的香气，不算盗窃吧。

岩壁上，一只蜥蜴露出头来，细小的身体仅靠小蹼维持平衡。我是陌生的闯入者，长得又很奇怪。它看得太出神。我走开的时候，听到"扑通"一声，它跌进了小溪。都怪我，唉。

小　溪

雨点落进溪水，水面就弹出一朵小花。

溪流被一块沉降的石头迎面拦住，分岔成一条白色的围巾，孕出一道往回飞的白浪。浪花像一只白鸽，不断回望，飞向溪流相反的方向，拜谢源头。数万年如一日，每天回首，很有诚意。

小溪是有衣服的。晴时蓝天白云衣，雨天灰底浅灰云。脏了下雨洗，晾在天边晒。衣服偏狭长，颜色纯正，宽窄也正好合适。溪边的小草小花，不是小溪的衣服，只是小溪的喇叭。每天清晨新花打开，播报"花边新闻"。

我缓缓蹲下，捞开水草。泉水捧着我的手，我捧起天上的云，低头轻饮，掌心里的云不见了。好水！我干脆跪伏，双唇贴水，水面凹进去，荡漾出有弹性的皱纹。我像幼兽，又小啜一口。水面波光粼粼，星光闪闪。小溪缺失的一块已被我含进嘴里，如触碰美人肌肤，清凉，有荣誉感。唇和水分离，水乱了。只一会儿，它便又重新获得了完整。我一阵心乱，一阵羞愧，但我不后悔对它的侵犯。唯有亲口品尝，才对得起它的清澈和柔美。它进入体内，化成血液，经过我心尖的时候，就成了我心尖尖上的那个人。蝾螈像往事，在水边傻头傻脑地爬动。有些心事和往事不堪回首，就让水来洗刷吧。沉入水底捞不起来的，只好交给上天。

拾起一朵野菊，安抚一会儿，稍稍压平，放在我嘴唇刚刚"玷污"过水的位置。如遇人嫌弃，你就去我那儿。我给它贴上一枚"野菊"邮票，将它快递到我长沙的小家。沉浸在甜蜜想象里的我，未来纵有风吹雨打，我也不会做任何挣扎。

一滴雨借着一缕光线掉进了荆棘刺蓬，连滚带爬。我没有嘲笑。在水面前，我内心丑陋又粗鄙。一只白蜘蛛趴在荆棘的一根刺上，向我举起了一只湿透了的飞蛾。它是向我暗示什么吗？我就是一只飞蛾，不敢面对荆棘，却愿扑向如灯火一样的鲜花。

山有谷，谷无溪，就好像新房里没有新娘。所有花木植物，连同周围的山岭是一个巨大的底座，都是为了拱卫这条翡翠般的小溪。群山因此轻盈、飘逸、灵动和自在。对于小溪，我只是一个多余的朝拜者。

山　路

小路穿着树叶，吃着野果，历经风霜。我往上找它的尽头，它往下，寻我的来路。山里住过逝去的祖先，悬崖上弯曲的树木枯藤就像他们的缩影。

一只蜜蜂的屁股对着我，头藏进了一朵白色的茶花。蜜蜂一动不动。靠近一看，它已经死了，死在最甜蜜的花蕊里。生活中总有一些料想不到的厄运，哪怕你是一直过着甜蜜生活的蜜蜂。

树要发新叶，岩缝要喷泉，青蛙要捕虫，水要去远方，都会遇上糟心的事。我似乎看见麋鹿的角、老鹰的眼，它们隐居在这里。几只黑蚂蚁觅食途中遇雨，抬着一只体形比它们大几倍的蚱蜢，站在一根细如筷子的枯枝上，在一片悬空的树叶下歇脚，等待雨停下来再走。

这个世界有各种生命，也便有了各自不同的使命和命运。

雨雾给我幻觉，山不停地移动。我知道，它们其实一辈子都不会动，在这里守护水源。这是它们的使命，也是它们的命运。

雨停了。有鸟怯生生地叫了几声，我便收起了伞。山坡也渐次收拢，夹紧木栈。我拾级而上。雨水整理了我的上衣，又在我的裤脚和鞋里加重了我就要见到源头的肃穆和庄重。

有眼睛是幸福的，有耳朵是幸运的。我就要见到世间最白的浪花、人间最绿的湘江源头了。我甚至能听到小溪在轻轻议论，这要上去的人到底是谁呀？我听到"啾啾啾"的鸟叫声，像有人在说书一样。

山路到了尽头，从树林往右拐，迎面就是悬崖。路沉入了一个水潭，不能再往前走了。我听到了巨大的轰鸣声！水竟然从悬崖最高处跑出来迎我！太客气了，我应该早点到！

瀑布，湘江之源

啊！瀑布！我到了！她也到了！轰隆隆的水流从天边倾泻而下！

我没来之前，她就这么美，这是我最大的意见！

这个世界上最柔软的东西凭空跳了下来，砸在天下最坚硬的石头上，沸沸扬扬，激荡喧嚣！晶莹剔透的灰白色水柱从岩石上每道罅隙、每个豁口，穿过亿万年光阴，喷薄而出！"哗啦啦！"瀑布被撕成很多条，落入水潭。水潭很小，却大过人间。再大的手也无法捂住泉眼的嘴巴。泉眼说的是最清澈、最明白、最单纯的语言。瀑布像飞起的千万只白鸟，它们是自由的白鸽。从此，它们就要挣脱桎梏，一直向下，滋润人间最底层，荡平天下所有的坎坷。

瀑布美过世上所有的诗歌，像排场宏大的交响乐晚会。急管繁弦，惊天动地。我怀疑瀑布是被音乐骗出来的。山溪在悬崖上露出了洁白的肉身，香炉山有了纯洁、活泼的灵魂。飞瀑分成岿水、潇水、沱水三条河，分别流向蓝山、宁远、江华三个县。小溪打出"纯洁自我，兼济天下"之旗，群山响应。这里像是天堂的圣殿，又似尘世的庙宇。微风轻拂，细雨沥沥，每一颗水珠都是颤抖的佛心。溪流虽小，并不自卑。它有香炉山、舜帝山和白云做它的背景。香炉山很壮实，能接稳天上下来的水。瀑布是云下到了人间。云是山飘上了天空。这里的水每天都做同一件事。喷出来，喷出来，流出去，流出去。千遍万遍，乐此不疲，不厌其烦，很有耐心。世间一直日夜操劳，默默奉献的，只有水。水一出生就有了奉献的好品质。

雨，完全停了。瀑布像一块液体银幕，悬挂在天地之间。溅起的白雾如羊，如牛，如仙，如走神的魂儿，缓缓飘过。秋风起伏欢呼，树叶拍落手掌。小鸟飞来飞去，"啾啾啾！"唱着瀑布小时候不安分的故事：

"啾啾啾！别看它现在气势如牛，小时候还不如我的一根羽毛大也。啾啾啾！最起始它是云层下来的一滴水也，一片树叶伸手接住了它。它无头无尾，无手无脚，傻愣愣地沿着叶子边缘的锯齿，一步一步往下滑也。啾啾啾！它掉入粉红的花蕊，又从花瓣上溢出，落在草尖。它不愿做草尖的珍珠，就跳进草丛，融进小兽的蹄印，和别的不安分的水珠玩在一起，聚成我身子那么大的一洼水也，养育了一窝蝌蚪。啾啾啾！蝌蚪长成青蛙，青蛙扒拉枯叶围了一泓泉，又带着长大的泉到了更大的洼，聚成一个小溪。啾啾啾！小溪的脚步日夜不停也，在林中兽道串起更多的小溪。小溪身子大了，更不安分。它不想在山里游荡，要到更大的世界去闯荡。哗哗哗！它就从山顶冲出来，成了现在的瀑布。瀑布的歌词永远只有三个字：'我、要、飞！'笑死鸟了！它不像我有翅膀，不知道它怎么飞也。啾啾啾！它后来竟然做到了，真的成了巨人，大湘江也！啾啾啾！"

水听懂了小鸟的歌声。它一波一波地冲动，钻出岩隙，遇到悬崖就纵身一跃，活力四射。对人类悬崖是悬崖，悬崖要勒马。对水，那只是它们祖先冲蚀的一条古老水道。你以为它是不小心跌下来的，它却觉得如滑冰般好玩。水浪的白光从遥远的时空反射到我眼瞳，我意识到，它在这里流淌了亿万年，走了千千万万个数不清的日子，却没落下任何一条新闻。舜帝这么巨大的人物也是默默睡在群山之中。远看潇水，乃至湘江，像一根风筝的白丝线。风筝就是飘在香炉山头的那片薄云。烟雨朦胧中，一只户籍不明的白鹤，细细的脚管漫步在松枝上，像缓缓写字的小楷。红彤彤的野柿子缀满枝头，给这幅书法盖上了历代朝廷的皇室私印。

喝了半辈子湘江水，到源头说声谢谢，是我来这里该做的事。世上只有两种事物可以对抗时间，一是水，二是善。善和水源一样，起初很弱小，但聚积后可以成为一条湘江。每个人都是善的源头。有人排放污水、采石挖山、拦河筑坝致使湘江伤痕累累。我为水源哭泣，别让人的阴影玷污湘江，让水安静地发育，让大自然回到大自然。湘江流淌，人要善良。水只想变成更远的水，人生比河流短一点，善却可以比河流更长。虽然遭受污染，但没有一棵树从地里拔腿就走，排队移民。所有的树，都在叶子和身上文身，文出小溪和河流的图案，表示它们的热爱和信心。

小溪无论到了洞庭湖、长江还是大海，都会想起它的源头猫儿岭。你看香炉山顶上的云，正是小溪的化身。它们完成使命后，又回到了起源。

又开始落雨了，我撑开了伞。我最了解下雨。它又开始给水源补水了。

我离开后，野鸡将在这里恢复航线，野猪会像老大一样在林间踱步。喔，雨中有人唱瑶歌，麻雀从我眼前飞过，我替它们感到幸福。

本文发表于《北京文学》2019 年第 11 期

南糯山的声音

段爱松

钟　楼

黄昏再一次落下。

南糯山巨大的影子，正试图伸进即将到来的黑夜里，只有偏居山上庭院一隅，用红砖砌成的高大钟楼，在竹林和树木的依衬下，再次被涂上了一层流动的金质光芒。

一口黑褐色的精铸大钟，悬挂在钟楼顶部，只有进入钟楼，把头扬高，才可能看清这口 70 厘米高的镏金大钟的底部，像是被反复深耕过熟透了的土地般的底色，犹如某个深夜梦境无限延伸着的往事。

一条粗绳子，从大钟底部垂接而下，像是扣住了大钟的命脉，更像是要把一些往事牢牢拴住。但是只要你握紧绳头，用力左右一摇，大钟便会发出洪亮又浑厚的响声，为这幽静的南糯山小院带来梵音般的嗡鸣与回荡。

不过，钟楼的主人绝不会允许人乱敲钟。这个钟楼的矗立、这个大钟的建造，这些被时光削尖了的线条和被岁月惊扰过的声音，在夕阳的映照下安静地发光，似乎在昭示着什么，又仿佛在期待着什么。

庭院的主人说，很多来这里的人，都会感到新奇，总想亲自走进钟楼，摇动长绳子，敲一敲这口大钟，但是不能敲得太用力，也不能敲个不停，那样会打搅到山神和附近的村民。这当然是一个理由，但是我猜测，可能还有一个重要缘由，这样做大概也会扰乱主人回归自然的初心。

是啊，钟声不必太响，更不必太频繁，特别是在南糯山上，这个幽静的庭院；特别是在这位 65 岁依然保持着温润笑容的主人面前，钟楼和钟声，俨然已成了南糯山的一个组成部分，成了他的生命与自然对话的一扇窗子，它发出的每一声，谁又能说得清楚，是不是南糯山在和他、在和这个世界交谈呢。

当然，这座钟楼和这口大钟，还有另外存在的别样意义。

根据主人自述，因为患病，他才有机缘找到云南西双版纳南糯山，也才有机会定居在南糯山上的姑娘寨，并在这里建盖了庭院，在庭院中建造了这个钟楼，安装了这口大钟。每当有朋友来访的时候，主人就自己拉动绳索，敲上几下大钟，朋友即使离开，大钟也会把这份友情和记忆，通过声音，一点点保存下来。

也许在每个深夜，这些保存下来的声音，便会在他梦境中响起，并与南糯山彻夜长谈。

书　院

朝阳初升，南糯山的庭院，在透过繁茂植物枝叶的光的照映下，泛起了点点鲜活的绿意。

庭院的主人，天一亮就起床了，身边的鸡鸣和狗叫已打破庭院的平静。他明白，它们饿了，催促他该去喂食了，这是他原来生活在大城市无法体会到的真实与亲切。

庭院的路上，落下了一些枯枝败叶，他得顺着打扫。在他身后，有一股清泉兀自流淌，流到一个月牙形的池塘里。池塘里养了鱼，鱼不时吐出一串串泡泡。他看到过一个个泡泡生发和幻灭，就像他曾身患肺部重疾之后，最终选择移居到这里，依靠南糯山清冽的泉水，冲洗身体荡涤灵魂，竟奇迹般逐渐恢复一样，他甚至觉得山上住着神灵，这里便是仙境，除了对自然的敬畏与热爱，他决定要在这里建一个书院，既然他已经把这里当作了人间天堂，就必须有一间书院，就像博尔赫斯把图书馆当作天堂的模样一样。

书院的建造，如今成为他愿望里最深情的那一个，他为此做了长久的计划和准备。不过，就像他初来南糯山时，没有一块土地、没有一棵树木、没有一片叶子会无缘无故接受一个闯入者一样，他必须依靠自己的双手和灵魂，改造自己行走在南糯山上的影子。

他可以带着一群泥水工建造各种形状的房子，也可以面对朋友询问"寂寞不寂寞"时给予"没有空想这个问题"的实在回答，更可以为了小孩创作童话三部曲并开始了自己新的写作追求……

所有这些，都是会留下声音的。这些声音会在南糯山上空回旋，毕竟这是一位65岁男人再次新生的奋进之音。未来建成的书院，将把这些声音放大传播，也会将这些声音夯实加固，还会把这些声音抛向苍穹、洒落大地。

星辰和种子，就是声音最终的名字和归宿。一如这个书院的名字"九路马"一样，书院的主人，外号九叔，他曾说："我就是那个叫马原的汉人，我写小说。"

茶　树

云雾在南糯山山林间穿行。

它们在寻找，能够承载水的灵魂的声音。

布朗族的先民，在山上种下第一株茶树；爱伲族人，在布朗族人迁离此地后，继续种茶；如今，12000 亩的古茶园让茶香飘满山野。据说，它们生长的声音，都藏在南糯山缥缈的云雾里。

如今，一行行旅人，从八方会集；一个个脚步，踏上山间崎岖的小路，为的是去寻找南糯山声音的源头。

它，会在哪里呢？

南糯山天空中，有鸟儿飞翔的翅膀，划过湿润空气的嘶嘶声；南糯山土地上，有蚂蚁爬行的触角，触动绿叶脉络的唰唰声；南糯山泉水里，有鱼儿游弋的尾鳍，搅动波纹的哗哗声……还有你看不见的、南糯山的神灵，正伸出无形的手，挥舞着群山的线条，指挥着这曲大自然的天籁交响。

看，是谁在倾听呢？

800 多年的茶树王，在南糯山深处，率领千万棵茶树，固守着这片山地，听从山神的召唤。它们借助枝叶，吸纳天空渺渺云雾的漂移；它们借助根须，汲取大地汩汩甘泉的流淌；它们甚至还把千百年来，种茶人辛勤劳作时，血液的翻腾与汗水的流淌，一一吸融进了自己的身体。

在茶树体内，涌动着的这些声音，借助阳光和雨露，一年年，抽出鲜嫩的绿芽。待到四季采茶时节，年轻的爱伲族姑娘们，一叶又一叶，一把又一把，将丰收和喜悦塞满了篾制的箩筐。

采茶时，爱伲姑娘们不时哼唱的谣曲，以及玩笑打闹时发出的嬉戏声，在爱伲族小伙子的心中荡漾，这是有关青春与爱情最美好记忆的烙印，也是让南糯山溢满勃勃生机的源泉之一。

这份烙印，一如一泡香甜四溢的拔玛茶（"拔玛"，爱伲语，有"古乔木"之意），在一位疲惫旅人休憩品茗入口的刹那，似乎一下子就把现实的困顿全然打碎。

就在那一刻，能让整个世界停顿下来的一刻，南糯山茶树所承载着的水的灵魂的声音，又一点点被种植过它们的人类用舌尖倾听到了。

本文原载《光明日报》2018 年 6 月 22 日 14 版

似已相知 "米襄阳"

惠 敏

去拜谒一个艺术家，挑一个雨季再合适不过了。在雨的背景里，心语和天宇一样纷飞。

绵延一周的雨，把汉江两岸淋得透透的。握伞出门，吞一碗牛油面，喝几口老黄酒，细雨醉眼，绕上湿漉漉的江滩，信走几步，可观淘尽英雄的汉江，可见在水一方的米公祠。

襄阳，被汉水供养的城市，倚在汉江由东向南的臂弯里，已经鲜活了 2800 年。汉江穿城而过，犹如一支巨大的毛笔，写完老故事再续新篇章。若从南岸襄阳城看过来，米公祠宛若一块灵石，石上灼灼引言。

米公祠是纪念北宋大书法家米芾的祠宇，白墙乌瓦，牌楼醒目，一壁耸起于汉江北畔的大道边。米芾，名号多，自觉

"米襄阳""米颠"最好用，城市名片，个人标签，你中有我，我中有你。

登高阶而入，百年银杏、金银丹桂、飞檐高堂沿中轴而立，东西南北苑曲桥清池、翘角廊亭、奇石碑刻四方围合，酷似小学生的临帖格子，规整得很。这大概是中华汉字方正的轮廓和中华文化中庸的态度吧，淅淅沥沥的雨中，没有同行人依靠和干扰，大脑清醒不少。小时候学过几天书法，其中常识竟然一直储存，在特定的状态里提领出来，开心享用，美哉！突发奇问，狂怪不羁的米颠，能被这规矩的庭院困得住？亏得是雨天，空寂的庭院被发酵涨满，幽幽秘秘，历史云烟四处漂移，瞬间淹没了一个鬼使神差的疑问。穿越斯时，米芾在汉水的哺育下，欣欣长成，七岁，习书法、阅金经，十岁，写碑刻、临名帖，十八岁，入朝堂、多迁徙，三十岁，访苏轼、采众长。一日不书，便觉思涩，未尝半刻废书也。如此如此，彼时彼时，米襄阳大字行书飞雾如烟，疾风骤雨，肆如锋芒，沉着飞翥，二王之后，鳌头独立。游圣徐霞客循汉江东行时在《游太和山记湖广襄阳府均州》写下"前有碑大书'第一山'三字，乃米襄阳笔，书法飞动，当亦第一"，算是稍见一丝头绪。

拜殿潮湿昏暗，乌云压住天窗，米芾的水墨肖像因勾勒极简，又正对大门，并没有让视觉陷入混沌，我甚至能触摸到他的脸，一副秀骨清相，怎么不是呢，唐的雍容华丽在宋代已经走向贫乏，宋代的大多数文人都在奔走，苏东坡、王安石、陆游、辛弃疾、李清照，他们不断被消耗，被剥夺，不再拥有饱满的脂肪。米襄阳也不例外，四十年宦海辗转，虽官阶不高，却清正廉洁，爱民如子。北宋绍圣四年，米芾出任江苏安东知县，期满离任时，他亲自逐一检点家人行李，生怕夹带腐败之物，当米芾发现自己常用的一支毛笔上沾有公家的墨汁时，立刻让家人把砚台、毛笔洗干净后，才清清白白上路。如此德行洁癖之人，一身清癯，情理之中，一念缘起，纯粹出于对美德的癖好，似乎也只有这样才配得上老百姓的好口碑。拜殿当然要拜读其人事迹，那些悬于墙上柱上的赞誉，我一一读出声来，"颠不可及""妙不得笔""与孟鹿门号两襄阳书传千古，共苏黄蔡称四巨子颠压三人"……这种感觉像捧着一书长卷，缓缓打开，从找回镇定的呼吸开始，滤掉昏暗，滤掉杂音，滤掉浮躁。沉渣去净，恍然惊醒，一个人的艺术造诣被认可被推崇，首先来自四方之形的家园循循孕育出的处事边界，原来米襄阳的"规矩"大有源头，先前的疑问水落石出。

碑廊环绕回旋，一百多块拓本碑刻列出高高低低的身影，他们有的花了脸，有的断了骨，边看边叹中，便被卷进去了，他们哪里是死了的标本，分明是一群活着的生命。苏轼、米芾、黄庭坚、蔡襄、赵子昂等一众文人雅士，长歌当哭为哪般？是多愁善感的伤春悲秋？是忧国忧民的侠骨柔情？我需要钻入时空，古衣长袖，绾发稚气，掌一盏灯，温一壶酒，托住下巴，好好地问："苍茫大地，谁主沉浮？"也许，在他们面前，唯有直面可见的清纯和认定才是最恰当的祭奠吧。

老房子必有近水护身，东苑西苑皆有池水领衔，沿曲道弯转，花丛竹坞之中，雨线如珠，敲响青潭，隐隐雾绕。"微雨过江来，烦襟为一开"，米芾的诗道尽了烦恼人的心境，心里总下雨的人，估计没有经过大江大河的洗礼。我爱水，时不时地朝着水肃静一会儿，将贪念嗔痴洗于无形。对于先人贤人圣人家里的水，更是主动依傍，一心一念想做青白的小鲤，永远游弋于低低的水中，让粼粼之波漾去无我无忧。还有，我虽不是土长，但三十多年的记忆也生出了一支圭笔，若用此中好水研墨，不知会不会弄出个千秋万代，和身怀襄阳山水的诸葛亮、杜甫、孟浩然、张继、皮日休一样的万代千秋。

哈，也有点癫了。

夏天的雨，来去匆匆，乌云开裂，天晴雨住。回首处，米襄阳石像端立宝晋斋前庭，如承泽露，飞洒美须，光沁旧袍，焕然明朗，他守护家园，与汉江为伴，早已听从了、顺从了比他更年长的汉水，慈眉善目地福泽后人了。2011 年 6 月，襄阳市荣获"中国书法名城"称号，八方习书之人纷沓而至切磋墨宝，一时间，米公祠成了中国研究书法最精彩最浓缩的课堂了。

临走的时候，我在门前的高台上站一会儿，手搭凉棚，汉江横挑，长桥纵跃，车如流墨，习家池、岘山、古隆中、临汉门、夫人城，层峦叠翠，风起云扬。

襄阳，丹青所画，仪态万方，祥静安康，吾心安处。

我离不开这里，也许只有绿水青山、人杰地灵才是某种生存规律中最合乎情理的心态吧。

如此简单的动作，真希望再有千万年。

本文刊于 2020 年 8 月 3 日《中国文化报》

Chapter
02

第
二
辑

白 马

王樵夫

一

当我被一阵马叫声惊醒的时候，屋地上站着一个人，他是买马归来的阿爸。

阿爸是什么时候离家走的，我已经记不清楚了。有一天，我突然发现阿爸不在家，额吉告诉我，阿爸去贡格尔草原买马了。这时候，贪玩的我才猛然发现，阿爸已经走了好几天了。

额吉说，要去买匹蒙古马回来。

我家马上就要有一匹马了！想到这里，我想起邻居潮洛蒙，他家也有一匹马。一次我俩打架，我逼着他还我送给他的水果糖。这把他难为坏了，他家只有白糖，我坚决地说不行，必须还我水果糖，而且还是粉色的糖纸包裹的那种。潮洛蒙咧开大嘴哭了，哭声招来了他的二叔，问明原因后，他二叔骂他说："你们哥俩还打不过他一个吗？白白地被他这么欺负？"

　　潮洛蒙和他兄弟当然打不过我，嘎查里的同龄的男孩有十多个，他们都尝过我拳头的厉害。

　　从那后，潮洛蒙和我彻底恼了，他再也不让我骑他家的马了。每当在回家的路上，潮洛蒙骑着马路过我身边的时候，潮洛蒙总会故意抽马几鞭子，马蹄扬起一阵烟尘，把我丢得远远的。

　　会是一匹怎么样的蒙古马呢？

　　一阵"咴咴"的马叫声再次传进屋，我光着脚丫跑出去。毡房外的马桩上，拴着一匹白色的马。

　　马的全身都是白的，一根杂毛都没有。我第一次看到这么白的马，雪白雪白的，就像冬天盖在山上的雪。我有点担心，冬天下了雪，这匹马会融进雪野里，要靠感知雪的温度才能找到它。

　　我高兴极了，因为潮洛蒙家的马是灰青色的，我家的马比他家的好看。

只不过这匹白马个头虽大，却显得有些瘦，甚至马的胯骨瘦得都突出来了。马腿上的骨节也粗大。

有骨头就不怕没肉，额吉好像看出了我的心思。

阿爸高兴地说，这马怀揣着驹，过了年，就会生一匹小白马出来。

这时，我才发现这匹白马肚子出奇地大，就像一只大肚子蝈蝈。

这匹大肚子白马仰着头，高声地叫着。不时地瞅着我们一家。

我好奇地凑过去，白马扭过头，警觉地看着我，摇晃着脑袋，不安地转着身子，还不时朝我打喷嚏。

我试图接近白马，走近了，它不安地掉过身子，把屁股对着我。白马的后蹄交替着在地上"啪啪"地踏着，我知道，再往前走一步，那对钉着铁掌的蹄子就会毫不犹豫地踢过来……

我被吓住了。小时候我曾被马踢过。

一天，有个媒人骑着马来我家，为大哥介绍媳妇。媒人把马拴在了大门外，淘气的我领上弟弟、妹妹，趁大人不注意，跑出去薅马尾，那匹马尥了一蹶子，我就一下子昏倒在地，什么也不知道了。

我醒来时，额吉眼里含泪，说："差点要了我儿子的命。"

弟弟趴在炕沿上，一看我睁开眼，马上咧开嘴笑了。

我被踢昏后，他一直趴在炕沿上目不转睛地瞅着我。

弟弟看我醒过来，比画着小手，兴奋地说："哥，马一蹄子，你就立马飞了起来，'啪唧'一下落在地上了。"弟弟说"啪唧"的时候，小手还配合着往下面狠狠地按了一下。

我也咧开嘴笑了。为了表示我没事，我一骨碌翻过身，想爬起来，我"哎哟"了一声，马上又趴在了炕上，身上疼痛难忍。

我一连躺了好几天。

二

"你可以摸摸它……"有一天，阿爸一只手牵着马缰绳，一只手拍着白马的脖子，笑着鼓励我。

我还是怯怯地站在离马很远的地方，努力地伸出手摸了摸马的前额。白马十分温顺，它只是摇了一下头，耳朵还配合地摆动了几下。我又摸了一下、两下……白马还是摇摇头，甩甩尾巴……不一会儿，我就敢摸它的脖子、耳朵，用手将它的鬃毛了。

白马眼睛偶尔瞅我一下，温润地，好像里面浮着一层湿漉漉的水汽，像极了一个温顺听话的女人。

我摸了一下白马的鼻子，突然它的嘴唇向外翻开，张开嘴，伸出舌头，马上有一团热气扑到我的手背上。我吓坏了，慌忙缩回手，跳到老远，以为它要咬我。其实，是我不小心，把手指捅到马的鼻孔里了。

阿爸哈哈大笑。他拍了拍马背，说："马通人情，它就差说话了……"

可是我固执地认为，马是会说话的。

阿爸每次往马槽里填草，白马站在马厩里，扬着头，朝着厩外的阿爸"咴咴"地叫着。为了让白马胖起来，下驹奶水足，每天晚上都喂料。当阿爸刚拿起料兜子，白马就在马厩里不停地走动着，朝外面"咴咴"地叫。还有阿爸从外面回来，路过马厩的时候，白马也叫，无论早晚。

这些在我看来，分明就是白马在"说话"。

阿爸为白马梳理着鬃毛说，你喜欢不喜欢它，它心里都知道……

良马比君子，畜类也是人。这是中国人自古就有的仁爱观。指的是一匹好马，当它认定了自己的主人之后，就会一生一世在一起，永不分离！

三

白马又不见了。

沙尘暴停了几天了，还不见白马回来。

自从一开春，白马经常跑丢。它一不回来，我们弟兄几个就要漫山遍野地去找，找到了，就在后面拼命地追，绕着大圈子，追到它的前面，围追堵截，把它"圈"回村子里。

常常是它在前面跑着，腾起一阵阵烟尘，我在后面摔倒了，叽哩咕噜地爬起来，又接着追。

白马一次次跑丢，一次次地被追回来。

这一天晚上，羊群回来了，白马又没回来。

第二天吃完早饭，阿爸放下碗说，走，去找找……

阿爸、我、兄弟，三个人向不同的方向出发了。

尽管是春天，依然很冷。

我吸了一下鼻子，沙尘暴刚过，空气有些浑浊，满满的全是沙土的味道。

料峭的山风从棉袄的后身钻进来，冰凉的，打在瘦弱的后背上。棉袄是哥哥穿剩下的，十分肥大。

我解下鞭子，勒紧了宽松的棉袄。

我从嘎查的后山爬了上去，一边爬，一边向四周张望。都没有。

这是我前几次找马的路。

山峁上，山风很硬。冷冷地，抽在我的脸上，就像被刀子割过一样。

一道道山，一道道坳。我累得气喘吁吁，筋疲力尽。

有马在山沟里，山坡上……黑色的、红色的，都不是我的白马。

我越走越远。远远地看到一个嘎查的上空飘起了炊烟，袅袅地缠绕着，我仿佛闻到了饭香。

这个嘎查叫陈家沟，离我家有二十多公里，住着一些汉族人，下到半山腰，就是农田。去年夏天，我曾经拿着一个白色的纤维袋子，大老远地来摘过地里的豌豆板，回家炒着吃。

一想起香甜的烂豌豆，我更加饿得走不动了。

我一屁股坐在山峁上。

峁上的风更加凛冽，我蜷成一团，躲在一棵大杏树下面。

歇了一会儿，更觉得冷。我收拢四肢，蜷成紧紧的一团。

有一丛报春花在我的脸旁不惧严寒地摇曳着，头上举着几簇蓝色的花朵。远望，山峁的阴坡里，有红红的山丹花在热烈地开着。我迷迷糊糊地想，白马不会是因为贪恋这些美景而忘了回家的路吧?

被冻醒时，有一只苍鹰在头顶上盘旋。我睁开眼睛，清冷的太阳斜斜地坠到了对面的山尖上。天黑了。

我惴惴不安地回到家，意外地发现白马拴在马厩里。

额吉说，阿爸在路上追上了白马。

弟弟说，阿爸把马追回来，用笼头拴在马桩上，举起鞭子要打，可是举起了好几次，都放下了。

最后，阿爸恨恨地把鞭子扔在地上。他蹲在马槽边，抱着头，剧烈地咳嗽起来。

阿爸有个老毛病，一着急，一生气，就会莫名其妙地咳嗽。

额吉说，老马识途，一到春天，被卖到外地的母马大多都往它的老家跑，因为老家里有它的儿女。

白马站在马槽边，浑身汗水淋漓，四蹄交替地踏着，头摇晃着，不甘心地四处张望。每次找回来都是这样。额吉说，它回老家的心太急切了！

额吉给白马盛了满满一料兜子马料，放到马槽上。白马扭头瞅了瞅额吉，闻了闻，打了一个响鼻，没吃。

白马的眼睛里湿湿的，像蒙了一层雾。

额吉流泪了。她在锅前一边盛菜，一边自言自语：等白马下了马驹，有了牵挂，它就不跑了。

锅台上，昏黄的煤油灯被风吹着，一会儿明，一会儿暗。

我蹲在地上，守在饭桌旁，心中在暗暗地想，它的家里大片大片的草，谁都想着回去！咱这鬼地方，兔子不拉屎……

额吉端起她的那碗粥，走进马厩里。

天气冷了下来，白马身上挂满了白霜。

额吉摸着马头，心疼地说，吃点吧，以后别跑了，就算你跑回去，你也见不到你的儿女了！估计，也叫人买走了……

额吉长叹了一声！紧接着，又不紧不慢地唠叨起来……

白马在额吉的自言自语中渐渐安静……

那天晚上，额吉没有吃饭。

我记得额吉曾经捡回一只被绑了腿、剪了翅膀的鸽子，给它松了绑，它已经不能飞了。渐渐地，和人熟悉了。额吉在扫地的时候，鸽子站在凳子上，脑袋随着扫帚来回地转。额吉说，来，让让……它就听话地飞到衣柜上。

鸽子的翅膀长大了，不知何时，飞走了……额吉说，要把这些动物当人养！

额吉说，每次有鸽群在她毡房上盘旋时，她都怀疑是那只养伤的鸽子飞回来看望她。

第二年开春，一匹青马驹在白马的身边撒着欢儿。

果然，白马没再跑丢。

四

　　青马驹已经一岁多了，长得快一人高了，但是身子纤细，比驴要小。

　　我要让它成为一匹骑马。

　　在牧区，像青马驹这样没被人骑过的马叫生个子。尤其是到了三岁的生个子，力气大，脾气最为倔烈，最难以驯服。

　　放寒假，我从学校回来，对弟弟说，走，骑马去！

　　骑哪个马？弟弟不解。

　　好马都是骑出来的。我要把青马驹驯成一匹骑马。

　　白马和青马驹躲在一户人家的院墙处，避着风，晒着太阳。母子俩形影不离。

　　青马驹不情愿让我骑。

　　我一次次尝试着抓住它。青马驹总是围着白马绕来绕去，不让我靠近它。

　　我终于薅住了青马驹的鬃毛，一偏腿，骑上去了。青马驹驮着我绕着白马跑，还故意往墙上蹭，这小东西真够狡猾的，想把我蹭下来。

　　我的腿蹭到了墙上，出血了。

青马驹驮着我，绕来绕去。

突然，白马张开大嘴，在我的后背上狠狠地咬了一口。

我重重地摔在地上。

我忍着疼，从地上捡起一根长长的棍子，气急败坏地把白马打跑，把青马驹撵到覆盖着厚厚积雪的草原上。这样青马驹跑不快，我掉下来又不会有什么大碍。弟弟在前面抓着马鬃，我骑着，一圈、二圈……突然，前面闪出一道白白的影子，原来是被打跑了无数次的白马又跑来了。它"咴咴"地向青马驹发出一声长叫，青马驹拼命地挣脱开弟弟，撒开四蹄，折身狂奔，我被再次掀翻在雪地上……

雪尘飞舞处，母子会合，白马围着青马驹转了一圈，母子俩相互依傍着，向远方狂奔而去。

白马长长的马鬃毛迎着凛冽的寒风，在冬天的雪野里飘扬起来，形成了一幅美丽的画卷。

五

让阿爸对白马产生深厚感情的，缘于一次事故。

那时候，有的牧民也开始种田了。我家承包的边地沟梁，是一块三十多亩的山地。尽管地广薄收，阿爸仍旧固执地年年耕种。秋天，从梁上拉麦下来，必须经过一条狭长而陡峭的山路，车重路陡，有时驾车的牛收不住蹄，就会狂奔而下，车毁牛伤，后果不堪设想。

这次与以往不同的是，驾车的牛旁，还套着已经对农活熟稔的白马。

夜间的一场秋雨，让本来陡峭的山路泥泞难行。一车湿漉漉的麦子，装在吱吱呀呀的牛车上，产生的强大惯性让车轮越来越快，车刹不住了，牛不情愿地撒开四蹄，车声隆隆，尘土顿起。起初阿爸紧贴着牛车跑，试图用他微弱的力量阻止一起即将到来的悲剧。最后阿爸还是滑倒了，在地上拖行了数十米，车可以毁，麦子可以翻，可是拉车的牛、马是全家人的命，他手中紧紧地攥着牛缰绳。地上，阿爸睁着眼，在浓浓的烟尘中，看到的他头顶上是牛马翻飞的四蹄，看到飞快转动的车轮几乎就要轧在他的身上。这回真的完了，阿爸绝望地闭上眼睛，他想起了早些年遭遇的那场车祸，虽幸免于难，却轧坏了尿道，时常小便堵塞，一次次地扩充手术，让他饱尝皮肉之苦。

突然阿爸的身体轻了，脱离了地面，在空中飘了起来。阿爸想，去往天堂的路，人的肉身都是失去重量的。

额吉的哭喊声促使阿爸睁开了眼睛，拉麦的牛车翻在了山底的道下，牛挣脱了绳套，跑得远远的，浑身哆嗦着，身上、腿上，皮肉翻卷，血流了出来；而白马，站在阿爸的跟前。

额吉说，在生死之际，是白马叼住了阿爸的棉袄。

白马救了阿爸的命。

从此，阿爸与白马形影不离了。出工干活，阿爸都牵着白马，再累，也不骑；再气，也舍不得抽一鞭子。

春天，阿爸用清冽的井水饮马，从不让白马喝脏污的雪水；夏天，阿爸挥动着鞭子，驱赶白马身上的蚊虫；秋天，晚上割麦回家，佝偻的阿爸一手牵着白马，瘦弱的肩上背着一捆青草。这是白马的"夜餐"。阿爸说：马无夜草不肥。

每有空闲，阿爸用一把废弃的旧梳子，为白马梳毛。白马摇着尾巴，惬意地享受着特殊的待遇。一年四季，从春到夏，从秋到冬。

一年年就这样过去了。

白马的四蹄在小路上，天天都在踏响。

白马老了，它那快捷有力的四蹄逃脱不了衰老的脚步。

在远离嘎查的路上、山沟里，我时常遇见一堆一堆的马骨。马是累死的，还是老死的，我无从知晓。我曾经在一个大深沟里，看见了好多马的尸体。阿爸说，那是枪杀的，是得了传染病的马。疾病没有让它们熬到自然死亡。

白马老了，在它人生的暮年，还生了一个小马驹。

白马瘦骨嶙峋，奶水也少。小马驹先天营养不足，后天没有充足的奶水，皮毛黯淡，瘦弱无力。

我回到家的时候，白马已经不吃草了。它瘦得骨架突出，肚子干瘪，眼睛无精打采地眯着，四蹄交替地抬起来，临风站着，一副摇摇欲倒的样子。

额吉把装有谷子的盆举到白马的眼前，它慢慢地嗅了嗅，舔了两口就不吃了。我看见有谷子伴着白马嘴里的黏液，掉在了地上。

额吉含着眼泪，凄然地说，这回怕是真要不行了。

我着急了。阿爸抱住白马的脖子，我掰开马嘴，发现它的牙齿残缺不全，有的已经掉了，留下了一个个褐色的洞。洞里塞满了乱草渣子。牙龈的四周全溃烂了，散发出一股股难闻的气味。

怪不得不吃草了。马老了，嚼不动草了，草把马的嘴扎烂了。

我在专业学校里学的恰好是兽医。这会儿，派上用场了。

我让额吉烧开了水，把玉米面沏得稀稀的，我把一根长长的胶皮管，从白马的鼻孔里插进去，一直插到马的胃里。然后在管子的外头手插上漏斗，把玉米糊糊灌到马的胃里去。天天如此。

这样的事儿，需要的是技术。如果灌不好，会把马当场灌死。

然后用双氧水给白马嘴里的伤口消毒。

春天来了，草青了。白马逃脱了被饿死的厄运。

可是第二年，我回家过春节。毡房的墙上，挂着一把长长的、白色的马鬃毛。

额吉说白马死了，一场无来由的病。临死前，邻居说它活不了了，捅一刀，还能吃肉。

阿爸却任由它死在马厩里，只留下一把马鬃毛，挂在墙上……

最初发表于《民族文学》2016 年 5 期。2017 年，该文被人民文学出版社收入"21 世纪年度散文选 2016 年度选本"。2019 年 7 月，散文《白马》翻译成蒙古文，发表于《西拉沐沦》2019 年 2 期

菊花与泉水

庞余亮

济南的菊花肯定是属于李清照的。

那一天，趵突泉公园的菊花开得实在烂漫了，仿佛微醺的李清照。微醺的李清照，微醺的菊花们，心照不宣地，一边吟诵着《醉花阴》和《声声慢》，一边将所有的苦日子、坏日子、酸日子、甜日子用煎饼一卷，和着山东大葱，蘸着高粱烈酒，把这个秋天过得有滋有味。

200 余种菊花，200 多阕词，每一行，都闪烁着少女李清照的眸子。

30 万盆菊花，30 万本《漱玉集》，每一页都有墨香，那墨一定有漱玉泉的水，在砚台里洇开来。

满园子的菊花香。

我去的那天，恰巧下着雨，因为要把郭沫若的对联读出来，索性把雨伞收了。

"大明湖畔趵突泉边故居在垂杨深处，漱玉集中金石录里文采有后主遗风。"

这对联有些遗憾，什么后主啊，李清照的词风是独立的，她是宋词中的"女王"。"女王"的王座，是用趵突泉的菊花铺就的。

雨越来越大，在趵突泉里寻找李苦禅纪念馆的时候，都近乎暴雨了。可济南人似乎不怕雨，趵突泉公园里的人越来越多，爽朗的山东话在雨中格外好听。我在趵突泉边侧耳寻找着，一个操京腔的声音：

"在我的印象中，济南下大雨的次数屈指可数，多的是中雨，没有什么危害，反而让人欣喜若狂，因为老济南人都知道，有雨便有泉。"

有雨便有泉，难怪趵突泉公园里的人会越来越多，都在看趵突泉，汹涌不绝的趵突泉。

"泉太好了。泉池差不多见方，三个泉口偏西，北边便是条小溪流向西门去，看那三个大泉，一年四季，昼夜不停，老是那么翻滚。你立定呆呆地看三分钟，你便觉出自然的伟大，使你不敢再正眼去看。永远那么纯洁，永远那么活泼，永远那么鲜明，冒、冒、冒，永不疲乏，永不退缩，只是自然有这样的力量!"

五个"永远",三个"冒",几乎就是老舍这个作家的铁板钉般的信心和忠诚。这信心,这忠诚,背后是这个作家滚烫滚烫的热爱,对于济南对于趵突泉的爱。

所以,有泉水的济南,最适合一个刚烈的坚决的人爱她。

在济南,老舍在泉水边生活了 4 年半,或者可以说,泉水在老舍的身体中流淌了 4 年半,《济南的冬天》《济南的春天》《济南的秋天》,全是济南的赞美诗。除了这些赞美诗,还有长篇小说《猫城记》《离婚》《牛天赐传》,他的每一个文字都像是我们的教科书。干净而美好。

那美好里,就有"断魂枪"里的默契。

趵突泉、漱玉泉、无忧泉、孝感泉、知鱼泉、石湾泉、鉴泉、湛露泉、满井泉、卧牛泉、珍珠泉、黑虎泉,还有余下的60 眼泉。

完全就是老舍的"断魂枪"的 72 式。点点又点点,招招又招招。

"不传!不传!"

那一夜,老舍摇着头,又摇着头。大明湖里的见到"老残"的白莲花也学着老舍摇头,老舍与白莲花对视一下,然后,老舍先生微笑着,摘了片白莲花瓣,用它佐了酒。

真想就这么与老舍相遇一次,或者做一天他的书童,为他捅炉，为他磨枪，为他摘莲，为他担泉。

黑虎泉边有许多雨中担泉的济南人，用木桶、铁皮桶、塑料壶、大号的可口可乐瓶……汲水的几乎都是女子，这些山东女子，大眼睛阔额头的山东女子。雨还在下，女子们的额头更加明亮。母亲与泉水，理所当然。我掬了一口，那泉水几乎是跳进我喉咙的。天下怎么有这么好的城市啊，泉水涌着，一如既往地涌着，如老舍先生当年在济南的灵感。

那一年，老舍先生依依不舍地说："从一上车，我便默默地决定好：我必须回济南，必能回济南！济南将比我所认识的更美更尊严，当我回来的时候……"

后来，老舍先生并没有回来，在北京那口又浅又浑浊的湖水中，肯定想到了济南。

雨还在下，我的镜片更迷茫，更恍惚……突然，一个剃着桃子头的男孩（他是跟着妈妈来担泉的）在我耳朵边奶声奶气地喊了声："娘——"

我的心一下子软了，被泉水浸润的童音，济南话的童音，是天下最好听的声音。

亲近麋鹿

谈雅丽

　　我离它有些距离。麋鹿先生远远地打量着我，它是洞庭湖的鹿王，气宇轩昂，简直就像一位高贵的绅士。它与我遥遥相对，彬彬有礼，它昂起头沉静地盯着我看，头上那对美丽的鹿角盘虬交错，直指蓝天，好像戴着尊贵的皇冠一般；它的身体高大健壮，在璀璨的阳光下闪烁着金光。

　　它是一头统领湖水和绿洲的鹿王。

　　一刹那，它带领的整个族群全都静下来了。30多头麋鹿，一起转过身子，紧盯着我看，眼睛一眨不眨。时间宛若凝固，四周静如天籁，只有暖风从远方吹过来，吹得这片绿洲呜呜地响，也把湖波吹出很多层。轻柔地一层层吹开，又一层层合拢，难怪诗歌中有"卷起千层浪"这样的形容。洞庭湖真是大美之地，所以能哺育候鸟、江豚和麋鹿，这些美好的、完全溢出人们想象之外的神奇物种。

春天到了，麋鹿们在大地上奔跑，它们互相传递着什么信息？关于爱情，关于自由，关于迁徙，我全然不知。它们会不会留居于此？或者移居到别的领地我尚不得知，我听不懂麋鹿的语言，不了解它们的习性，只在石破天惊的偶遇中才见识到它们的庐山真面目。眼前的麋鹿先生从容淡定，倒让我想起了一句诗："泰山崩于前而色不变，麋鹿兴于左而目不瞬。"语出苏洵《权书·心术》，意思是泰山在眼前崩塌但是脸色不变，麋鹿突然出现在身边但眼睛不眨，遇事镇定自若，不受外界影响。我非淡定之人，面前的这群麋鹿让我动了心，我对最高贵的麋鹿先生一见钟情了。

就像当年的阿芒·大卫一样，我在洞庭湖畔辗转反侧，寤寐思服，再也舍不得离开这片麋鹿经过之地。阿芒·大卫是法国的博物学家，也是传教士，他来中国传教，也为法国的一个自然博物馆收集动物学、植物学方面的资料。1865 年他在北京南郊进行动植物考察，经过南海子皇家猎苑时，忽然双眼一亮，因为他看到了一群陌生的、可能是动物分类学上尚无记录的鹿。作为一个博物学家，强烈的好奇心和探求欲使他无比着迷，盘桓数月不肯离去，他的惊骇是有道理的，因为这是全世界唯一幸存的一群麋鹿。最后，他终于通过贿赂，从南苑管理者的手中"弄"到了麋鹿头骨和鹿皮，之后立即寄往法国自然博物馆。经自然博物馆的馆长米勒·爱德华鉴定，这是一个新属新种。为了纪念大卫的贡献，它在法国被命名为"大卫鹿"（David's deer）。从此，养在"深宫"的麋鹿，开始闻名于世界。阿芒·大卫不仅发现了麋鹿，而且发现了中国的珍贵物种——大熊猫以及被称为"活化石""植物大熊猫"的孑遗植物——珙桐。当然，这是发现麋鹿之后的后话。

阿芒·大卫发现了麋鹿的消息，在英国、法国、德国、日本等国产生了很大影响，这些国家政府纷纷向中国清朝政府明索暗取了近 30 头活体麋鹿，使其走出国门，在异国他乡过着颠沛流离、举步维艰的生活，却也幸运地在国外保存了这一物种。在中国人眼里，麋鹿是"四不像"，犄角像鹿，面部像马，蹄子像牛，尾巴像驴，整体看上去却似鹿非鹿，似马非马，似牛非牛，似驴非驴。虽然人们也弄不清楚它是什么神奇物种，但它却具有 300 万年悠久的生命历史，早在距今 3000—10000 年前，麋鹿发展到鼎盛时期，当时与人类的数量相近，它们向往宁静，远离人类的目光，可上至周朝王囿，外至多国园林，它的形象一直在供人观瞻。它热爱湖泊沼泽，淡泊超脱，只求偏居一隅，在无人知晓处默默地自由生存，命运却迫使它数百年圈居皇城脚下，备受显贵名士的青睐。在历史的长河中，由于人类的滥捕滥杀，使之在长达近千年的时期内几度濒临灭绝。直到 19 世纪 60 年代，最后一批麋鹿被豢养在北京南海子皇家猎苑，当时阿芒·大卫发现的就是中国最后一批麋鹿。可惜的是，1900 年圆明园那场大火，最后一批麋鹿被西方列强劫杀一空，从此宣告麋鹿在中国本土完全灭绝。

中国是麋鹿的老家，随着国之强大，从 1979 年开始，我国的动物学家谭邦杰就在报刊上呼吁，要把流落海外的麋鹿引回中国，为麋鹿重建家园，恢复我国的麋鹿种群。他的倡议得到英国乌邦寺庄园的主人塔维斯托克侯爵的热烈响应，侯爵决定将 22 头麋鹿无偿赠送给中国，麋鹿因此从国外引渡回了南海子，并逐渐得到了保护和发展。1993 年，新建立的湖北石首保护区开始分批从北京南海子麋鹿苑引入 94 头麋鹿，致力于恢复麋鹿野生种群。1998 年长江特大洪水冲垮石首麋鹿保护区拦网，36 头麋鹿自然扩散。自然扩散的麋鹿逐渐适应野外自然环境，种群数量逐渐增加，其中有 5 头流散到洞庭湖，在此形成一个个野生种群，我眼前站立的麋鹿就是一个个传奇故事，它们就来自于丢失了又找回的神奇物种。

如何才能亲近高傲的麋鹿先生？

它不知道我千里迢迢，从西洞庭湖跑到南洞庭湖，再赶到东洞庭湖的采桑湖畔，就是为了找到它。而我见到这落入人间的精灵，却因此魂牵梦绕了。我一步步走向它们，想起手机里有一个麋鹿叫声的视频，于是，我把音调到最大，慢慢向它靠拢。我用麋鹿的语言呼唤，"哞喔——哞喔——"声音雄浑清越，像野牛的召唤。果然，麋鹿先生停住脚步，它一定觉得这叫声如此熟悉，便好奇我来自哪里，是否是它的同类？在自然界，野生麋鹿的世界与人类几乎毫不关联，曾经人们对它的伤害几乎使其灭绝于世，如今，放飞了洞庭湖的这一块乐园，让它们自由生长，枝繁叶茂。在 2000 年前就濒临灭绝的边缘走过几趟后，麋鹿奇迹般地回归洞庭湖了，在野外过起了优哉游哉的群居生活，它们从最开始的几十只发展到了两百多只。

洞庭湖畔，绿野茫茫，草长莺飞，唯有这群野生麋鹿构成了我的梦境，那种原始、野生的奔驰，带着青苍的青草气息；它们奔跑嬉戏，求偶争斗、泡澡进食；雄鹿们在野外，会一言不合地打架，展示自己超凡的战斗力，会用高耸的枝角，挖水草炫技吸引异性；雌鹿温存善良，从容淡定，舐犊情深；幼鹿天真可爱，宛如天使，这些都是它们让我着迷的原因。其实，找到它们也太不容易了，当我乘坐小船，长达数小时寻找，到达芦苇荡的中心，就仿佛到了世界的中心。我探访了多位上岸渔民，他们建议我不要去洲上打扰麋鹿，麋鹿们天性自由，善于躲藏，不容易被发现，只有用无人机飞到俯瞰的高度，才能掌握它们的踪迹。麋鹿对人类保持着警惕，它们远离人类，因那时光中颠沛流离的伤害。

洞庭湖的野生麋鹿群来自英国侯爵赠送的后裔，当年侯爵花重金将流散到巴黎、柏林等地的 18 头麋鹿全部购回，放养在伦敦的庄园内，最后繁殖到了 255 头，湖北石首天鹅洲建立麋鹿自然保护区后，这个种群逐渐扩大。谁也没料到，1998 年特大洪水，江水汤汤而下，淹没湖洲，那 5 头麋鹿涉水而渡，一直往洞庭湖而来，从此它们在洞庭湖栖息繁衍。11 年后，一队科学考察团，居然在洞庭湖发现了繁衍后的 27 头野生麋鹿。如今洞庭湖的麋鹿，一支栖息在东洞庭湖注滋河口两岸，另一支在东洞庭湖至沅江漉湖区域的红旗湖，它们是世界上唯一在没有人工干预措施下自然野化的种群。

湖洲何其壮阔，有最适合麋鹿生活的草场，它们在此生存、繁衍，种群逐渐变大，成为真正的湖水与绿洲之王，统领着这一方山水田园。

野生麋鹿很少与外界接触，为了更近距离了解它们，我去到东洞庭湖麋鹿保护区救助站，那里生活着 17 只麋鹿，都是被当地人救治才活下来的，现在麋鹿和一些受伤的候鸟一起生活。有只不怕人的雌鹿叫点点，2012 年 3 月 10 日清晨，天气晴朗，有渔民驾驶拖拉机去河滩抢运芦苇。在渺无人烟的旷野荒洲，忽然听到奇异的啼哭声，声音来自前边不远的芦苇垛，分明还有嚓嚓嚓的脚步声。渔民大步向前，却又吓得后退。一只小野兽，四只脚的嫩崽，不像野猪野狗，似牛似马的又不像，橘红色毛发朵朵白斑，肚脐带上还染有暗红血迹呢。说来小麋鹿命大，洞庭湖第一只麋鹿小天使命不该亡。芦苇场的管理员赶到，一见这活宝颤颤抖抖神态可怜，它不是被吓着也是被冻着、饿着了。他指着皮毛上的白梅花点，它是麋鹿，国家重点保护动物，快打电话给东洞庭湖保护区管理局。

　　救助站的杨晓强开车到团洲乡，从那儿租船溯注滋河而上，河上寒风凛冽行船慢，花了几个小时才赶到芦苇场。杨晓强办事心细，他特意带去棉衣与牛奶，或许这份爱心，或许天缘命注，杨晓强见到小不点，二话不说就把它包裹棉衣抱在胸前。他生怕小麋鹿路上被冻死饿死，就它身上的梅花斑点随口取个名字，"点点！点点！"叫个不停。点点是一头小不点的被弃婴鹿，幸运地与人共生，从此共同守望洞庭湖春夏秋冬的晨光夜色。

　　点点和保护站的志愿者日渐熟悉，它和杨晓强最亲密无间，站在隔离栏杆轻声呼唤，点点飞马似的从杨树林中奔驰而来，舞蹈跳跃、快乐无比地直扑杨晓强的胸怀。杨晓强双手搂抱点点，点点不停地用舌头舔着它的人类朋友，表达爱意。对小天使的宠爱使得点点完全习惯用它的兽性与人共处，却又丧失了回归自然界及野生麋鹿群体的可能。一只雌麋鹿

2—3 岁性成熟，点点的发情期如何应对？它的理论寿命将长达 25 周岁呢，东洞庭湖保护区曾经有过"拉郎配"，点点总不动情，似乎在等待它的如意郎君。点点迁居救护中心的美丽家园后，终于与另一只被救助来的野生雄性麋鹿"犇犇"喜结良缘，2018 年 3 月 28 日，刚刚度过 6 岁生日，点点顺利产下头胎幼崽，"大龄剩女"华丽转身由雌鹿升格成真正意义上的母鹿。在麋鹿救助站，我见到了点点，它骄傲地带着小不点幼崽蹦蹦跳跳地从枯枝杂草中钻过来。点点特别喜欢与人交流，谁用青草嫩叶逗它，便毫不客气地找人讨吃。

　　一片无边无际的绿洲，被洞庭湖水包围，湖水清碧，湖中长满细细长长的水草，透过湖水能清晰地看到湖里的世界。鱼虾划动尾鳍，跃出水面又钻到水底。这里是藏着无数秘密的湿地保护区，冬天退水后，洲上全是野生的芦苇，大大小小的水泽漂着候鸟，那些野鸭、天鹅、野鸬鹚统管这面水域，但绿洲深处就是麋鹿的天堂。当我穿过芦苇地来到这片绿洲，见到麋鹿先生。它满脸傲慢，用两只眼睛瞥了我一眼，清亮的眼睛里装着警惕和淳善。那高大树枝一样的鹿角，直指苍茫而天青的天空。矫健的身体呈流线型，如流水一样满溢着力量，我想，如果它奔蹄疾驰，很可能直接跃上了云朵。

　　我无比惊叹，如痴如醉，我如何能对一头麋鹿一见钟情？

　　像当年的阿芒·大卫一样对麋鹿先生辗转反侧，思之又思，盘桓数月。在还没见到它之前，我偶尔在青山湖候鸟博物馆里见到一个标本，那头麋鹿用苍白呆滞的眼睛看着博物馆的玻璃橱窗，它一定渴望绿洲上的奔跑。那是阿芒·大卫偷偷带到法国的麋鹿标本重回故乡了吗？我千里迢迢来到属于麋鹿先生的洞庭湖，远远看着它，当时暖风吹得热烈，周围一切瞬间停止，我听到自己激烈的心跳声，感觉自己在用滚烫的热血爱着麋鹿先生，而麋鹿先生却身披滚滚惊雷，带着它的族群奔向草洲深处，一去不返了。

　　大概，一个人爱上麋鹿只有一种方式，那就是认真守候它的家园。远处一望无际的湖洲，暖风吹起，一缕缕翠绿的波澜在生成，仿佛带电传导，连绵不绝从最微小处漫延到远方。这绿色的波浪若是遇到阻滞，便打出一道道漩涡，遵循古老的"黄金螺旋"定理，形成最完美有螺旋曲线的绿之海，而我亲爱的麋鹿先生会不会变成螺旋曲线中那一枚枚跃动的音符呢！

慈　姑

初国卿

　　十多年前给我家装修的宋氏三兄弟来自江苏南通。兄弟三人活做得好，人也厚道，在沈阳做装修近 30 年，积累了良好的人缘口碑，许多找他们兄弟装修的人都得提前半年预约。自从三兄弟给我家装修后，每年水电或是橱柜等出了问题，只要给他们打一个电话，就会及时来一个兄弟帮我修好。时间长了，与三兄弟成了朋友，他们每年从苏北老家过年回来都要给我送一袋从家乡带来的慈姑，让我尝鲜。

　　慈姑是宋氏兄弟老家的特产。我第一次见到宋氏兄弟送的慈姑，只看其形，就让我很喜欢。它长得圆头圆脑，很像大蝌蚪，又似小土豆。大者如桃，小者如栗，每一颗都带有一粒粉红色的顶芽，俗称"慈姑嘴子"，弯弯地翘着，好像是一个个俏皮的逗号，似乎在告诉我说：知道吧，我来自苏北，我是慈姑，不是土豆。

宋氏兄弟说，在老家乡间的河塘边和水田里，到处可见慈姑，每年冬至前开始采挖上市，春节前后正是吃慈姑的时候。他们还告诉我，吃慈姑要先褪皮，再切成两瓣，然后烧五花肉和炖大骨。兄弟中的老大，我们都称他"大宋"，还有点抱歉地嘱咐说："这东西吃起来有点苦，但不像苦瓜的苦，更不像中药的苦，很淡，不知你们吃得惯不。如果吃惯了，我以后年年拿给你们。"慈姑的淡淡之苦，倒是正合我的口味。我早年喜欢吃苦瓜，曾有同事戏称我能从苦中吃出诗意，慈姑之苦，自然是另一种诗意了。

就这样，每年春节之后宋氏兄弟都给我送来一袋慈姑，有时家中没人，就悄悄地放在露台上，人也悄悄地走了。过后打个电话给宋氏三兄弟，请他们来家吃一顿饭，吃我做的慈姑烧肉，但他们总是婉转拒绝，说是装修事急，脱不开身。十年间，年复一年，春节后的慈姑烧肉、慈姑炖大骨，几乎成了我家餐桌上的荣誉出品，也成了我忘不掉的水乡月色或江南乡愁。同一条街住着的作家刘宏伟读我的散文，写了一篇书话，题为《一个爱南方的北人》，可谓是说中了我这方面的情结。

慈姑吃起来确有淡淡的苦味，但因为下锅前用沸水汆过，焯去了土腥气和少许苦味，再加上是烧肉和炖大骨，本来无味的慈姑充分吸收了油盐、葱蒜、糖姜、花椒、八角等各种作料之味，一般倒不觉其苦。这种亦苦亦甜，大素大荤烹成的至味，吃起来自然是油而不腻、清香无比了。在我家，一盆慈姑烧肉吃下来，往往是慈姑吃完，肉都剩下了。慈姑吃起来的口感，确实有点像土豆，但它又绝不似土豆那样一煮就烂，烂泥一样。慈姑无论怎么烧，也不会烂成一塌糊涂，总是颗颗成形，咬到嘴里颇有嚼头，也很筋道。任谁吃过后，都会有回味，都会记得住。正因如此，江南人才将其与茭白、莼菜、菱角、塘藕、芡实、荸荠、水芹一起誉为"水八鲜"，成为餐桌上独特的美食。

吃了慈姑，我总想见识见识慈姑长什么样。前年秋天到与南通一江之隔的常熟，在寻访芙蓉村红豆庄和虞山脚下钱谦益、柳如是墓的过程中，我不忘一识慈姑模样。在芙蓉村和沙家浜的水塘边，我终于见到了长着燕尾形叶、开着白花的慈姑。乍一看，慈姑的花有如水仙，只不过水仙花六瓣，它只有三瓣。白色的三瓣花朵托着紫色的花蕊，素面朝天，从容淡定，朴实而不张扬。慈姑，李时珍在《本草纲目》中说："一根岁生十二子，如慈姑之乳诸子，故以名之。"这是说到了收成时，它每棵秧下都有一串如土豆般的慈姑，一般是一串12颗，象征着一个月一颗。因此，民间多视慈姑为吉祥物，寓意多子多福。我记得宋氏兄弟还说过，他们老家苏北农村，新媳妇初次回门离开娘家时，都要带几个慈姑的，那是希望早得贵子，人丁兴旺。还说如果这一年是闰月，慈姑就不是12颗了，而是13颗。慈姑就是这样诚实地回报岁月，在它身上似乎有着神奇的自然灵性和人文感应。

慈姑的这种人文感应还体现在诗画和传统图案上。如唐人白居易、张潮，宋人陈与义等都写过咏慈姑的诗。齐白石曾画过《慈姑虾群图》，李苦禅也画过《慈姑鱼鹰图》。我曾收藏过有慈姑纹饰的青花瓷，那是将荷叶、莲花、莲蓬、慈姑叶系在一起的图案，称为"一把莲"，是一种吉祥纹饰。还有民间风俗画中，慈姑和柑橘画在一起，寓意瓜瓞绵绵。

因为宋氏三兄弟的情谊，不仅让我尝到了慈姑美味，还让我感受到了慈姑所具有的人文品格。如今，宋氏兄弟已在沈阳买了自己的房子，但每到春节之时还要回老家过年，去寻找有慈姑的乡愁。春节过后，我都期待宋氏兄弟早点回来，不仅是因为有慈姑吃，还因为许多新买了房子的朋友在等着他们兄弟给装修。每到这时，我都会想起汪曾祺那篇题为《故乡的食物之咸菜茨菰汤》（茨菰，现作慈姑）的散文，想起文中写到的沈从文先生在请汪曾祺吃慈姑时的那句话："这个好！格比土豆高。"

本文原载 2014 年 2 月 15 日《人民日报》"大地"副刊

企鹅的"高速公路"

王力丽

这才是我心中南极的模样。被山脉和万年冰川包围，山上有野生动物的乐园，一个原始安静、神秘圣洁的世界，这儿是巴布亚企鹅的栖息地。巴布亚企鹅又叫金图企鹅。最让人容易记住的名字是白眉企鹅，红红的嘴，眼睛上方有一道显眼的白毛，像一道白眉，长得眉清目秀的。

纳克原是挪威一艘捕鲸船的名字，比利时探险家当初发现这个海湾时以此船名来命名的。纳克港在安德沃尔湾深处，位于南纬 64 度 51 分，是最接近南极圈的地方。这么说吧，南极圈的纬度是南纬 66 度 33 分，同样，北极圈的纬度是北纬 66 度 33 分。踏入南纬 66 度 34 分就是进入南极圈了，只有在极圈内才有极夜极昼现象，想着来时的想当然，以为只要到南极就天天是极昼，还琢磨着如何打发漫漫长日或白日做梦呢。

突然传来一声声像鞭炮一样的响声，我循声望去，远处巨大的冰山突然从山崖处断裂，跌落海中，海湾里一阵轰鸣，腾起一阵雪雾，冲起一片巨浪，碎冰浮雪出现在起伏不定的海浪中。那炸雷般的响声让人一阵心悸，那跌落下的冰山是从伟岸巨大的陆地母体的冰架上脱离下来的，像是孩子离开了母亲，有着怎样的难舍难分的巨大裂痛，那离开母亲的孩子——或大或小新的冰山，随波漂向更加温暖的水域，被海水冲击着、融化着，几天、几年甚至几十年，直到完全消失。

我们下船，徒步往山上走。企鹅的家族都居住在山顶，它们家家相亲相爱，母子情深相偎相拥的，夫妻两个你侬我侬卿卿我我的，站着的、趴着的，那些小企鹅们像顽皮的孩子一样追逐嬉戏，到处是它们欢快活泼的身影，这是一个非常和谐有序的企鹅王国。

在雪地上行走的企鹅，遇到小的沟，双脚一跳就能跳跃过去，大沟就不行，所以人类一脚踩出一个大雪窝，对于企鹅来说就是不可逾越的鸿沟，是一个置之死地的陷阱，我们坚决不能踏进企鹅通道。

上山下海，来来往往，厚厚的冰雪被它们的脚爪踩出一条浅褐色的坚实平坦的路，企鹅在路上走，快捷而安全，这就是它们的"高速公路"。

雪地滑，它们下海捕食后，吃力地从岸边往高处的山顶走，只有山顶的岩石上没有积雪，可以筑巢，它们通过"高速公路"穿梭在海滩和大本营之间。

通道不宽，两个企鹅相遇时，一个就会侧身礼让，很有人类的交通规则，它们边走边东张西望，或停下来嘴里嘀咕着什么，交头接耳像是商量什么事，商量完了，就一前一后地蹒跚而去。

企鹅习惯走自己走过的老路，有的呆站一会儿，时间一长，它都不知道是该向上走还是该向下来。如果人一掺和，更加不知所措，跌跌撞撞，往往南辕北辙，甚至改道找不回来。所以，碰上企鹅，人类无条件避让，我们这些闯入者只有呵护保护的份儿。

雪地中，看企鹅的背面，黑的一批批往山上走，看正面，白的一批批向下来，黑黑白白挤挤挨挨，动物绝对是顺其自然的模范，我们也应该像动物一样，不去影响自然法则，不滥用自然资源。这大自然已经存在了几十亿年，不以为大，故能成其大，这就是大自然。人类真是小儿科，只是初来乍到而已，有什么资格对大自然指手画脚。世界没有我们，一切依旧。

雪地上到处是企鹅们来来往往的身影，我们来到了企鹅王国，它们是真正的原住民。在这儿，不请自到的人类真多余，山顶上聚集着成千上万的企鹅，岩石上到处是红色的印迹，知道是什么吗？原来是企鹅的便便，是吃红色的磷虾所致，吃了太多高蛋白，拉出的便便味道就可想而知了。

我站在山顶，环顾四周，往上是连绵起伏望不到边的雪山，站在这个雪山顶，还有另一个、无数个雪山顶。想到当年的挪威极地探险家阿蒙森寻找南极点的路上，爬过一座又一座的雪山，还是望不到头，让人又兴奋又绝望。

在山顶可俯瞰整个海湾和冰川的壮丽景色，一边是层层堆积的冰雪悬崖，那些看似柔软的积雪下面就有可能有深不见底的裂缝，工作人员一定要让我们在划定区域活动，首先考虑的就是安全因素。另一边是躺在环山中央的一湾静水，透明纯净如初生婴儿般明净甜美，一切的宇宙洪荒天地玄黄的神秘仿佛都在这山水之间，寂静穿过寂静，时光就这样虚妄地静静流逝着。

上山或者下山，每一次回头看港湾的风景都不一样，移步换景，世界的无限延展性都在眼前，人生最好的境界就是现在，一种最厚重最原始的宁静，是一种丰富的安静。

前眺或回望，一样的风景，辽远而苍茫。天空中，一朵云追逐着另一朵云，我们从一个远方来到另一个远方，完全是陌生的土地，陌生的疆域，我们看到了世界的另一面。

旅行的意义，就是让我们从不同的角度去包容这个世界。

本文刊发于 2021 年第 11 期《散文选刊》

第二辑

飞吧，枯叶蝶

黄孝纪

　　望着你越飞越远，越飞越高，高过对面楼群屋顶，融入灰白苍茫的天空，变成一点，不见了。我的心，不只是激动和对你未卜前路的祝愿，顷刻间，也有留恋。

　　早晨，洗漱过后，窗台纸卷上黏着的一片黑色残叶引起了我的注意。昨夜的风大，又有雨，对于这无端飘来的叶片，我也没有探究它的来源。

　　我把纸卷拿来一摇，残叶没动。又一摇，还是没动。这是怎么回事？

　　我凑近眼前一看，这片残叶竟然是一只虫子！

　　这无端来临的虫子仿佛一个静物，形状奇特。我摘下它黏附的那点儿小纸团，细细端详。它的身子像一片两三分长的残缺的叶片，侧立着，尾部一个小小的叶柄，上前沿两个弯曲的豁口，犹如被蚕食过的枯叶。头呈三角形，像猫头鹰的脸，一对黑色的眼圈，依稀密布着细微的红点。它似乎长了一个小鼻子，向上弯曲，如一个蜷曲的叶须。我轻轻转动纸团，虫子依然一动不动，几条钢丝般细长的腿，支撑起这似叶非叶、似鱼非鱼的奇形怪状的身体。

这是个什么东西？活的还是死的？

我拿出相机，一手举着纸团，一手对准它不断按下快门，镜头几乎要触着它的身体。前后左右，俯拍仰拍，我变换着角度，足足拍了几分钟。它依然一动不动。

是不是死了？

我把纸团放在窗台上，拿了一只梅花起子，轻轻拨了它一下。它突然飞了起来，瞬间，就冲到了玻璃窗的上沿，极速扇动翅膀，扑打窗户，仿佛挣扎着要冲了出去，却又猛然掉了下来。它的翅膀张开，两片黑色的枯叶下，还有一对饰着粗黑曲纹的金黄色翅膀。片刻，它收拢翅膀，又成了窗台上的一片安静的枯叶。

我想起来了，它就是昨晚飞进来的那只蝴蝶。

这段时间，义乌总是下雨。尽管已是 11 月，立了冬，依然大雨小雨下个不停，难得有个晴天，甚至连半阴天也少有。

昨晚的风雨也大，我开门时，在门把上似乎触到了一个柔

第二辑

129

软的东西，一闪，进了屋。日光灯下，一只黄色花纹的蝴蝶，一圈圈仓皇飞动，带着紧张和陌生。

我站着看了看，心想，真是个不期而至的客人。我也似乎很久没有看见过蝴蝶了，由它飞去吧。关灯，歇息。

而现在，我有点儿怀疑，这究竟是不是一只蝴蝶？搜寻我的记忆，可从没有见过这样的蝴蝶。这是不是一只飞蛾？它的枯叶似的身上，有着飞蛾般细微油滑的粉末。我打开电脑，把这只昆虫的照片放进了我的QQ相册。

上午上班的时候，有网友留言说，这是一只枯叶蝶。

枯叶蝶？

我在网上搜索这个名字和图片。

原来，它竟然是一只十分珍稀的枯叶蝶！它的珍稀程度大大出乎我的意料。枯叶蝶活体或标本的价格，网络上也有吆喝，有开价数百元的、数千元的、上万元的，甚至三五万元的。这个商业化的社会，已经没有一样东西不按金钱去计价了。

我该如何处置这只枯叶蝶？当我知道了它的来头和身份，心里也犯了嘀咕。通知当地报纸、电视新闻热线，宣传报道一下，再交给有关部门？他们又会如何处置这只枯叶蝶？其实，很多自然资源和珍稀动植物，就是因为新闻宣传，反招致了祸害。如果那样，一只美丽的生灵遭扼杀，是多么令人痛心疾首！也许只有天空和大自然才值得信赖，才是它的归宿。

中午，天气转阴，略带微微的暖。枯叶蝶依然一动不动地伏在窗台上，像一片静止的残叶。

我轻轻推开窗户，拿梅花起子轻轻触碰它。枯叶蝶打开了两片残叶，露出金黄的里翅，停在窗台上，不停地扇动着。梅花起子又一碰，枯叶蝶腾空而起，疾速飞到窗外，绕过花盆，穿过护窗条的间隙。

我注视着它不断扇动翅膀的身影，在两栋楼间不断地腾空，腾空。它的速度很快，迅速越过了对面的楼顶，也没有留恋楼顶栽植的橘子树，径直往天空深处飞去了。

但愿它能飞越金钱气味浓烈的城市上空，飞向远郊的深林。

本文发表于 2016 年 8 月 23 日《语文周报》高二读写版头条

那双美丽的眼睛

甘以雯

我相信"缘"，在茫茫尘世，能够相遇，倾心相处，能够牵肠挂肚，在冥冥中，肯定有一条丝线在牵，这就是——"缘"。

可能自小家中就养猫的原因，我很喜欢猫，一见到猫的身影，听到喵喵的叫声，我会觉得家一下子变得生动起来。

那年，儿子考上位居全市第一的南开中学，兴之所至，我连想都没有细想，就带着他到花鸟市场挑选了一只白猫，算作对他的奖励。咪咪很快就到了闹猫的年龄，我们很人性化地待它，为它娶了纯日耳曼种的美女猫媞媞，它们生下了小媞媞。在三只猫中，小媞媞最弱小，既没有它爸爸的威武雄壮；也不及它纯日耳曼血统的妈妈聪慧漂亮、雍容富贵；而且小媞媞的青春美丽消褪得最快，可是，我、老公和儿子最疼爱、最牵肠挂肚的无一不是她——小媞媞。

小媞媞出生于深秋季节，那应该是北方最美的季节。蓝天白云、水碧叶红的金秋，是自然万物收获的季节。感谢造物主，让我们收获了一只可人的小猫。

那天我出差在外，先生送儿子到北京上学，回来时已是傍晚。一进门，母猫大媞媞狂叫着叼着先生的裤腿到了早已准备好的产房——纸盒子前。一只裸露着粉红色皮肉的小猫趴在地上无力地叫着。先生用手暖着它好久，才把它放在了产房里。深秋季节，没有暖气，房间里很凉很凉，为采暖，先生在产房里接上了一盏灯。我第一次见到的小媞媞，就是蜷缩在灯光下的一只白绒绒的小东西。

小媞媞很快出落成一标准的小美女猫，眉清目秀，一只蓝色一只黄色的眼睛，一身雪白的长毛，尤其那翘着的长长的白尾巴，像秋天里摇曳着的一蓬芦花，楚楚动人，靓丽而富有生气。这只小猫，带给全家无穷的欢乐——

它十分活泼好动，时常跳到桌子和吧台上，用爪子一点一点把上面的小物品扒拉到地上，尤其喜好扒拉牙签盒。记得有一次它把牙签盒扒拉到地上，牙签撒了一地，它那个激动那个兴奋，爹着那蓬芦花似的大尾巴，叫着跳着扑着散落一地的牙签，我一边捡它一边抢，好不容易捡完装好，它蹦上吧台又将牙签盒扒拉下去……把我们一家三口逗得笑疼了肚子。小媞媞是如此淘气，可细想想，它从来没有损坏过贵重的物品，哪怕一只玻璃杯具、木头的文玩小件，真的很仁义。

光曾经带给初生的小媞媞光明和温暖，又因为小媞媞生来就耳聋，它的眼睛十分敏感，光对它充满了吸引力。它最喜欢玩的游戏就是捕捉光影，对反射到墙壁上的太阳光非常敏感。我们经常拿着镜子或手机照射玻璃，太阳光反射到墙上，小媞媞立刻精神抖擞，斗志昂扬，一次一次地扑向光影，不知苦累，光影成为它永远不懈的追逐和最喜爱的玩具，永远乐此不疲。儿子很坏，有时故意在小媞媞待的桌子和墙壁间留了空隙，它一扑光就从那个缝隙掉下去了。可它抖抖身子，夹着尾巴，重新冲向晃动的光影。

唯一可惜的是小媞媞生来就耳聋，可它在无声的世界里生活得很快乐。吃奶吃到一岁多，这样的猫不多见吧。它妈妈爸爸那时候没做绝育，它妈妈大媞媞经常怀孕，可能是白猫和白猫基因相近的关系，大媞媞经常流产，一流产就想起了自己还有一个亲闺女在身边，于是就百般呵护。看到小媞媞蜷缩在和它差不多身材的妈妈的怀里喝奶，总让人止不住发笑。每当春节来临，窗外传来连绵不绝的炮仗声，大咪咪和大媞媞总免不了担惊受怕，小媞媞却无忧无虑玩着吃着睡着。可是，它耳朵也偶有听力，有时睡着觉被惊醒，不知所措地瞪着眼睛，东逃西窜。每当这时，我便抱着它抚摸它的头，它很快就安定下来了。我们常说，小媞媞是幸运的，始终与父母相伴，这在猫家族里，是不多见的。可我也不免担心，有朝一日，它父母先它而去，它会如何面对？

小媞媞很活泼，但也很有规矩。很小就学会了在盆里面拉尿，只是到了发情的年龄想找老公了，在屋里尿过几次。猫的三口之家到了闹猫的季节，毫无规矩，繁衍下去也没有止境，万般无奈，我们把三只猫抱到医院一起做了绝育手术。手术时，大咪咪进行了殊死反抗；大媞媞也挣扎了几下；唯有小媞媞束手就擒，没有任何反抗的能力。在猫咪们这"大是大非"的事情面前，小媞媞表现出它的柔弱无力。绝育后，大媞媞失去了母性，对闺女冷淡了起来，可小媞媞不怕妈妈，敢于和大媞媞对峙对打；它更喜欢并惧怕爸爸。出于天性，它贪恋大咪咪的雄性气味，一有机会就凑上身去嗅，大咪咪很反感，只要它一凑身就管教它，对它呵呵叫，还时常伸出爪子拍打它。它跑得很快，又机敏，每当大咪咪刚要伸出爪子，它刺溜一下就逃了，而且常常一下子跳上猫咪们磨爪子的榆木凳子，眼睛盯住大咪咪"噌噌噌"洋洋自得地磨起爪子来。

小媞媞性情与它妈妈相反，十分温顺，它的眼睛永远发散着温柔的光。楼下的邻居吴桐来串门，一下子就发现说："妈妈的一对碧眼盯着人显得很凶悍，而闺女的眼睛显得很温柔。"我们做过多次试验，人拿镜子照玻璃反射出光影，小媞媞扑的是光影，它妈妈扑的是镜子和人的手。睡觉时，人要不小心挤着了它们，它妈妈准会不依不饶地挠咬人，而它总是没有怨艾地跳下床跳上榆木凳子"噌噌噌"地磨爪子，然后翘着芦花一样的大尾巴到卧室外转一圈，上趟猫盆或是吃点"干干"，再回到人身边睡觉。小媞媞的叫声也很温柔，细声细气的。如果你轻微地弄疼了它，它会发出绵羊一样的细细的娇滴滴的绵羊音。我们全家都非常喜欢听。工作劳累了，或者有什么烦心事，回到家里，只要听到它娇滴滴的叫声，看到它盯着你的那双温柔的眼睛，心灵会产生一种熨帖感，会使人增强那种家的温暖的感觉。

喂它们东西，永远是妈妈吃第一口，吃完自己的马上用头铲开女儿，再吃第二口第三口。小媞媞最喜欢吃大闸蟹，蟹一上锅它就精神抖擞，翘着大尾巴冲人要。看它那充满激情的样子，我们宁可自己不吃或少吃，也尽力满足它。无论蟹肉、蟹黄还是蟹膏，它都来者不拒，有多少吃多少。但吃蟹的时候它也抢不过它妈妈，它吃饭细嚼慢咽，往往自己那份吃的还不如它妈妈抢的多。明明一猫一坨，妈妈三下五除二吃完自己的就抢它的。一般这时候，我们就把它妈妈弄走，护着它。它倒从来没有和它妈妈计较过。可弄不好这些蟹黄蟹膏也是它生病的一个原因呀。爱猫咪，真的要学会怎么爱。

提起吃，说些高兴的。小媞媞从小喜欢吃栗子、山芋什么的。尤其喜欢吃小宝栗子。我们剥开咬碎了喂给它吃。我很奇怪，它怎么能闻见栗子的香味呢？猫难道也对栗子有感觉？

小媞媞很爱美，十分珍爱自己那一身如雪般茸茸的白毛，尤其在它爸爸身边时，它总是用舌头舔舐自己的全身，把浑身的白毛梳理得分外白皙光滑。它还经常舔舐它妈妈的白毛，孝顺的女儿殷勤地服侍着妈妈。大媞媞理所当然地享受着女儿的伺候，稍有不如意，立刻翻脸扑咬女儿，面对翻脸不认人的妈妈，小媞媞也时常表示出愤怒，参着颈毛对峙，可吃亏的常常还是它。

由于听不见，它常常用眼睛与人交流。只要对它一招手，它就会小跑着向我奔来。小媞媞和我最亲，每当我铺好床，洗漱完进卧室时，它常常卧在我枕头旁等候着，睁着一双眼睛看着我；有时，也会故意地卧在先生的床头，俏皮地望着我，我一招手，它常常轻盈地蹦过来倚卧在我身边或枕头前，随即，一下子进入梦乡，发出呼呼的鼾声。这鼾声，不仅没有引起我们反感，倒是给我们平添了一种温馨、安稳的感觉。自打儿子出国留学，夜间我时常睡不着，便到书房上网、写作，小媞媞经常随我起床上厕所，有时就在书桌边呼呼地睡觉；有时在床头等着我，张着那一只黄一只蓝的眼睛。每当这时，一股暖流会从心底涌上我的心头。小媞媞的名字很多，都是我兴之所至时给它起的，什么小可爱、小东东、小可怜、小宝贝……反正都带个"小"字，她在我心中，就像一个永远都长不大的小孩子……

唉，千不该万不该，我们忽视了对小媞媞的科学喂养。它的爸爸从小就喜欢吃天然的小鱼煮玉米面，身体十分健壮；它的妈妈是一半猫鱼一半其他食品；唯有它不喜欢吃猫鱼，我们特地为它买来猫粮，称作"干干"，它嚼得嘎嘎响。我们都很喜欢看它津津有味吃干干的样子。谁知道奸商为了吊猫的胃口和高额利润，在猫粮里面放了盐和低劣、假冒的东西。尚在中年的它，竟然出现了肾衰。就医时，医生明确地说很多猫狗的肾衰都是吃猫粮狗粮造成的。其实细细想来，它这两年身体已经日益衰弱，长长的白毛在脱落，有些粘连在一起，我经常为它梳理，又不敢太使劲，弄疼它时它也会反抗。只得狠心用剪子剪断。它的毛色远不如过去漂亮了。谁能想到年纪轻轻的它竟然患上这样的病呀？我、老公、儿子都很自责，要是早点知道科学喂养，哪怕在发现它身体衰弱时早点给它看病、吃药，它不会走得这样早，唉，说来说去，还是我们对这幼小脆弱的生命关爱不够……要是它能听得见，要是它能找个帅帅的老公，要是它也能像它妈妈一样生儿育女，那我们的心还能安稳一点。

可是由于它天性乐观活泼，我们都忽略了它的身体。当儿子告诉我小媞媞病危的消息时，我正在福建开会。一下子，我的泪水止不住地涌了出来。当我匆匆从福建为它赶回家时，小媞媞已经没有力气叫了。闭着眼睛躺在为它准备的纸盒子里。我的泪水止不住地流。先生已经抱它到医院输了三天液了，可没有什么效果。我感觉到，它已经命悬一线，只是在昏睡中等着我。第二天，我接着抱它到医院输液。同屋里面，有多只在打针、输液的小猫小狗，它们还能表示出恐惧，唯有我们的小媞媞没有任何反应，无力地依偎在我怀里。到这时，我已经感觉到我们只能尽人力抢救它，可确实只能听天由命了。

小媞媞对色彩十分敏感，不知是不是女性的原因，它对红色有特殊的感觉。它喜欢在红色的便盆中拉尿，喜欢红色的被子，如果把红色的手提袋放在桌子椅子上，它准会卧在上面。有时洗衣时顺便刷猫盆，它经常会卧进红色的猫盆中，自得地看着人。可是，如果风吹动挂在架上的红色衣裳，或是支开晾晒红色的雨伞，它会吓得惊慌失措，四处乱窜。在它病危时刻，已经一天一夜没有排尿了，我把它放在盒子里面晒太阳，为了便于它排尿，把红色的猫盆放在盒子旁边。当我从书房到卧室看它时，看到垂危的它竟然卧在了它最喜欢的红色猫盆中。此情此景，令我百感交集。当晚，我把刷洗干净的红色猫盆放在了床上，垫上毛巾，把气若游丝的小媞媞放在了它心爱的红色猫盆里。我陪伴着它、不断地抚摸着它……它走后，我把它放在红色的纸盒子里，埋在了花坛下。质本洁来还洁去，它的身体也会化作春泥，滋润花草大地——

在小媞媞走后的第三天，"快递公司"的员工送来了儿子为它邮购的治肾病的营养液、质量上乘的猫罐头。小媞媞的妈妈爸爸福分不浅，沾了它的光，告别了有害的猫粮，尤其是大媞媞，不知为什么，是不是有什么特殊的感觉，竟然从此不再沾"干干"式猫粮了。儿子出国读书有八年了，有一天谈到小动物，他认真地对我说："妈妈，对于人，小动物只是你人生中的匆匆过客；可就小动物来说，它已经将一生托付给了你。"霎时，一股暖流涌上我心头——儿子成熟了，能够懂得善待生命，表明了他精神上成长得很健康。我可以放心了。

恍惚间，小媞媞已经离开我一段时间了，但我忘不了它，我的眼前经常浮现着她那双眼——美丽的、善良的眼睛，一只蓝色一只黄色的眼睛。

我相信"缘"，在茫茫尘世，能够相遇，倾心相处，能够牵肠挂肚，在冥冥中，肯定有一条丝线在牵，这就是——"缘"。

奇妙的木芙蓉

陆涛声

花鸟画是中国画特有的门类。我早年学过，画过芙蓉花。在临摹荷花时得知，荷花也称芙蓉，也配画翠鸟；由之也明确了原先临摹的是木芙蓉，是多年生大型灌木，也称木莲。

木芙蓉深受花鸟画家们青睐，历代花鸟画家恐怕少有没画过木芙蓉花的。当年画木芙蓉，也把画家所画当摹本，从画面左上方或者右上方斜挂下枝条，配上若干张鹅掌形叶子，两三朵怒放的花，几个花苞，再从它的枝叶间挂下一两根芦苇几条芦叶，下方空白处画一两只或飞或栖的翠鸟，有时还画翠鸟衔一条小小窜条鱼。

画芙蓉有芦苇和衔鱼的翠鸟做伴，说明它是生在水边，跟荷花一样离不开水。

历代钟情于芙蓉花的不仅是画家，大文人咏木芙蓉的诗也不少，白居易的《木芙蓉花下招客饮》云："晚凉思饮两三杯，召得江头酒客来。莫怕秋无伴醉物，水莲花尽木莲开。"王安石诗云："水边无数木芙蓉，露染燕脂色未浓。正似美人初醉著，强抬青镜欲妆慵。"可见，这两位大家的诗也证明芙蓉生于水边。

学国画是从临摹入手，"创作"也由临摹留下的概念重复作画。我也"创作"过《芙蓉翠鸟》，还入选过画展，至今还保存着五十多年前的旧作。我生活的江南水乡，应是木芙蓉生长的主要地区之一，也画过木芙蓉，却是大半生一直没见过真的木芙蓉花，"认识"它，是从前辈国画花鸟画家的画作中。直至 2003 年深秋，随一个文学采风组去浙江安吉采风，在中南百草原第一次看到了。一见就能认定是木芙蓉，是因为花朵形状，那略偏玫瑰色的粉红颜色，那花瓣上区别于其他花的细细竖条纹，那一撮撮集束的五角灯笼状花苞，那鹅掌形的叶子，与过去临摹过的画上的芙蓉花基本一样。第一次见到真的木芙蓉花，我很兴奋，用"傻瓜"相机连拍了好几张——这无疑证明了我的视野狭窄见识少，曾经的作画不过是盲目因袭前人。

然而，在我头脑中固定了几十年的两点认识，却一下子被颠覆了：一是安吉中南百草原中那些木芙蓉并非生长在水边，而是在一条通往"野人表演场"的道路两边，似乎与水与鱼与翠鸟与芦苇并无联系；二是其枝条从近地面处放射形斜刺往上，条条直挺挺，绝未见有枝条从上往下披挂的，也没有见枝条蜷曲转折形状。把木芙蓉与水与鱼与芦苇画在一起，我认为与历代花鸟画家把鹤、松搭在一起相似，其实鹤喜欢水边沼泽，松喜欢干旱，硬画成"松龄鹤寿"图，我曾撰文说过那是"拉郎配"；也曾认为历代国画家的画把梅花枝干偏画成蜷曲状，是违背梅枝直挺斜刺向上的实际，批评花鸟画主观唯心主义对客观事物的背离与扭曲。看到真芙蓉与国画家笔下芙蓉的差异，便觉得又一次找到花鸟画描绘艺术形象主观扭曲客观形象的例证。

2008年夏初我家搬迁到另一小区居住。小区里绿化面积比例大，花卉树木品种极多，其中也有木芙蓉，有近十棵。小区有"丁"字河道贯穿，木芙蓉却一棵也不长在水边，而是在道路旁和小花园里。于是我更加确定，把芙蓉和翠鸟、鱼、芦苇画在一起，是古代国画家违背自然规律的杜撰，当今画家依旧在盲目跟从效仿，依然在传播这种错误的认识。我还以为，王安石的"水边无数木芙蓉"的"水边"，也是像我一样未做观察受前人概念误导。

中国民间有《十二月花名》小曲，唱的是应时令按农历一月一种具有代表性的花，木芙蓉列在其中，在农历十月。

我所居小区木芙蓉，自农历九月底便有少许"先遣"的零星花朵初现在枝头。过去画木芙蓉花，用笔敷色同于画月季花，再在瓣上用稍深的红色加勾细条纹，以区别于月季。小区里早开的木芙蓉花都是单瓣花，花瓣扁平，花的形状单薄也单调，没有画上的花形好看。到十月初大批花开，竟又都变成重瓣的，我才发现，原来木芙蓉有重瓣和单瓣的品种区别。重瓣木芙蓉开放，花瓣多，重重叠叠，相挤相拥，不规则凹凸转折，形状变化丰富；花朵颜色也不再是单瓣的那样一律的粉红色，有白里带微绿、纯白、白中略染几点淡淡微红、粉红、中红、深红等多种。

一次与老伴散步时，见同一棵树上竟开以上各种不同颜色的花朵，觉得奇妙极了，便驻足细细观察，不由惊叹。一位路过的中年女子对我们说，这些花其实都是一种颜色，由初开时嫩白带绿，开后随着时间增长而渐渐变色，到凋谢前的极盛时变成深红，因为枝头花苞前赴后继多如繁星，每朵花开的时间不同，所以出现满树花儿多种颜色的奇观。

听了中年女人解说，觉得大长见识，更感到自己孤陋寡闻，粗枝大叶，不求甚解；也意识到，关于木芙蓉，还有许多我所不知的方面值得去了解，于是便开始查阅资料，又学到了些关于它的常识：明代文震亨所著《长物志》说："芙蓉宜植池岸，临水为佳。若他处植之，绝无丰致。"明代吕初泰在

《花政"善本"》中评说："芙蓉襟闲，宜寒江，宜秋沼，宜微霖，宜芦花映白。宜枫叶摇丹。"从植物学的角度说明了木芙蓉确实喜水，常临池岸而生。苏轼云："溪边野芙蓉，花水相媚好。"范成大诗云："袅袅芙蓉风，池光弄花影。"都证实了木芙蓉爱水的习性。于是觉悟到，我虽见过中南百草原的和我所在小区的许多木芙蓉，都是人工栽种的，但非自然界野生。这说明我是自作聪明用局部的片面的经验，去否定前人的结论。

不过，对于花鸟画家将木芙蓉枝条画成曲曲折折往下斜挂，我还是持否定态度，认为这种现象与传统文化中主观唯心主义有关，与以曲为美的观念变异有关，是一种病，就如龚自珍《病梅馆记》的病梅，是人为扭曲的，其实是两千年帝王统治社会人的心理被扭曲的感觉。

还有，《长物志》所说芙蓉"若他处植之，绝无丰致"一说，我还略存异议，觉得过于绝对化了；我们小区人工栽的木芙蓉都非临水，却都生机蓬勃，花开时照样千朵万朵压枝头，秀色娇媚令人羡。另外，水莲是指荷花，开在最炎热的农历六月，木芙蓉被称木莲，开在农历十月下霜时节，中间相隔"七月栀子""八月桂花""九月菊花"；白居易"水莲花尽木莲开"句，也就显得勉强，有硬凑的痕迹。

历代文人雅士诗词，赞梅花冰肌玉骨，"香自苦寒来"；

颂菊花不畏寒冷，傲霜开放；木芙蓉也被称"其花晚秋始开，霜侵露凌却丰姿艳丽，占尽深秋风情，因而又名'拒霜花'"，范成大褒扬它"辛苦孤花破小寒"，即说芙蓉花在深秋时的不畏寒冷的风骨……这些"精神"，与历来诗词赞梅、菊一样，都是惊人的雷同，泛泛而论，用现成概念做比喻，毫无新意。可见古代那些大诗人着笔有时也很马虎、随便，常常落在套子里。所以我想，我们读他们的诗文，应做思辨，力求得到真知，不必总是吊着他们奶头依赖成瘾，不必总引用他们的诗句来装点自己的文字；否则，我们不求甚解、不独立思考的盲目性永远难除，永远没有自己的思维和独立的灵魂，也难有独特的创造，就只会浮躁、浅薄地生活和概念化地创作，画的仅是外形表象，传播给大众的大都是概念化内容，无限重复延续盲目迷信，固化大众的思维惰性。

　　文学艺术应当反映生活刻画艺术形象，必须熟悉生活，细致、深入地了解被描写对象，能有独特发现，有超于常人的深入认识，能独特准确生动传神描写，深入、客观、科学，感悟独到，能让人欣赏到富有个性的美和启人智慧。历代画过芙蓉的画家们，不知有几人做到过。至今尚未见识过这样的画作。我早年画木芙蓉就没有做到，至今想起便汗颜心悸。

本文原载《青海湖》（下半月刊）2001年第1期

警　松

李会贤

分局机关大院坐西向东，出了大门便是辖区里最为繁华的一条大街。大院原本有前后两栋大楼，南北两侧各有一栋小配楼，中间是个很大的院子，布局规整，庄严气派。但十多年前修建地铁时把前楼拆掉了，院子也让出了一大半，前楼原来的位置就成了地铁站的出入口。虽说现在的院子大不如从前那么有气势了，但后楼门前那两棵高大的雪松，倒是显得更加雄伟挺拔了，茂盛苍翠，枝多横出，形似伞状，层层叠叠，高达二十余米，十分壮观。那高贵典雅、傲骨峥嵘之态给拥挤喧嚣的院子带来了一丝宁静，也带来了一份威严，使人不敢心生丝毫的亵玩之想。

说起这两棵雪松来，那故事就太多了。因为长在警营里，所以大家都亲切地称它们为"警松"。刑警小张说，他是扶着警松学会走路的，警松陪着他度过了美好的童年，又看着他迈进了繁忙的警营，现如今小张已经成长为响当当的破案能手了。雪松的树龄到底有多大，这个问题在我心里一直是个谜。警官老张退休几年了，有次到大院来办事，我们谈起了这个话题。老张说，两棵雪松在早，大楼建造在后。1985 年，他的婚礼就是在雪松下举办的。"雪松是我们爱情的见证。那时我们就住在雪松后边的平房里。不久，那排平房就被现在的这座大楼取代了。"原来，老张和小张是一对警营父子兵。老张回忆道，1979 年他入警时雪松就已经有碗口那么粗了，长得特别茂盛，但具体是哪一年种植到这里的他也说不准。1983 年"严打"的时候，他们抓回来的嫌疑人太多来不及处理，就先围着雪松铐起来，等腾出手来时再讯问。

我是近年来才调入大院工作的，与警松相处的时间并不算太长。2016 年 11 月 22 日，适逢二十四节气的小雪，当天纷纷扬扬地下了一场大雪。常言说"小雪逢大雪必是好兆头"，但傍晚时分警情报告显示，当日分局滑入"高发案区域"，上级下发了红色预警令。看着满眼飘红的数据我懊丧到了极点，深夜依然无法入眠。不知不觉来到楼下，两棵雪松之间厚厚的积雪愣是被我踏出了一串深深的足印。突然一块落雪掉进脖颈里，我不禁打了个激灵。抬头仰望，灯光里的树冠被厚厚的积雪覆盖着。"大雪压青松，青松挺且直。要知松高洁，待到雪化时。"陈毅元帅诗里那种革命的浪漫主义情怀可以容下一个"待"字，但频发不断的案件，侵害的是百姓的安全，吞噬的是警察的尊严，我们不能枕戈待旦，必须立即操戈而起！思谋既定，警铃响起，机关大院的两百名民警闻铃而动，18个派出所更是争先恐后。雪松见证，利剑出鞘，当晚就取得了预期成效。可是，要用有限的警力来确保辖区1580平方公里区域里的150万老百姓的安宁，简直就是杯水车薪。但岂能无视这些魑魅蟊贼污染我们的家园。"警力有限，民力无穷"，随后一场轰轰烈烈的"清扫家园"专项行动在全区拉开了帷幕。堪比"朝阳大妈"的"长安大妈"们在这场"清扫"自己家园的行动中主动出手，协助公安机关破获数百起案件，抓获了数百名嫌疑人，家园终于干净起来了。群众拍手称快，大妈们更是欢快地把秧歌扭到了雪松下。我们心里的那股高兴劲儿就别提了。

近年来，每季的新警入职仪式都是在两棵雪松之间的这块小广场上举行；每临大的警务行动都是在这里动员，从这里出发；每每群众送来了感谢的锦旗也是在这里交接。雪松成了各种警务报道中最抢眼的风景。它们的枝枝杈杈上承载着几代公安人的感情，每逢民警退休或是调离，大家都会来到院子里照张留影，一定会把两棵雪松调整到画面中最显眼的位置。

随着警务活动的日益繁重，大院已经很难适应现代警务工作要求了。2018年元月，规模浩大的新大院破土动工。说来也巧，7月29日午后，一场罕见的疾风骤雨以猝不及防之势倾泻而下。还在午睡中的我们被一声巨响吵醒。临窗望去，一棵雪松轰然倒下，另一棵也已严重倾斜。大家在啧啧惋惜的时候却惊奇地发现，巨大的树冠倒下时竟然丝毫没有损伤树下的任何物品，而是顺着停放在院子里的警车之间的缝隙倒下了。看来感情并非人类特有，雪松且更浓。原来它们矗立的时候，高大挺拔，为我们遮阳避雨，它们躺下了更显雄姿伟岸，给我们带来满眼翠绿。

面对横亘在院子里的两个带着浓浓感情、散发着松枝清香的庞然大物，大家一时间竟然不知如何处理。情到深处生奇想：警松啊警松，你生在警营，长在警营，何不继续留在警营呢！于是，我们请来了工匠，把两棵笔直粗壮的主干解成了厚实的大板。之前，我心里一直没有解开的那个树龄之谜也终于在解开的大板上找到了答案，那一圈一圈清晰的年轮告诉我，它们已经整整50岁了。这些大板经过两个夏天的自然风干，终于在工匠们的手中变成了一张长达12米的巨型案桌，那些边料也经过师傅们的精心加工，变成了两百余个精美的相框。雪松，终于以一种别样的存在，永远地留在了警营，留在了民警的心里。

2020 年春节前夕，新大院顺利建成投用，宽敞明亮的警营文化活动室里，警松做成的巨型案桌成了大家的最爱。也是从这年起，每位退休民警都会收到一个暖心的礼物——散着淡淡松香味的相框，里面装载着他们从警生涯中最为光辉的形象。

本文首刊于 2021 年 9 月 13 日《人民公安报》

陕北的羊群

单振国

太阳上山了，红彤彤的……羊从羊圈里出来，羊从村道上汇成羊群，咩咩咩的叫声此起彼伏，咩咩咩的叫声灿烂嘹亮，惊醒了小村沉沉的睡意，宣言出一天蓬勃的气息。

羊们出坡了！

洁白的羊群像太阳捧给高原圣洁的哈达，顿然让静默的黄土山塬充满了无比的亢奋。走在最前面的羊是头羊，头羊不是羯羊是馋羊。它肥硕英武，高傲自信，不时仰起头，抖擞出大将的帅气和霸道的风度。头羊把整个羊群牢牢地掌控在自己的身后，在头羊面前没有哪一个羊子敢出群、敢另类、敢开小差。它的选择成了整个羊群的选择，它的爱好就是整个羊群的爱好。头羊的这个位置同样是用力量、勇敢、智慧占有的，没有谁不服气它。

英武的羊有英武的名字，温柔的羊有温柔的名字，叫"挑崖角""登云腿"的一定是大山羊；叫"小花眉""美眼星"的那一定就是小绵羊了。这些名字都是放羊汉给它们起的。放羊汉叫它们，就像叫自己的孩子一样总充满了别样的情感。

那走在羊群最后面的人就是放羊汉了，也叫羊倌。他在羊群里是唯一的另类，绝对的首长。他手里握着一杆飘着红缨穗的鞭子，身后插一柄光滑的羊铲，他用羊的语言和人的语言媾和后的语言指挥着头羊，最终统帅着羊群。羊倌与头羊总怀有一种默契，他绝不敢因为自己是站立的人，而欺辱头羊。他和头羊在很多方面、很多情况下是平等的，头羊对他的了解，胜于他对头羊的了解。头羊完全能在他的一举一动、一吆一喝中清晰地领会其想法，判定他的心情，按照他发出的每一个信息来引领整个羊群。有时候放羊汉也会被狡猾的头羊耍弄，头羊轻蔑而得意洋洋的咩咩叫声，就会一直飞上那高高的黄土山屹蛋，表露出它对胜利的欢悦……

羊群流进沟里，沟里涌动着羊群，缓缓如洁白的云潮，从破碎而寂静的黄土沟岔中齐刷刷地蜿蜒流淌、再蜿蜒流淌。咩咩咩的叫声也顺着沟岔蜿蜒流淌，四沟八岔里就充满了羊的味道和羊的热闹，让沟里的野树野草，甚至藏在土洞里的小老鼠都活跃起来，掀起了一股生气。

第二辑

　　绿旺旺的庄稼满沟沿铺陈着，面对那一片又一片水格灵灵、嫩格蓁蓁的绿叶儿，羊们显得格外兴奋。这时候，头羊往往会放慢步子，故意显出吊儿郎当的样子，而眼睛却若隐若现地斜睨着放羊汉，观察和分析着他的一举一动，恰到好处地捕捉着每个稍纵即逝的机会。一旦抓住这样的好机会，头羊就会风驰电掣般地带上它的子民们闪进地里，它们只要一得逞就会勇气倍增、赴汤蹈火，就会令放羊汉很难收拾。事实一再告诫放羊汉，这时候是绝不能听风走眼的。头羊也有判断错误的时候，一旦露出苗头，放羊汉就会举起长长的羊鞭，甩出几声"叭叭叭"的脆响，鞭声唬羊，头羊就再也不敢左顾右盼、心猿意马了……

　　洁白的云朵飘在天上，洁白的羊群游弋在黄土高原上。太阳金子般满天里洒着，满山头披着。风儿带着淡淡的草香，诱惑着羊们。羊在支离破碎的黄土塬上寻找着绿草，灰灰的、土土的、小小的绿草，稀疏地铺着，盛开了或黄或紫或粉的小花儿。深厚的黄土蕴含了千万年太阳的肥沃，苍老的黄土孕育过人类茁壮的气息，它堆积、囤聚了大地广阔的滋养，让每一棵草都沐浴了阳光。羊群用四蹄敲打着黄土的山、黄土的沟、黄土的峁、黄土的梁……那细碎的脚印无数次地叩击着高原，高原便有了一坡又一坡无法诠释的生命文字。猜想，那或许就是陕北的羊群写给黄土高原一种生命的感恩吧？！

火热的六月、焦渴的六月，高原的脊背驮着太阳的烈焰，与蓝天一般深刻、沉重。羊们，白云一般的羊们，游弋在这样的阳光下，它们并未感到不适，因为有草，还有款款掠过的清凉山风。但放羊汉却没有羊的福分，火热的红太阳盖着他，滚烫的黄土围着他，这时候他迫切地寻找着树荫。只要有一棵树，那就是放羊汉最高级的享受了。

高原的树普遍不大，叶也稀疏，矮矮恢恢的；但它们还是遮挡了阳光的灿烂，落下一块块淡淡的阴凉，这就够了。放羊汉展展地躺在绵绵的黄土上，明媚的阳光早渗透了黄土，一种极舒服的滚烫直抵脊背，痒痒地让他只想入梦，软塌塌的眼里就盛满了整个天空。多么蓝的天空啊，真像洗过了千百次！眼睛牵着身子、诱着灵魂，悠悠飘浮，渐渐就沉沉溺进了那深深的蔚蓝里了。洁白的云朵就是天上羊群，很远又很近，滑在光洁平静的蓝天上，亮晃晃地默绘出一块又一块吉祥的图案，慢慢地又在放羊汉的脑瓜子里灿烂成五颜六色的美梦了……

菊 香

卓 然

在晋城泽州公园里，每年九月到十月都会有一个菊花展。

人们都说，五千年地下看陕西，五千年地上看山西。也就是说，山西地面上文化多。晋城当然也不例外，地面上多有文物，都有着上千年的历史。文物让小城有了一部厚重的文化史，是我们那个绿色城市的生命依托、灵魂的背景、自信的底气。然而，历史的光辉太重，太凝固，没有流动，没有波澜，没有涟漪，不管是老年人还是年轻人，头是昂着的，脚步却很难轻盈起来。因此，晋城人每年都会弄出些新鲜事物来，给我们的城市添一些青春的活力，让我们的小城飞扬起来。菊花展便是一项。每年，泽州公园都会有个菊花展。

泽州公园展出的菊花很多，小广场上是一团一团、一片一片，道路两旁也是一段一段、一小圈一小圈。展出的多是名品贵种。名贵的菊花差不多都有一个高雅的名字，比如：银丝串珠、空谷清泉、珠帘飞瀑、月涌江流、黄莺出谷、沉香托桂、平沙绿燕、绿柳垂阴、春水绿波、玉蟹冰盘、枫叶芦花、绿衣红裳。有以花瓣命名的，如"惊风芙蓉""松林挂雪""落花飞絮""金铃阁"；有以花形命名的，如"金盘托桂""金碧辉煌""白松针"；有以历史人物和故事命名的，如"出师表""龙城飞将""木兰换装""龙图阁""黄石公""白西厢""嫦娥奔月""湘妃鼓瑟"；也有以风景名胜命名的，如"幽谷残霞""平湖秋月""太白积露""潇湘夜雨""春江月色""细雨寒沙""夕阳松阴""风清月白""柳浪闻莺""断桥残雪"……

一种名花，一个阵营；一种花色，一团云雾。真是名花荟萃，花团锦簇，把小城闹得花色斑斓，菊香弥漫，蜂忙蝶乱，连游人也迷失了东西南北，连鸟儿也忘了应倦飞而还林。

当然，花展也有没甚名气的，或者名气很小的。没有名气的花虽然也有个不怎么有名气的名字，却总是不怎么受人待见，往往摆在路边，做一些点缀，做一些陪衬，如此而已。

花展过后，好花名花都被人抢走了，那些被丢弃的残花，花盆也破了，花枝也折了，泥土也撒了出来，歪歪斜斜横了一地，一盆一盆都是那么憔悴，形将凋零，形将魂离香销。

有几个女孩子在那里翻翻捡捡，大概想从中寻找一盆或者两盆可以带回家去养的，但是，差不多都是失望地叹息一声。

那天傍晚，我到公园散步，那是一个月色很好的傍晚，只见展后的花儿一片狼藉，其中也还有想努力振作的，也还有想努力绽放的，虽然半个叶子已经萎靡了，但半个叶子还想努力挺起来。看着那委顿了的半个叶子未免悯然，看着那欲挺将挺的半个叶子也难免怜惜，我就弯下腰去端了一盆回家搁在窗台上。虽然知道花事将毕，也还是殷勤浇水。不图花开二度，只希望枝头的花能迟一点凋落，或者来年也能如期开出几朵好看的白菊花。

我端的那一盆花并不名贵，因为它没有牌子，我也就不知道它的名字。我只知道它的花也是白色的，花瓣的边缘或深或浅有点粉红色，有一点淡淡的紫色。

十月，严寒是渐渐地凝重起来了，在那纤弱的菊花枝头，花蕾也就渐渐地憔悴，委顿到让人很不忍心去看它，不忍心去看它那凄婉的容颜，也不忍心去碰它那一点气力也没有的枝叶。

西风是最无情的。西风总是想催着它快些离开这个世界。尤其是夜间，西风使劲地揉搓它、摆布它、折磨它、摧残它，总想魔爪般地撕裂它……

然而，经过一夜痛苦的挣扎，到第二天的早晨，它依然紧紧地揪着那一枝残梗，就是不肯松手，就是不肯陨落。

按说，菊花也算是花族中最坚强的一种了，然而，就在残花行将凋萎的时候，却也是很痛苦的。况且，那冷风像是催命一样，把那已经残缺的瓣儿撕拉着，想让它们快些离开曾经风光过的枝头。而那些花蕾却紧紧地抓着枝头不放，仿佛在一声声凄怆地呼喊着："不！就不！"

紧紧抓着，声声喊着，那种坚韧，那种坚守，难免让人想起朱淑真的诗："土花能白又能红，晚节犹能爱此工。宁可抱香枝上老，不随黄叶舞秋风。"

历来写菊花的诗很多，朱淑真诗中的每一句，每一个字，都让人喜欢。她的心灵是纯洁的，她的精神是自由的，她的气质是高贵的，她是最有担当的一位女诗人。人说牡丹有傲骨，而牡丹却只是敢于傲一女帝，菊花却敢傲天，且是霜天，且是秋末和初冬。

试想，在一阵秋风一阵寒之后，还有谁愿意，或者还有谁肯把自己的香与艳送给一个寒冷的季节呢？还有谁愿意为装点那些清冷的日子做出一点牺牲呢？

世界上，似乎所有的花儿都是娇弱的，都是娇柔的，都是娇贵的，也都是趋炎附势的。为了讨好青帝，春光方才一线，那些桃花、杏花、梨花、李花、杜鹃花、山茶花、茉莉花，就赶紧露出笑脸，为春天谄媚。春天刚刚过去，她们就把原先给人们的那一点芳菲全都收拾起来，或者藏匿到山寺中去。秋风一起，她们是绝对不肯打开花苞，开一朵花给人世间的，绝不肯为人间添一点美送一点香。

然而菊花却不一样。枝头的残菊还在，其根部就又生出新枝新叶，又开出几朵白白的如雪一般花朵。

早晨醒来的时候，忽然发现那堆在盆里的菊花，我还错以为是一堆雪，是满满一盆的雪，是白亮亮的雪，似乎还逸散着雪的寒气。

大概是还没有完全远离睡梦吧，我就迷迷糊糊地想，雪怎么下到窗子里边来了呢？雪怎么就下满了一盆呢？

赶紧起床去看，哦，哪里是雪呀？分明是花，是菊花。是前几天那几个发绿的小骨朵儿都绽开了，开成了雪白雪白的花朵儿，满满地，堆了一盆雪白雪白的菊花。

是蕊寒香冷吗？当然是的，这就不由让我想起了李清照的那一首《多丽·咏白菊》："小楼寒，夜长帘幕低垂。恨萧萧，无情风雨，夜来揉损琼肌。也不似，贵妃醉脸；也不似，孙寿愁眉。韩令偷香，徐娘傅粉，莫将比拟未新奇。细看取，屈平陶令，风韵正相宜。微风起，清芬酝藉，不减酴醿。　渐秋阑，雪清玉瘦，向人无限依依。似愁凝，汉皋解佩；似泪洒，纨扇题诗。朗月清风，浓烟暗雨，天教憔悴度芳姿。纵爱惜，不知从此，留得几多时。人情好，何须更忆，泽畔东篱。"

看着看着，就有了一点奇怪的想法，想当初拎回来的时候，那枝头的花蕾虽然也是白的，却并非全白，那花的边缘上或多或少都带着一点淡淡的粉红色，或者淡淡的紫色，我所期待的，是明年可以看到的白菊花，怎么一下子就都变了色呢？怎么一下子就都变得那么洁白，那么淡雅？菊香满屋，仿佛真的就是一抔雪。

　　是环境变了，花色也变了吗？是花在特定的环境中努力改变了自己的颜色吗？

　　我不知道。我不能够知道是英雄创造了历史，还是历史创造了英雄。

　　好在天气还暖和，尽管风有些冷。

本文发表于 2021 年 10 月 21 日《今晚报》

大地有耳

吴昌勇

    乡下的老人认为，天地之间有一副好大的石磨，上扇是天，下扇是地，风推着磨转，把云朵磨成雨滴，把星辰磨成闪电，把山川河流磨得雷声轰鸣。

    雷声是迎接雨水的礼炮，抑或是草木禾苗进入节气的闹铃。城里人听见雷声，第一反应是关闭门窗。乡下人则不然，雷声起，躲在屋檐下仰起脸迎雨，响雷从耳朵里滚过，从眼睛里滚过。心里藏着一个朴实的想法，雷声就是天空和大地之间的某种方言，是一封来自天空的雨情电报。

    雷声轰鸣，在乡间和百姓一道竖起耳朵的，还有一种雨滴般大小的生灵——地耳。对于它们而言，雨水堪比乳汁。在一场大雨过后，这些大地的耳朵装满雷声雨声，迅速铺满山冈，比根须、比枝叶、比花朵更准确地找到生长的方向。

打春后，地耳应该是首先睡醒的。它们柔小的身影像一只只翘起的耳朵，听雨水在阳光下奔跑，听落在地上的云彩被风卷起又铺开，听雷声碾过的泥土和石头使劲地翻身。地耳一动不动地趴着，巧妙地捂住身子下面的雨水和雷声，担心阳光下的蒸发会让它们生命的河床再次干涸。蜷缩的耳朵耐心地等待春雷响过，只要春雨浸湿地面，地耳星星点点的黛绿，如火把举起来，为早春增添一抹春色。

乡间也有人将地耳称作地衣，是雨水和雷声一针一线织起来的丝棉大氅，嫩滑如小蝌蚪刚刚脱去的胞衣，裹着一层水湿的皂沫，在阳光下泛着油光。起初是一簇，很快像雨滴牵着雨滴在田野上奔跑，洇出一大片，毯子一般从山头散开，铺满半面山。它们把生命的底色铺洒在山坡上，为天空倒映出一片成长的黛绿，它们要为绵延群山着一身暗纹的衣衫。

几个日头过后，地耳又蜷缩成豆大的黑点，和腐殖的泥土一个气色。鸟雀站在枝头，眼睁睁地看着地衣如潮水般缓缓退去，大地露出新鲜的皮肤，地耳再次还原成一粒种子。

地耳的耳朵一直醒着，只要雷声轰隆，它们像窝在草丛中的兔子，警惕地扑棱着耳朵，扇扫着身边的细微响动。它们将这种响动听给自己，也听给大地，听给草木根须，听给节气和每一粒泥土。有了这些大地的耳朵，一切神秘都变得释然和开怀。

　　进入梅雨期，地耳迎来一年之中的生长旺季。不温不凉的雨水和松软油汪的土地，让地耳的身子在发育中开始鼓胀，一双双肥硕的耳朵在风中打开。雨初歇，妇女和孩子就戴着草帽，迫不及待地走出家门，挎着竹篾筐子进山采收地耳。山坡上，一咕嘟一咕嘟的地耳如山花一样繁茂，五指并拢从根部完整拔起，不大会儿工夫就装了多半筐。嫩闪闪的地耳如泥鳅的背身黝黑光亮，水湿水湿的一朵一朵，透过光亮的耳膜，似乎能看见菌丝正在大口呼吸。这时，生长在构树和花栎树上的木耳也迎来采摘季。和木耳相比，地耳的身子骨更轻盈单薄。乡间人说，木耳是木头花，地耳是泥巴花，一样的花朵一样的血脉，都是产自大山的野味，都仿佛是风雨雷电托生的精灵。

　　在金秋时节，淘洗干净的地耳入厨后能吃出肉的质感和幸福。就着野蒜苗和山韭菜经火爆炒，出锅后冒着肉香，一只白瓷盘子端出云淡风轻的秋天，也端出山里人家热气腾腾的年景。地耳佐以姜末和葱白做馅料，包一案雪花饺子，煮肉般在锅里咕嘟三五分钟，饺子和锅里的水一起沸腾后生出云朵般的油花儿。出锅的地耳饺子，就着一碟加蒜泥的醋汤，满嘴土腥竟能腻住舌尖。厨房因为多了地耳，就这样多了一种滋味、一番情调。

这些年，地耳成了饭店里的一道野味。地耳炒鸡蛋，韭菜做辅料，一黄一绿一褐构成秋天的图案。地耳包子，成为一道充满诗情画意的小吃，城里人三两口就是一个，吃得满嘴生香，吃得心旷神怡。地耳当作海带打汤，瓦罐揭盖，几枚地耳、几根青菜、几滴香油、几段蒜苗，清亮的汤色里似乎倒映着蓝天白云，隐约能听见遥远的雷声，正从遥远的山冈上传来，天空越来越低，地耳竖起兔子般灵敏的耳朵，一动不动地等待着雨滴落下。汤勺舀起的不单是开胃的汤，也舀起一个生动的画面，舀起沉甸甸的季节。

地耳或许是雷声绽放的云彩，或许是雨水风干的种子，也或许是山川河流衣衫上的一枚枚暗扣，它们如花瓣一样散开的耳朵，深情地倾听高天大地的耳语心音，为万物祈祷风调雨顺。人世间，只要灵魂高贵有趣，只要彩虹挂满心空，就算耳畔雷声轰鸣，也有音符如雨滴跳跃。就像地耳。

本文发表于 2019 年 4 月 1 日《人民日报》

第二辑

峨眉有灵猴

江 雪

北纬30度，一条神秘的地球纬线，无数奇观在此伫立。蜀地耸峨山，双峰缈于云海天际，恰如两道秀美画眉，峨眉！峨眉！多么诗情画意的名字。

盘旋直上三千米，一山分明了四季。从仲春出发，峨眉已脚踏花海，蝶舞蜂翔。雪白的流泉飞瀑，在丰腴的绿腰飘洒起舞。瘦削的山肩上，落叶的乔木赤裸着身躯，唯有几株高山杜鹃，在渺渺云雾中零星地张开了小儿黄口。最高峰金顶的万物生灵，竟是刚刚剥离冰雪的外衣，在暖阳下孕育着春的萌动。看来，与"杜鹃花海映佛国"的盛景，是失之交臂了。错过了秀甲天下的峨眉春色，不由心生怅然。然而，一路走来，景区指示牌上的小猕猴、绿化带里"坐"着的长尾猴、商场里头尾相接的卡通猴……无不在提醒着人们，在这佛国天堂，还静静地盘坐着一位"猴居士"；在这灵秀的峨眉山，还攀缘跳荡着一只机敏活泼的藏猕猴。在下山途中的洗象池、清音阁，还有一大群顽皮猕猴在恭候着游人。与猴同乐，才是峨眉最动人的景观。

听说清音阁一带的生态猴区，猴儿们的作息已经与管理员同步了，朝九晚五。为了猴王的限时召见，沿着幽谷上猴山的脚步几乎都是急急匆匆。仁者乐山，山有溪涧沟谷，谷蕴草木奇缘。进山，循水，有青竹摇曳，潭水微澜，如航标灯的枯树顶着寄生的丛丛青草，清雅地，倒映在蓝天碧水之上。行行，又一小潭，如九寨沟的海子般，盛满了累累叠叠的银白碎石，乍看，恍若硬币堆积水底，明晃晃地泛着白光，想来，这许是燕山运动留下的裸露石灰岩层。上山，在夹壁中穿行，看树赏花，山色空灵。峭壁生岩树，绿浪团团升。深深浅浅的绿叶，高高低低的倔树，弯弯曲曲的藤蔓，一张张绿酽酽的森林壁画。崖脚路边，绿蕨抽穗起舞，鸢尾擎盏歌唱，兰香草尽展着欢颜，碧绿的冰台散发着浓郁的艾香，深呼吸，神清气爽。如悬空寺般矗立石阶之上的清音阁，华丽典雅，梵音袅袅。侧畔，双桥卧彩虹，黑白二水似蛟龙，从山体喷涌而出，激越、雄浑。若在皎月之夜，这水的交响与佛的静谧相融合，定然会让人生发"何必丝与竹，山水有清音"的感慨。无怪乎，康熙帝于此寻访出家为僧的父亲顺治时，会欣然御书"忘尘虑"，并赐下颁旨。康熙帝尚且因峨眉的山水清音而忘却尘世烦虑，那么，同为灵长类的猕猴，怎会不喜在此安营扎寨、繁衍生息？

再攀登，钻一线青天。崖壁苔藓青绿，如海棠的肉质草叶，透着绛红的光彩。"看，玉米芽！"同行惊叹。一颗金黄的玉米粒，已把嫩白的根茎扎入了坚硬的岩隙。看来，离猴区不远了，因为玉米是猴儿们的主粮。

有哪一座山，会有真正的山大王，而且可以与游人一道嬉戏逗闹？峨眉，唯有峨眉。佛教信徒上峨眉，崇奉的是普贤大士；普通游客登峨眉，"朝拜"的恐怕就是峨眉猴了。这些生理上原本就与人类颇为接近的藏猕猴，代代穿梭于奇秀的峨眉山间，吸天地灵气，汲日月精华，熏染着浓厚的佛教文化，久久，便越发机灵顽皮，惹人喜爱，于是，被冠以了"灵猴"之名。

因早已知晓峨眉猴的强盗、流氓、捣蛋劣迹，游客们多少有点心理准备——避免鲜艳的服装、手上不提塑料袋、饮料不拿在手上。然而，猴区里的医疗站依旧忙碌。一位与老猴远远合影的游客，小腿竟被它咬得瘀青一片；一个帅气的小伙，手臂腰间皆无辜地被抓得爪痕道道，鲜血殷殷；一个身着牛仔长裤的素衣靓丽姑娘，臀部居然被强悍的猴子咬伤，不得不注射狂犬疫苗。

　　一只像猩猩般的高大老猴把守要道，虎视眈眈地盯着上山的游客。尽管玉米粒遍撒木质栈道，可老猴一瞅见手拿猴粮的游客，就迅猛地扑将上去，"赶紧把玉米丢给它！"管理员在现场指挥。撕开小塑料袋，吃了几粒老玉米，老猴又转向下一个目标。兴许是口渴了，一扭头，发现了手持纯净水的老者，转身，它一个箭步就追上，跳到老人胸前，毫无防备的老人顿时蒙了，"快把水给它！"抢到水瓶的老猴，跳下栈道，悠坐树下，得意地拧开了瓶盖。

　　一群顽猴在铁索吊桥上蹦下跳，来往的女游客成了它们嬉戏的对象，尖叫声、朗笑声此消彼长。花容失色的美少女紧紧地捂着脸，唯恐被猴儿的利爪抓破颜面，可曾料，那顽猴却伸出了并无毛发的小手，轻轻地把少女的手移开，似乎要仔细端详"新娘"的美丽容颜。管理员的竹棍，把吊桥敲得砰砰作响，顽猴们一边机警躲闪，一边凌空玩闹。敏捷的，一跃而上，在树上荡起了秋千；机智的，居然"隐身"悬挂在了吊桥的底部，吊起了单杠。望着四处逃窜的顽猴，管理员哭笑不得，奈何不了。

　　山谷吊桥上的一幕幕闹剧，却被高处山道上的另一猴儿家族尽收眼底。一只母猴侧倚着栏柱，平静地眺望着山谷的同类、葱茏的疏林。紧贴它身边的两只幼猴，一只坐立地面，手扶横栏，头望吊桥；另一只斜立其旁，左手搭其背，脑袋凑向兄弟，似乎在交头接耳地欣赏桥上的表演。翘着短尾，晃着圆脑，扇着大耳，小手"类人"，双脚如蹼。身披棕绒的小哥俩，这形态，这神情，这动作，与艺术作品里的小猕猴毫无二致，可爱至极，令人心生爱怜。看累了，或是看腻了，兄弟俩索性跨上横栏，你推我搡，兴起，起初坐立的那只居然跃上了兄弟的肩膀，嘻哈戏闹。一把玉米落地，有豆大雨点的声响，小家伙迅疾转身，扑向玉米，或四肢匍匐，或从横栏上倒立伏地。无论孩儿们如何攀爬玩闹，母猴始终岿然不动，似乎沉浸在冥想之中，直到孩儿们蹦跳着钻进它的怀抱，方才春梦惊醒。

之前，听说峨眉猴群在逐渐往高处拓展领地，因为低山处以香客为主，携带的多为杂粮；而坐车上山的游客，包里却总能找到各式各样的上等食品，贪食、精明的猴子们自然不会放过。猕猴本能的退化，是动物保护专家的担忧。有人说，半山往上的洗象池猴群，因为管理员很少，猴子们也就葆有更多的智慧，比如，趁人不备，去偷佛龛上的贡品；混迹于众僧之中，盘腿打坐，作揖念佛。在纯粹的野生区域，有人还见过数只小猴连环相扣，从悬崖上探底取水的场景，最底下的猴子含了一口水，然后嘴对嘴地向上接力……

在生态猴区，真有点像是进了野生动物园。正在些许的遗憾中，一只公猴闯入镜头——它正手脚并用地活剥着一只黄绿色的青蛙，动作娴熟，神情淡定。这血腥味，展露着猕猴本然的兽性，证明着随管理员哨声而坐享"嗟来之食"的猴子们，还难得地保存着原始的生存能力。这，是令人欣慰的。

机灵、活泼、顽皮、捣蛋，人类童年时代的聪明智慧，它们几乎样样具有。泼皮、无赖、野蛮、凶狠，人类成年的种种恶之性，它们也是面面俱到。看到峨眉山的猴子，仿佛看到了人类的前身；识得峨眉山的猴子，依稀窥见了人类的影子。

山水有清音，峨眉有灵猴。

冰心

Chapter
03

第三辑

钓得大鱼挽天河——贺帅夜擒巨鲢

万伯翱

今年是贺龙元帅诞辰 100 周年，我有幸担任了国家体委纪念贺龙 100 周年诞辰活动筹委会委员。我这个后生晚辈曾经多次见过他老人家并聆听过他的教导，如今想起来，还恍如昨日，让我的心溢满豪情。

贺帅是一代开国元勋，也是新中国体育事业的奠基人。20 世纪 60 年代他身担重任，是党中央政治局委员、国务院副总理、军委副主席（当时主持军委工作），也是新中国第一任国家体委主任。浩繁工作之余，他最爱好的休闲活动就是垂钓。当时北京没有什么现代化的人工饲养鱼塘，更没有设备齐全的冬季大棚。贺老总和其他几位开国元帅的钓场大都在北海、颐和园、陶然亭、龙潭湖、青年湖等自然水域。

大概是 1963 年八九月份，批阅了一天文件的贺老总，摘下老花镜，点燃了一支古巴雪茄（这种烟很名贵、劲很大，不常抽这种烟的人猛一抽觉得直冲脑子。古巴的一个军事代表团送给他几盒，每支一个铝制的小套筒，十分精致，在当时很罕见），提上靠在桌边那根又轻又合手的藤拐杖，信步走到位于东交民巷八号的楼前院子里。阵雨后的天气格外清爽，西斜的阳光下花草树木苍翠葱茏，水珠在枝叶上闪烁着珍珠般的光彩。贺老总在低头细看假山下的鱼池，他钓回的鱼在这里畅游。这鱼儿似乎也认人，看着老总过来，都摇摆着大小尾巴和背鳍腹鳍，探头探脑地欢迎这位长者。他想起上次钓了一尾近六斤重的大草鱼，送给朱老总。又想到周总理日理万机，国家大小事事必躬亲，身体过于劳累，也该送尾大鱼慰劳一下这位自己的入党介绍人和八一南昌起义时的老战友。池里这几条太小了，送一次不易，总理要求严，除了我这个贺胡子送尾自己钓的鱼能收下外，别人送去，不收还不算，还要批评你呢！想到这里，立即叫警卫参谋小侯准备渔具和车辆，他要出征钓鱼，提一尾大家伙回来送给总理。

　　贺老总的车飞快地到了西北方向的青年湖畔。这是卫戍区司令员傅崇碧再三推荐的好钓场，水深，鱼多，人也少。那时的青年湖可没有今天这气派，只是一湾清水而已。四周没有什么高楼大厦，只有麦地和菜畦，岸边有不少弯垂的柳树，犹如婀娜的少女，用发梢来回拂弄着轻波碧浪呢。

贺老总看了看地形说："就在这两棵柳树之间吧，芦苇少，离那些玩耍的娃儿远一点，又是下风，水也深些。"他开始用他自制的一副手竿垂钓。贺老总自备有一套做鱼竿和鱼漂的刀、锉、钳子什么的，大多数钓具都由他亲自制作。这是一副竹制的三节手竿，加上鹅毛浮子，他用得挺顺手。虽然已是下午5点多钟了，夏末秋初的骄阳仍晒得老总沁出细汗。他戴一顶草帽，上穿白布衬衣，下着绿军裤，脚蹬白色运动鞋，口里叼上了小侯送上来的大烟斗，微微挺起的肚子让他更加有一派从容潇洒的大帅风度呢。警卫人员早放好了一把小木椅，他却不坐下，上好蚯蚓，熟练而又准确地把钓饵抛到了理想的钓点，安详地吞云吐雾，墨镜下的双目却紧紧盯着浮漂。这时的贺元帅没有了战场上的叱咤风云和挥舞菜刀闹革命的英武豪迈，倒像一位文质彬彬的南洋华侨老钓手呢。换了两次钓饵后，第三次开竿了，是条3两重的小鲫鱼。40分钟过去了，不过是两条船钉和鲫瓜而已。这时正值壮年的傅崇碧将军悄悄走过来了，那时傅将军不过50岁，年富力强，腰板总是挺得直直的，1.8米的大个子，白衬衣卷到胳膊肘，穿着解放鞋，一副军人正规气派。今天他知道贺帅来钓鱼，一是来陪钓，二来也承担保卫工作。平时工作忙，他也很少来钓鱼，他向贺老总打过照面，就想走开去，他知道老总钓鱼总图安静，要全神贯注。有一次薛明妈妈被他拉来钓鱼，还带来一本俄语书看，老总说："一心不可二用，还是把书先收起来吧！"这件事传得很广，所以，贺帅能钓得大鱼挽天河，别人总是走开，让他自己去享受战斗的欢乐。谁知这次贺老总偏不让傅司令员走开，他从嘴里拿下烟斗说："傅司令啊，你不是说这里钓过大家伙吗？怎么今天都是丁点大的呢？"傅将军笑了笑说："老总莫责怪啊，大家伙在远处，上个礼拜叶帅还在这里钓了五六斤重的大青鱼呢！""好！小侯把陈先同志送我的好竿子拿出来！"那时不像现在市场有这么多轻巧美观而又结实的碳素竿，这些日本、韩国和合资渔具不但国内到处可买到，而且人们出国的机会比过去多得多，国外和香港、台湾地区的亲朋好友也尽可回来随便带个把高级渔具。那时作为乒乓球领队的陈先，是省吃俭用才从香港带回一副日本海竿送到了帅府。贺老总平时舍不得用，看看天时已到下午6时，虽然离天黑还有两个小时，但钓鱼和打仗一样，不可轻心，想给总理钓尾大鱼就得拿出最好的武器来啊！鱼食当然也不像今天渔具店有什么塑料袋里装的品种齐全的各种专用鱼饵。贺老总习惯于自制，他总是吩咐管理员弄来一些麸皮，加一点炒熟的芝麻，再加些黑面粉和醪糟之类的，倒上几滴曲酒，他总是先闻闻，认为可以了才用个旧铝饭盒装上带走。这时老总用串钩装好自制的鱼饵甩到深水处然后稳稳地坐下，看着竿梢。太阳已经没有什么威力了，水面上银光荡漾，有些反光刺眼，贺老总把草帽压低一下。只听小侯喊："首长，有动静！"贺老总定睛看："不要理它，是小鱼在闹。"只见竿梢又着实点了两下，小侯迫不及待猛提竿子，飞快摇回轮子，可惜越摇越轻，出水了，露出四个黑钩。贺老总笑了一声："天不早了，赶快装食吧。"装好后，贺老总像打枪一样又准确地甩到了原钓点。

太阳完全下山了，晚霞把西方染成一片彤色，天气也凉了下来。只见白色的竿尖又抖了一下，贺老总示意不要动，但自己的双手却已经轻轻地握紧竿子，只见竿尖几乎拖着钓竿和轮子栽下去，贺老总猛然一提，手上立刻有了一种颤巍巍的沉重感，他不慌不忙往回摇着轮子，直到摇不动为止，凭经验，他判断："大家伙！"他45度握稳，鱼拼命逃窜要线时，"嗖嗖"作响，竿如满月。警卫员怕老总有失，赶紧上来帮一把，但贺老总轻声命令："走开！老子来对付它！"心里充满了势在必得的战斗豪情。贺老总仍含着烟斗，只是手里早已放足了线，"突突突"就放出去二十多米，然后再一次拉回，鱼还有余勇，又放线，斗了数个回合，这家伙还是"死不回头"。看看暮色苍茫视野迷蒙，站在旁边助战的傅崇碧司令员建议把解放牌卡车开来，打开车灯，夜战！贺老总兴奋地说："傅司令，快去办！"不一会儿，卡车隆隆开来，大灯打开，雪亮的灯光照着湖面。只见湖里这尾大家伙时而下沉，如潜水艇；时而搅起一片浪花，真是在进行最后的决战！又搏斗了二十多分钟，小侯才接过鱼竿，说："老总，差不多了，摇上来吧?""不成，你怎么能摇得动哟，千万不要扯断了线断了钩，和它再斗 20 分钟，我就不信拖不垮它！"元帅胸有成竹地指挥，时而放线，时而收线。贺老总抽足了烟又命令："把鱼竿给我，大家伙被咱们耗尽力气，能拖上来了，准备抄网！"果然"大家伙"只有招架之功，已无还手之力了。在贺帅收线时，它时而露出银色肚皮，时而不甘就擒地轻轻回摆一下头，挣扎几下。离岸边就剩十多米了，贺帅的摇轮也越来越慢，有时就卡住转不动，左右牵引，警卫们个个欣喜若狂，有的卷裤腿、脱鞋子，有的忙着拿贺帅的抄子，贺帅说道："我那个抄子怎么够用哟，太小了！"是啊，看着车灯下张着黑洞洞簸箕般大嘴喘着气的"大家伙"，大家一时团团转起来。还是傅将军熟悉情况："旁边小屋有个大抄网！"警卫员飞奔拿回一个桑木把像小渔网似的大抄子，老总对站在水里的战士大喊："对准鱼头，小侯搬尾巴！"三个人六只手，硬把"大家伙"拖进抄网，抱上岸。元帅定睛一看：大脑壳，细身，阔尾，浅鳞，是条大白花鲢。"送给总理，熬汤，下酒用！"元帅的大嗓门儿让四周的空气都快乐地颤动着，并燃烧起来了呢！因为，老帅如愿以偿，可以把这条大鱼送给自己的亲密战友和伟大朋友周恩来。

　　早有傅将军借来一杆秤，铁钩穿透鱼嘴，两个士兵抬起一称，小侯高叫 14 斤 8 两。军士们抬鱼送进汽车后备厢。这真如苏东坡《后赤壁赋》里所描绘："今者薄暮，举网得鱼，巨口细鳞，状如松江之鲈，顾安所得酒乎？"此时皎月东升，柳影婆娑，元帅挥手回府，军士们个个眉开眼笑，这场夜仗打得好安逸啊！

　　此文选自第九届冰心散文集奖《元戎百姓共垂竿》，原载 1999 年 10 月 15 日《中国体育报》、1999 年 10 月《中国钓鱼》，曾改编为电视剧《贺帅钓鱼》在中央电视台播出，此剧受到贺龙夫人薛明（亲题片名）及子女高度赞扬

杜甫形象的千年嬗变

杨 克

2012 年初，猝不及防，中国网民揭开了纪念杜甫诞辰 1300 周年的序幕。

文学的产生、传播和诠释都既来源于创作主体，更取决于受体和大众的时代背景和文化需求。"一千个读者就有一千个哈姆雷特"，透过不同的文学和政治的眼睛，真实的作家也许比虚构的人物有着更丰富多样的面孔。作为中国古代诗人中最具名望和特质的一位，杜甫的形象和身份在 1300 年的岁月长河中早就经历着诸种变化。美国汉学家宇文所安曾生动地谈到，"他的文学成就本身已成为文学标准的历史构成的一个重要部分"，"杜甫是律诗的文体大师，社会批评的诗人，自我表现的诗人，幽默随便的智者，帝国秩序的颂扬者，日常生活的诗人，及虚幻想象的诗人。他比同时代任何诗人更自由地运用口语和日常表达；他最大胆地试用了稠密修饰的诗歌语言；他是最博学的诗人，大量运用深奥的典故成语，并感受到语言的历史性"。

我愿简要回溯这千年嬗变的历程，并由此引发一名当代诗人、当代中国人关于杜甫、中国乃至"何为大师"的一些感想和思考。

如今国内的小学生也基本知晓"李杜"以及"诗圣"与"诗仙"的提法，也许不少人会用"少林武当"的方式去加以想象，以为二者一开始就是并列的。其实从史料得知的事实是，杜甫既不是榜眼，在唐朝中后期的被接受程度和文学界地位也远不如李太白，而两人之间交往也并非高山流水的伯牙子期。李白很早便是扬名天下的"谪仙人"，当过皇家御用诗人，大量诗作被收入各种选本。而比李白年幼 11 岁的杜甫在生前和逝世后相当长时间内，在世人和同行中也许就是个落魄的二流文人狂夫。润州刺史樊晃编《杜工部小集》六卷在序言说道："文集六十卷，行于江汉之南，常蓄东游之志，竟不就。属时方用武，斯文将坠，故不为东人之所知。江左词人所传诵者，皆君之戏题剧论耳，曾不知君有大雅之作，当今一人而已。"在流传至今的十种唐人选的唐诗里，选杜甫诗歌的只有晚唐韦庄的《又玄集》，且只有六首。高仲武的《中兴间气集》专门选录从肃宗到代宗末年这一时期的诗歌，而此时正是杜甫创作高峰，选者声称要力革过去选本之弊，"朝野通选，格律兼收"，收入了当时 16 位诗人，杜甫依然缺席。

杜甫和李白唯一的相遇发生在 744 年（天宝三年）的洛阳，来往约有一年，杜甫当时有点受宠若惊，仿佛新人后辈对名人大师的膜拜求教。分别后两人终生再无见面和直接通信。现传一千多首李诗中，只有四首与杜甫有关，其中两首真伪未明，而其余两首相比李白赠予他人的诗歌，显得流于礼节。令人感叹的是，杜甫反而念念不忘这位亦师亦友的天才。据考证，现存一千四百多首杜诗中，与李白相关的有二十来首，包括了收入《唐诗三百首》的《梦李白二首》和《天末怀李白》，其中直接寄赠、思念李白的就有十首。诗句透露出种种情谊和赞誉，"终朝独尔思""故人入我梦，明我长相忆""三夜频梦君，情亲见君意""笔落惊风雨，诗成泣鬼神""白也诗无敌，飘然思不群"，更有对李白命运的担忧，"文章憎命达，魑魅喜人过""冠盖满京华，斯人独憔悴""千秋万岁名，寂寞身后事"。李白倘若泉下有知，多少有点愧疚吧。

如今评论者和读者喜欢拿二人做对比：李白是浪漫主义，杜甫是现实主义；李白是道家，是飘逸，杜甫是儒家，是沉郁；李白是天才型，可望而不可即，杜甫是后天型，可望也可学；李白是激情的自然美，杜甫是人工的雕琢美；李白是年轻人自由洒脱的至爱，而杜甫则是中老年人才懂的深沉品味……这些都言之有理。其实这两位大诗人的性情、胸怀和写作方式都大相径庭，交往自然不可能心有灵犀，彼此关注的程度不对等也是合乎情理。

杜甫文学史地位的转机始于中晚唐。据学者分析，安史之乱是封建社会由盛到衰的转捩点，也是唐型文化向宋型文化过渡的转捩点。唐型文化大胆接受外来文化，其文化精神及动态是复杂而进取的；而宋型文化各派思想主流如佛、道、儒诸家已趋融合，渐成一统之势，遂有民族本位文化的理学的产生，其文化精神及动态亦转趋单纯与收敛。宋代理学可追溯到中唐的儒学复兴。安史之乱后，盛世气象一蹶不振，面对家国存亡，主张重振道统、力倡儒家诗教观的韩愈、元稹、白居易敏锐地察觉到杜甫有别于其他盛唐才子的思想特质，从而有了"李杜文章在，光焰万丈长"的首次并称。

另一方面，唐末五代文人又为杜甫发掘出"诗史"的内涵。中华文化极其重视"史"，"二十四史"传统在世界其他民族中无出其右。从《左传》《史记》开始，到两汉乐府民歌"写时事"，再到杜甫，其格律诗自觉地从个人抒情上升为对社稷、苍生的关怀，反映了安史之乱前后的各种大事件和受战火波及的社会广大阶层，诗可以证史，亦可以补史之不足。"三吏""三别"、《兵车行》《自京赴奉先县咏怀五百字》《哀江头》《北征》《洗兵马》等诗，继承了《诗经》《离骚》的爱国忧民精神，而《月夜忆舍弟》《秋兴八首》《登高》《岳阳楼》等写景抒情的诗也是心系国事，把个人的遭遇融于国家的命运中。于是唐人孟棨《本事诗》提出："杜甫逢禄山之难，流离陇蜀，毕陈于诗，推见至隐，殆无遗事，故当时号为'诗史'。"温庭筠、韦庄、郑谷、杜荀鹤、罗隐、皮日休等一批后辈以写作延续了现实主义精神，他们的大量作品记录了社会衰败现象。

延至北宋中期，由欧阳修、宋祁等人修撰的《新唐书·杜甫传》，采用了"诗史"这一说法："甫又善陈时事，律切精深，至千言不少衰，世号'诗史'。"而王安石、苏轼两位德高望重的士大夫也对杜甫作了高度评价，孔仲武、王德臣、张戒等人继续沿着"圣""忠"的道路发挥，促成了杜甫和杜诗升华至理学道统的典范。

南宋理学宗师朱熹明确谈道："予尝窃推《易》说以观天下之人，于汉得垂相诸葛忠武侯，于唐得工部杜先生、尚书颜文忠公、侍郎韩文公，于本朝得故参知政事范文正公。此五君子，其所遭不同，所立亦异，然求其心，皆所谓光明正大，疏畅洞达，磊磊落落而不可掩者也。其见于功业文章，下至字画之微，盖可以望之而得其为人。"

应该说，这是两宋士人出于当时天下大势考虑、出于推动知行合一的儒家理学，而对杜甫形象所进行的高度创造性、深层次阐释。亦官亦文的北宋士大夫，以融合道德政治和学术文艺见长，在他们眼中，杜甫无疑是适宜推广的君子圣人模范。中华文化的内涵异常丰富，以儒家思想为主体，其中又以"仁"的人本主义为核心价值。杜甫对儒学的最大贡献在于他以毕生的言行为"仁德""圣贤"提供了可亲、可信、可学的实例。更难能可贵的是，他一生仕途坎坷，生活漂泊，晚年更是贫病交加，却无改"贫贱不能移"的君子气节，无改以天下为己任的理想，时时、处处、事事都关注天下安危和百姓哀乐。他的一千多首诗内容丰富、形体生动，囊括了战争、军旅、民族、官场、难民、贫民乃至山水、田园、天伦、风俗、赠别、咏物等时代实体和人生经验，各详其形，各见其神，但贯穿始终的都是那种不可磨灭、独一无二的忠君、爱国、忧民的悲悯情怀。他是理想的悲天悯人的圣贤典范，又是当代和后世儒生的生活楷模。对于万千士人而言，生前就取得功名是稀罕的幸运，更多人只能度过平凡甚至艰辛落魄的一生，而跟他们际遇相似的杜甫，依然能够在如此黯淡的肉身人生中升华出如此高尚、足以流芳后世的精神价值，那么他们也能够、也应该遵循此道去坚守家国道统和人生信仰。先贤所谓"达则兼济天下，穷则独善其身"；后人所曰"居庙堂之高，则忧其民；处江湖之远，则忧其君""先天下之忧而忧，后天下之乐而乐"，正体现着杜甫承前启后的精神价值。

至于后世如黄庭坚、陆游、杨万里、文天祥、元好问、李梦阳、何景明、施闰章、宋琬、王阳明、宋濂、王夫之、顾炎武、屈大均、陈衍、黄遵宪、刘因、龚自珍等无数士人，或习文或从政，或兼而有之，都不同程度受杜甫影响，被激励着写作或立业。为了纪念杜甫，后人还在他生前流离停顿之处如河南巩义、陕西延安、甘肃天水与成县、四川三台等地修祠建宇，杜甫墓地则有七八处争论不休，而当中最有名的应该是四川成都的杜甫草堂了。这座当年破败不堪的容身之所，五代诗人韦庄在旧址上重结茅屋，以示怀念；北宋吕大防知成都时，重建草堂，并绘杜甫画像于壁；至南宋、元、明、清各代，草堂屡经修葺；在清嘉庆间大修后，主要建筑和园林保存至今。现在的草堂已成为国家重点文物保护单位，建起博物馆收纳各种杜集版本及有关文物，还办有杜甫研究学会和《杜甫研究学刊》，成为旅游胜地。宋元明清历代书家也热衷为杜诗泼墨，仅收藏于成都杜甫草堂的杜诗书法作品就有出自祝允明、董其昌、张瑞图、傅山、郑燮、何绍基、康有为、章太炎、吴昌硕、于右任、沈尹默等精品数十幅。

由诗人杜甫联想到武将关羽，他们被后世尊崇的轨迹有些相似。早已溢出文学和军事范畴，升华至一种精神的高度，一个谓圣，一个称帝。

虽然皇家和士大夫阶层都已将杜甫视为圣贤，不过人们依然不断发掘他的新形象。梁启超作为大儒和革命家的过渡者，还研修过印度哲学，他别出心裁称杜甫为"情圣"，并作文

《情圣杜甫》说道："中国文学界笃情圣手，没有人比得上他，所以我叫他做情圣。"应该说这也是独具慧眼的。杜甫悲天悯人不容多言，却并非只是如今教科书上的垂暮老人，他对自己的人生充满向往，对名山大川，对妻儿亲友，乃至对草木、虫鸟的微细生命，都充满热爱和敏感。这跟盛唐文化包容接纳也有很大关系，杜甫以仁义为修身根本，同时也博览群书，与道士、僧侣有交游，道家的自然、佛家的慈悲为怀、墨家的"兼爱""非攻"都融化在他思想和作品中。"安得广厦千万间，大庇天下寒士俱欢颜"可谓是"觉有情"的菩萨心肠。

而千年之后，面临民族生死存亡之际，闻一多也身体力行地以杜甫激励自己和同伴。他赞誉杜甫是"四千年文化中最庄严、最瑰丽、最永久的一道光彩"；"他的笔触到广大的社会与人群，他为了这个社会与人群而同其欢乐，同其悲苦，他为社会与人群而振呼"。闻一多后来果然杀身成仁，朱自清谈起他说道"在过去的诗人中最敬爱杜甫，就因为杜诗的政治性和社会性最浓厚"。其实，从政治家到文化人，他们都分别在思想精神和语言艺术方面对杜甫各取所需。现代历史学家洪煨莲评论20世纪的中国时谈道：即便所有道德的与文学的标准都被掷入怀疑和混乱，政治立场和文化理念迥然不同的集团和个人也都从杜甫那里各取所需，为己所用。主张流血革命的左翼和捍卫因循现状的右派都乐意引用杜甫，保守的文学研究者承认杜甫的知识广博，偶像破坏者以及白话文的拥护者也一致向杜甫致敬。这的确是精辟之极！

1949 年之后，作为新政权指导思想的马列主义取代了儒家正统，文艺思想也由毛泽东《在延安文艺座谈会上的讲话》主导，强调写作为工农兵服务。不过杜甫也颇为顺畅地从"诗圣""诗史"转换为现代语汇的"伟大的爱国现实主义诗人"，尽管作为诗人的毛泽东更喜欢李白，郭沫若甚至写了《李白与杜甫》抑杜扬李，可杜甫一直获得官方文学史家的认可。

在当代文学评论的体系内，杜甫诗歌具有丰富的社会内容、强烈的时代色彩和鲜明的政治倾向，真实深刻地反映了安史之乱前后一个历史时代政治时事和广阔的社会生活画面。他的风格以"沉郁顿挫"概括最为精准，"沉郁"指诗的情感特色，"顿挫"指诗的语言声调的错落有致。他兼具大气磅礴的构思能力和细致入微的叙述技巧。叙事写人时，他能通过富有个性的细节描写和人物对话的客观叙述，展示诗人的感情取向；抒情议论时，他又能寄情于景，融景入情，使情景交融，兴象浑融。现存杜甫一千四百多首诗中，五言律有六百三十余首，五排一百二十余首，七律一百五十一首。杜甫律诗不仅数量多，而且在思想与艺术上都达到了炉火纯青的境地。杜甫在创作中，能够根据不同的内容，选择不同的诗歌体裁。如以言志、咏怀、纪行、叙事和议论的内容，他主要选择古诗这样在篇幅和声律方面比较自由的诗体。在表现时事和现实内容的题材上，他创造性地运用了新题乐府的体裁形式，有的甚至于用组诗的形式来表达。如《兵车行》《丽人行》《悲青坂》及组诗"三吏""三别"等五、七言古体诗。在写景、抒情与创造意境等方面，他则主要运用五言、七言律诗的形式，做到情与景的交融、意与境的结合。语言和篇章结构又富于变化，讲求炼字炼句。总而言之，杜甫可谓是唐诗艺术的集大成者。

不过，即使当教科书、文学史、工具书都大同小异的时候，另一方面，现当代诗人面对这位别具魅力的前辈和具有巨大可塑性的写作对象依然能创作出精彩纷呈的新面孔。"借他人酒杯，浇自己块垒。"20世纪至今，华语现代诗人至少有内地的冯至、叶延滨、西川、肖开愚，台湾的余光中，香港的廖伟棠、黄灿然，旅美诗人杨牧，旅美学者叶维廉以杜甫为题。每位诗人都处于不同的时政节点，透着不同的思想滤镜，运用不同的艺术魔法，去关照同一个历史和艺术对象，在跨越时空的诠释之中展现各自的主体精神。从古典情怀，到现代批判，再到后现代解构，杜甫仍在不断演绎新角色，果然是"很忙"！

同时，杜甫作为中国古典诗人的巅峰人物，不可能不随着中国文化传播而越出国界，走向国际。从13世纪开始，杜诗就在邻国朝鲜、日本和越南广泛传播；从19世纪起，杜诗又通过汉学家的创作性文字被西方学者和读者所认知。即使是文化背景与我们相去甚远的西方受众，也不难从他的诗歌和生平中发掘出具有普世价值的因素，博爱、和平、正义、信仰、忠诚、环保，等等。1961 年在斯德哥尔摩举行的世界和平理事会主席团会议决定把杜甫列为次年纪念的"世界文化名人"。可以说，杜诗已成为世界性的"非物质文化遗产"。

杜甫是中国人的杜甫，我们跟他站在同样的大地，面对相似的时代，怀着相同的精神世界，流着相同的文化血液。"人人皆可为圣贤"、如月照万川，我们都是杜甫的化身。

只要中国人不放弃中国文化，坚持中国诗歌，我们就没有理由悲观，中华文明就不会衰败平庸。这就是我们今天纪念杜甫诞生 1300 年的意义所在。

收录于杨克个人散文集《我说出了风的形状》（2018 年人民文学出版社出版）

纺　车

张存金

　　从农村往城里搬家时，我把一些陈旧的家具都送给了乡邻，唯独母亲生前用过的那辆破旧不堪老掉牙的纺车舍不得丢弃，也不愿意送人，单独跟我进了城。以后又随同我几次迁居流转，至今还保存在家里。

　　这是一辆普通的手摇纺车，有两根轮叶已经断裂，被细木棍和铁丝密密地绑扎着。由于长期摩擦，支撑车轴的圆孔已经由"O"型变成了"8"型。车把上的手摇孔也比原来增大了许多，里沿被手指磨得剔明锃亮。只有粗壮敦实的槐木架完好无损，显示出饱经沧桑的顽强和坚韧。

　　我对这辆纺车有一种特殊的感情。

　　听母亲说，纺车是外婆留下的。外婆没用到多长时间就辞世了。母亲接过来时，磨合得正好使唤，用起来既轻便又顺手。

那个时候，家里有五口人——祖父、父亲、母亲、我和刚出生不久的弟弟。祖父身体尚好，是种庄稼的行家里手，父亲聪明好学，喜欢绘画，擅长花鸟动物，在村里小有名气，母亲心灵手巧，针黹女红无所不精。一家人和睦相处，欢声笑语，其乐也融融。

晚上，母亲常常手摇纺车，陪伴父亲研墨作画。摇动的车轮，旋转的锭子，争着发出嗡嗡嘤嘤的声音，像演奏一支和谐优美的乐曲。我尚年幼无知，一边凝神谛听这迷人的乐章，一边饶有兴致地观望父亲笔下跳动的松鼠、飞翔的小鸟、奔跑的骏马，久久不愿入睡。母亲似乎也陶醉在这温馨的气氛里，纺纱时，右手食指伸在车把的耳眼里，熟练地划着圆圈，左手则有规律地上下摆动着，脸上洋溢着幸福的笑容。这情景，至今还清晰地保留在我的记忆里。

可惜好景不长，一场意外灾祸遽然而至。父亲在一次水利工程中被丧尽天良的工头和庸医误了年轻的生命，年仅24岁即撒手人寰。祖父经不住打击，气恼成疾，卧倒在床。突如其来的塌天大祸使家庭天平发生了严重倾斜，年仅28岁的母亲不得不挑起大梁，成为支撑门户的一家之主。她既要抚慰照顾老年失子的公爹，又要抚育培养幼年丧父的儿子，千斤重担集于一身。

当时正值连续三年自然灾害，天灾人祸使这个原本幸福的家庭失去了往日的欢乐。尽管政府不时伸出救援之手，但面对病弱老人和嗷嗷待哺的孩子，养家糊口的担子压在母亲羸弱的肩上，仍然十分沉重。那个时候农村妇女最基本的谋生手段就是纺纱织布，于是那辆纺车也就自然成了家里最主要的生产工具和经济来源。

母亲性格倔强，干什么都很要强。养老抚孤的责任和压力暂时掩盖了骤然失夫的悲痛，她白天下地干活，晚上伴着孤灯熬夜纺棉，把满腹幽怨和一腔希望都倾注在了纺车上。随着母亲右手的摇动，车轮依旧飞速地转，锭子依旧飞速地旋，争着发出嗡嗡嘤嘤的声音，就像演奏一支如泣如诉的悲歌。母亲的手臂依然有规律地上下摆动着，但脸上却再没了往昔的笑容，有的是难以言表的冷峻和落寞。一旋一转一抽一拉间，不知凝聚了多少无奈和执着。

夜深人静时，纺车牵扯出母亲内心深处的伤痛，往往禁不住泪水迸流，饮泣不已。任凭泪珠滴落在衣襟上，迸溅到纺车上，浸润在棉絮里。有时候，哭声把我从睡梦中惊醒，我就乖顺地依偎在母亲肩膀上，想着法儿劝慰几句，一时却又不知说什么才好。每当这时，母亲总是飞快地抹去眼泪，苦笑着劝我入睡。她宁可把悲痛永远埋藏在心底，也不愿给孩子带来丝毫忧伤。低沉如咽的纺车声又送我进入甜甜的梦乡。

夏天的夜晚，母亲就把纺车搬到院子里，我也喜欢躺在母亲身边的纺花席上乘凉。皓月当空，清辉遍地，凉风习习，阵阵送爽。母亲拧着纺车，给我讲了许多许多生动感人的故事。有时对着清澈皎洁的明月，给我讲嫦娥奔月；有时望着浩瀚无际的银河，给我讲牛郎织女；有时指着晶莹碧透星光闪耀的蓝天，给我讲董永遇仙……我上学以后，又给我讲了一连串古代勤学苦读、成才报国的逸事，记忆最深的有孟母断机、凿壁偷光、牛角挂书等。这些故事就像母亲手中的棉线一样，连绵不绝地抽扯出来，在我的眼前描绘出一个色彩斑斓的世界。也不知母亲怎么会知道那么多生动有趣的故事。月光照耀下，母亲纺纱的身影投射在地上，手臂一上一下地舞动，看起来也像她讲的故事那样生动有趣。那影子常常是围着母亲转了半个圈，我还听得津津有味，迟迟不愿去睡。至今想起这些故事来，总还清晰地记起母亲月下纺纱的身姿。

天寒地冻的严冬，母亲又把纺车转移到两米多深的地下。在暖意融融的地窖子里，十几辆纺车集中在一起，沿墙壁一字儿排开，正像一个整齐有序的生产车间。烛光摇曳中，纺车一齐飞转，手臂交相挥舞，俨然是优美的集体舞蹈。纺车的嗡嗡声，众人的说笑声混杂在一起，宛若雄浑的大合唱。

每天，母亲总是去得最早，走得最晚，纺纱的速度也是人人称羡。在这种集体环境里，母亲暂时摆脱了孤寂和忧烦，手下的纺车就像听任摆弄的玩具，俯首帖耳地自由旋转。手臂也随着车轮的摇转上下摆动，抑扬起伏，协调得是那样默契。左手拇指和食指间的棉纱就像魔术师口袋里的彩绸一样无穷无尽地抽扯出来，仿佛手里捏着的本来就不是棉条，而是现成的线团一样。这一切竟是那样干净利落，悠游自如。

实际上，一年中的大部分时间里，这辆纺车就安放在我家破旧的老房里。随着年岁的增长，母亲最关注的就是供我和弟弟读书。记不清多少个酷热难耐或寒冷刺骨的夜晚，母子三人共用一盏煤油灯，母亲摇着纺车，陪伴我们读书用功。起初对纺车的噪音还有些不习惯，难以沉下心去，后来听惯了，也就习以为常。母亲很有耐心，总是循环往复，一抽一抽地纺。眼看着线穗子一层层增大，直到沉甸甸的，像成熟了的地瓜，母亲才带着收获的喜悦，专注地从锭子上取下来，捧在手中仔细地掂量。同时深情地凝视我们学习的背影，那眼神分明在说，学习知识也像纺线一样，要一点一点地增加，积少成多，最后才能有丰硕成果。很多时候我们都已经睡觉了，母亲的纺车却还在不停地转动。低沉忧郁的嗡嗡声，常常唤来阵阵鸡鸣。

母亲把辛辛苦苦纺的线再亲自织成各式各样的花布，有长条的，有方格的，花色各异，品种繁多。这些布除少量留着自家穿用外，大部分是拿到集市上换钱。这也是那些年一家人主要的经济来源。

记得我考上省城的一所名牌大学后，母亲用自己织的粗布，亲手为我缝制了一套新被褥，千针万线凝聚着母亲的心血和期望。临行前，我紧紧抓住母亲满是老茧的手，凝望着那饱经沧桑的脸庞和早生的白发，心里一阵阵酸楚。为了这床被褥，母亲纺纱要熬多少个不眠之夜啊！我忽然想起古人的一句话："慈母手中线，游子身上衣。"真是说透了真实的母爱情分。当时，母亲抚摸着我的脸，深情地看了又看，止不住泪水连珠般地流下来，滴在我的身上，融化在我的心里。母亲虽然没有说更多叮咛的话，但从老人的眼神和表情里，分明可以看出隐藏心底的欣慰和期待。十多年保家教子，历尽艰辛，正像纺线成穗一样，终于有了收获，母亲的心情是可想而知的。

我上大学的费用，大部分仍然依靠母亲手摇纺车的收入。远隔数百里，那辆已经破旧的纺车，依然牵制着我的身心。母亲坐在家里手摇纺车，抽出的那根线就像与我的心紧紧相连，通过这根线，源源不断地给我传递着温暖和关爱，输送着营养和动力。正是为了报偿这份养育之恩，我毕业后毅然放弃省城优越的环境，回到了母亲身边。

正当我准备让老母亲进城颐养天年的时候，老人却因长期艰苦生活而积劳成疾，多方延医不得其治，过早地离开了她所挚爱的这个世界。遽然失母的痛苦使我忧伤难已，子欲孝而亲不待的遗憾使我懊愧终生，有孝无亲欲孝不能的歉疚更使我食不甘味，夜不成眠。最初那段时间，我怎么也难以相信一生仁慈善良的老母亲会突然逝去。痛定思痛的情绪怎么也难以排遣。有时候，竟禁不住下意识地跑回老家，猛然推开房门，希望母亲仍端坐堂前，像往常一样安详地纺棉。然而，那辆失去主人的纺车依然静卧在床边，我却再也看不见那高堂老母慈祥的容颜。

母亲已经去世十五年，纺车始终陪伴在我的身边。这辆纺车倾注了母亲大半生的心血，浸透了母亲辛勤劳动的汗水，凝聚了母亲真挚的情感，寄寓了母亲深沉的眷恋。它身上浸润着母亲的手泽、眼泪和热汗。看到这辆纺车，就想起母亲的音容笑貌，想起母亲吃苦耐劳的美德。看到这辆纺车，就会感觉到自己肩上的责任，从而自觉地珍惜苦难，善待人生。

就因为这些，我特别钟爱这辆纺车。

本文选自获奖散文集《且将锦瑟赋流年》，2019 年 5 月人民出版社出版

老蜂农

马　婷

老蜂农的眼睛已经看不清了，原本二十多箱蜜蜂，现在只剩下零星的两三箱，还蜷曲在房檐下的路台上。

蜜蜂们并不知晓主人正悄然改变的身体，它们总是忙忙碌碌的，蜂箱口永远堵塞着它们进进出出的身影，也对，它们每隔一月就要更新换代一次，也少有几个能记住主人的吧。

老蜂农最放心不下的就是他的蜜蜂，这可是他一辈子的钟爱，年轻时，他就养着那么几十只鸽子、几十箱蜜蜂，远近闻名。他爱这些蜜蜂，即使家里并不宽裕，到了冬天，还是要花几百块钱去给这些蜜蜂买花粉吃，当然，它们也不是一直这么有口福，偶尔，也是靠蔗糖过冬的。

他总是赤手伸进蜂箱里，将蜂巢取出来，戴着眼镜细细端详，看这些幼虫身上有没有生出螨来，密密麻麻的蜜蜂发出嗡嗡嗡的声响，周围观看的人都躲得远远的，他却一点儿也不怯懦，好像这蜂真能对他温柔以待似的。

我是被他那蜜蜂蜇过的，手指上钻心的疼痛感，还有那肿胀的样貌，着实让我很长一段时间都畏惧去老蜂农的家里。虽说蜜蜂都围绕在蜂箱周围，但总有那么几个淘气的，不知道是否迷了路，飞到屋子里、厨房里、客厅里……嗡嗡的声响总是让我心烦意乱，也是，人对畏惧的东西才会心生厌恶，可老蜂农好似习惯了它们的身影，并不知晓我们这些孩子正暗暗盘算着如何将这误入的蜜蜂解决掉。

老蜂农似乎把所有的心思都放在了他的这些宝贝上，如果你在房间找寻不到他抽烟的身影，那么他定是在蜂箱前呆坐着。很久以前，我并不知晓，他总是花费半晌的时间盯着蜂箱究竟是在看什么。后来，当母亲告诉我，蜂箱内其实也有一个王国，工蜂、雄蜂以及蜂王都在其内，井然有序地守着自己的岗位，但稍有不慎，它们也会发生内乱，我瞬间来了兴趣。

原来，这个小小的蜂箱，对它们来说，就是一个城堡，门口进进出出的工蜂便是拥护女王的守卫。蜜蜂是群居昆虫，它们需要抱团取暖，但群体又不能过于庞大，就像古时的帝王要分封很多诸侯一般，一旦蜂群达到一定数量，工蜂们就会建造新的王台，来培育新的蜂王。

这正是老蜂农担心的地方，一旦工蜂们想要开始推举新的蜂王，拉起一帮朝臣自立门户时，老蜂王就开始坐立不安起来。它们的规则和人类大抵相似，每当这时，老蜂王便极力地想要去破坏新蜂王的幼虫，一旦不成功，让新蜂王顺利诞生，它便只能带着一帮体己的老臣逃出原巢，重新安家，这也就是所谓的蜜蜂分家。

老蜂农的蜜蜂是逃过的，年轻时刚养蜂不久，那年清明前后，他眼看着自己的蜂群一阵旋风似的飞了出去，再未归来，着急的他跺脚骂娘的。此后，每到春天，他总要悉心地观察，一旦发现蜂箱内有分家的预兆时，便要做好准备，给逃出来的蜂群准备另外一个城堡。

为了这蜂，老蜂农一辈子可没少与人发生口舌，那一年冬天，有养蜂的同行找到他，说是借几箱蜂，带到四川去。北方的蜜蜂冬天是不工作的，天气寒冷，它们需要早早地准备好过冬的食物，而后在大雪来临时，守在自己的城堡里，互相依偎取暖，这倒让我想起了北方人冬天围炉煮酒的景象。而南方的蜜蜂不同，在四川，即使是冬天，它们依旧会外出采蜜。老蜂农将自己的蜜蜂小心翼翼地给了同行，而后日日牵挂着，期待来年开了春，它们平安归来，这心情与送走孩子的父亲无甚区别，可是，他却再未等到自己的蜜蜂。

原本说好的借一个冬天，开春就归还蜜蜂的同行变了卦，想将这些蜜蜂据为己有，老蜂农这个一辈子温温和和的老实人，这下子却不允了，他追到同行养蜂的地方，愣是一通叫骂，那样子，像极了被抢了糖果的孩童。

可是老蜂农的眼睛越来越看不清了，他开始担心起这些蜜蜂来，日日不能安睡。白天，他戴着自己的老石头镜，在阳光下，打开蜂箱，努力地观察着，除了嗡嗡嗡的声响，却是一片模糊。晚上，他甚至看不清台阶，看不清路上的小石子儿。他来到了西安城，城里的大夫说，这是先天性的角膜内皮营养不良，需要做角膜移植手术。

老蜂农蒙了，在他们眼中，角膜移植，听着就够呛的，可他的蜜蜂还需要他照管，他的子孙还需要他拿事儿呢。今年七十六岁的他，身体还硬朗着，若非眼睛这毛病，他还能骑着电瓶车到处溜达呢，爱唱秦腔的他也还能跟着自乐班吼上几嗓子呢。老蜂农不想因为眼睛的事成为家人的累赘，于是一番商议后，儿女们还是带着他，在今年的春节前夕做了手术。

老蜂农的手术很是成功，没有任何的排异反应，想来也是老天眷顾，加上他心态乐观，这一辈子，他总是将生死挂在嘴上，倒是宽慰了儿女些许。每次来西安城检查，我与母亲都会陪着他，作为外孙女，我自然期望他能在这城里多转悠转悠，可他每次都待不住，从医院出来后，便急匆匆地想要回家，似乎这西安城的风景、美食都不能入他的眼，我想，可能是他放心不下自己的蜜蜂。

前几日去老蜂农家送药，看到房檐下的台阶上仅剩的两三箱蜜蜂，蜂箱口依旧堵塞着它们进进出出的身影，我不知道它们在忙碌些什么，却突然间感慨万千，老蜂农到底是老了，也只有这些蜜蜂能陪他说说话了。临走时，老蜂农又给我带了几瓶上好的陈蜜，自幼时起，家中似乎便从不缺蜂蜜，如今思忖，有一天，老蜂农养不动蜂了，我岂不是再无这甜蜜的味道可享用了，不禁怅然。

本文刊于 2019 年 7 月 18 日，收录于散文集《十亩之间》

神遇记（节选）

刘　洁

一

有一年夏天，承德避暑山庄里，几个人结伴走在从山的一侧到水的一侧的路径上。天上已经是乌云压顶，我们没有察觉，仍然自顾自谈笑，直到惊雷阵阵就在头顶响起，才豁然明白要出现什么，一行人飞跑到处于山一侧和水一侧之间的亭子里。亭子斑驳得不成样子，紧邻的荷塘里雨打荷叶，风随着阵阵吹来，竟然也有声音的韵脚，杂乱中自成一派天籁。我们几个人开始是焦急的，大门外面有人在等着，火车票的时间也定了，偏偏进山庄的时候天只是看着阴一些，三五个人欢快的情绪里完全没有给天变脸留出一点空隙。正是天要下雨，才不管人的处境。

雨下得没头没脸，跑到这亭子里身上淋得已经有些湿了，夏天的风本来不凉，唯避暑山庄不同，这里的风从那山的一半下来，寒意和雨一混，温度又降了几分。同伴中有年纪比较大的，跑得慢点，淋的雨就多些，已经打喷嚏了。大伙围过去，关心地嘘寒问暖。其实没什么用处，谁都没多带一件衣裳。三伏天里，进个老园子，中午时太阳好好地在天上，我们时间紧，人人的眼睛都挂在园子的景色上，抬头看天的事居然没人当成大事，看着雨滴打在地面上一个又一个大泡泡出现又消失，大伙的心堵得慌，经验主义让这些自恃生活经验丰富的人把自己忽悠了。终于有人忍不住抱怨："其实我想带把伞的，要不是嫌麻烦……"这时好像某个门被打开了，纷纷说起缘由来，竟然各人早早地考虑到了，只是因为各种不得已，伞就被留在了大巴上。

远处，园子里的山的部分好像更高大了，一些看着似云似雾的水汽飘着，沿着山的高处走走停停，高的山阴阴的有些暗影挡着。几个小时之前我们还走在山路上，有些地方在建中，青色条石和红色、黄色的土就那么随意地堆着，旁边随时都能斜出一根树枝，循着看上去，树木也是枝杈丛生，刺乱了天空，端的是荒山乱石，和美景毫无干系。此刻被雨一冲，石头可能更青，红色的泥该是成了一股股的泥石流，但是，为什么这山上有些地方是红色的土呢？水的部分都氤氲在雨里，水汽聚成了气团，飘在离水没多高的地方，随风荡着，沿水边建起来的亭台楼阁越发清逸，色彩提亮许多，像洗完了脸，白了艳了也清爽了。

头顶的亭子，破败感很强，我们跑过来的时候只模糊觉得进了个乌突突的亭子，这时端详原来四个柱子是石头的，也有彩画，油漆剥裂的不少，卷翘着，水汽一足颜色都饱满了，是喜鹊登梅、断桥相会之类的吉祥图案。如果不是这雨，我不会细看的。我的心静下来，找了没被雨打湿的一边坐下，专注地看着荷塘对面的宫殿在忽浓忽淡的水汽中时而清晰时而模糊。豁然间发现，这亭子空落落地坐落在山水间的交点，雨中空无一物走动的世间，竟是坐观万景的好去处。天地间此时自成一脉，雨是联结，风是挽手，除了我们这些闯进来的人，竟都是浑然一体的。可见人不能自大，这画一般的地方，从天而降的雨益发冰清玉洁了世间，脱尽尘滓后，何等的空灵。这片风景，何尝不是当初建造者心灵的呈现。

二

人言不足信。

这是我在见过孙犁先生后的总结。自此，许多传言中这样那样的人，我都不再预设，打了交道后再下结论。

孙犁先生有张著名的字条压在玻璃板下面：谈话请不要超过十分钟。此前许多人都被这张字条挡了，他的粉丝多，身体又不好，家人每每挡驾也是自然，都在天津，做了编辑也没机会见到。机会这个东西很怪，不知道什么时候就出现了，猝不及防，没有思想准备就看见馅饼从天上掉下来，我的思想一向朴素，多半要伸手接住。某个冬天的下午，我跟着两位前辈去了孙犁先生的家。

下午太阳仍然是高的，屋子不很亮，家具沿着墙放置，椅子也平常。时间已经太久，我不记得当时说了什么。我只是看着他，瘦瘦的，精神还好，说话温温的，一进门的时候和我们每个人握了手，手有点凉，这个细节我一直记得。此前看过许多文学作品里都说名人的大手是温暖的、有力的，带着革命的传导性，孙犁先生的手不那样就比较意外，反倒记住了。还有他略微带点口音的声音，说话不疾不徐的，都印象深刻。

孙犁先生的作品里，被提到最多的是散文，来天津的写作者都想见他，写散文的作者就更是了。早年他住在静园里，那个时候静园还是个大杂院，今天看着也没多大的地方，当时私搭乱盖搞得从外面看不成样子。优点是离《天津日报》的老社址很近，但居住条件逼仄，他的著名的套袖被写进了许多人的作品里。好多文学后进是他提携的，所以来天津的作者，和我们说到想做点什么的时候，多半要提是否能见一下孙犁先生。有些人实现了，有些人赶得不巧，就没见成。

我要老实地承认，使我最受影响的是他的小说。他的小说里，即使打鬼子那样惊心动魄的事，也淡淡地写出来，《荷花淀》里的小两口做着平凡生活中的事絮絮地说着革命，没有豪言壮语，不喊口号，彼此的爱和深情都在家常的交流里流露出来。这样的革命者，更接近我想象中的样子，真正的英雄是在需要他们付出的时候比常人付出得更彻底和坚定。更多的人是做了自己要做的事，点滴的贡献汇到一起，把胜利女神拉到了自己的一边。有点像现在人总在说的攒人品，许多人的人品都攒到一起，自然就做成了大事。把这些平凡的人表达出来，同样是写作者的使命。

孙犁先生那天说得不多，来之前我想了一堆问题，见面之后全忘了，前辈们说的话我也是似听非听的，完全没有入耳。

倒是先生问过几句什么话，内容不记得了，我怎么回答的也没印象。先生的家人进来，说先生要休息了。离开前我和孙犁先生照了相，告别时他握着我的手说："以后你就自己来，随时欢迎你来。"我看着那双平朴的眼睛，真诚，对晚辈亲切，我猛点头，想着一定再找机会来，我还有好多问题想请教。

后来我没能再见到老人家。转年，先生去世。

三

有多少爱可以重来。

有什么书值得重读。

少年人读书喜欢的是故事精彩，语言美丽且神奇，总是要超乎脑海里的成型模子才能吸引眼球，其实不止少年人，成年人也如此。直到今天，网络上要点击率的新闻，使用的办法仍然没脱出这个窠臼。如果翻一下史书，春秋战国时的辩士们用的也是这套活。说明一个事，人这种动物的根底具有一贯性，符合了一贯性的就具有了永恒性。比如对爱情的追求，比如对生命的各种歌咏，比如对超自然力的向往。在书架上有些书是一过性的，看一遍就是给作者面子；有些书是

第三辑

209

常看常新，什么时候拿起来看都可以，这样的书被归入"神书"。还有一种，第一遍看没感觉，后来被忘掉了，扔在什么地方，某一天随手打开，发现这书以前没看过啊，内容完全不记得了，现在看见的这些内容让我好喜欢，就读下去了。很长时间一直就放在手边，越看越有心得，甚至生出来想和作者聊一下的念头。

石涛说："神遇而迹化。"

人之存在是由无数个神遇造就。

曾经我因为一件事而对写作有了畏惧，多年后就有一本书，拯救了我和写作之间的距离。

唐玄宗时，兴庆宫的池中养着一条小龙，平时好好地待他，有时候高兴了这条龙就跳到空中做各种让人看得目瞪口呆的动作。玄宗避安禄山事到嘉陵江，船旁忽然出现一条龙随着船走。玄宗看到了，让下面的人拿好吃的酒菜给他，流着泪说："这是我兴庆宫当年的那条龙啊。"这故事载于唐笔记《次柳氏旧闻》，用白话文写出来也不过百来字，文言文的短可以想见。作者笔下的玄宗有四个字形容：泫然流涕。一代天子逃奔到四川，曾经的臣下许多已经奔太子而去，他的感受有多复杂可以想见。唏嘘之后，我不能写东西的毛病竟好了。

这肯定是当初写这部书的古人不会想到的，也出离我的预料。

时机却刚刚好。

本文发表于《黄河文学》2018 年第二、三期合刊

孝 心

王晓君

　　母亲周围的亲戚邻居，都知道我是一个非常有孝心的女儿。

　　许多时候，在不同的背景下，当她们经意或不经意间把我的孝心举得很高的时候，我总是自觉不自觉地报以无言的苦笑。如果那个时候是在家里，母亲也在旁边的话，她就会用手捋一下额头花白散乱遮住了半只眼睛的头发，把脸转向墙上父亲放大了的黑白照片，叹一口气说："我比你爸爸有福，他走得太早了——"紧接着她又会跟上一句，"如果他在的话，你还会这样吗？"

　　我的脸上一种涩涩的笑在母亲画着反问号的余韵中溶解。

　　沉默。

记忆中最早把这个信息带给我的，是一个男人。

从一段对话开始的。

中年男人说，来，好孩子，给爸爸挠挠后背。女孩儿嗔怪道，天天晚上挠，左边十下，右边十下，中间十下，还有啊，我不挠。说完，女孩儿把从后面伸到前面环绕着中年男人脖子的手抽出来，轻轻掐了一下中年男人肩头，嘻嘻笑起来。中年男人说，不挠就是没孝心，你不想做一个有孝心的女儿吗？女孩儿认真起来，一本正经地说，给你挠后背就是有孝心。中年男人说，我的小女儿最有孝心了。来，来。女孩儿把头钻进被子里，撩起爸爸的背心，一边数着数一边用心地挠了起来。

这个男人，如果他还在的话，我应该叫他爸爸。我一直都是这么叫的，直到十六岁。

记忆中最早的孝心的声音是以给爸爸挠痒痒作为标准从爸爸的嘴里送出来的。

时间一下子就被送到了一九八七年。

一九八七年夏天的一个早晨，母亲吩咐我去给父亲送药，说七点钟大夫就要用它。父亲得的是恶性肿瘤，已经到了晚期，住在医院里。我看了一眼墙上的石英钟，六点五十分。我抓过药，奔下楼，骑着自行车，上了路。从我家到医院，全是上坡，正常骑自行车的话，需要二十分钟的路程。这段路，哥哥最高的纪录是五分钟，他比我大七岁。我不止一次地走过这条路，每一次都看到无数的人推着车子爬坡。

在那个夏天的早晨，我用五分钟的时间完成了这段路，那是我第一次骑着自行车蹬上了与我家相连了五年的路——为了我父亲。

十六岁没受过任何专业体育训练的身体单薄的女孩子，不知道应该自豪还是悲伤的女孩子。

这是我回忆我对父亲的孝心的一个片段，最重要的是他用上了。

同样还是在那年秋天，中秋节的晚上，我从家里跑出来，跑一段走一段，走一段再跑一段。我沿着洒满月光的大路，边走边想，就是在这条路上，一条回家的路，一条有父亲相伴的路，一条我曾经亲手书写的最不愉快的路。现在，我想念它——

十二岁那一年，我在商店里看中了一把吉他，我马上把这件事告诉了父亲。他说去看看再说吧。第二天，我和父亲一起去那个商店看那个吉他。父亲在犹豫，没说买也没说不买。但是他要走，不带吉他。一跺脚，去哪儿，当然是回家。怎么走，当然是骑车载着你，等候。我佯装没看见。走一段，又等候，时间比第一次稍长了一点。瞄准一个小石头，一脚踢出去，继续走。再走一段，又等候，时间比第二次又长了一些。

这一次没有动作，狠狠地看他一眼，没有丝毫停留的意思。最后一段，等候，快要到家了，上来吧。回头看看，不。坚决地。

就是这条路。

就是在这条路上，我为了一把吉他，一时的心血来潮，让自己的任性在父亲那里，在他陪我走过的这条路上，发挥到了淋漓尽致。

那一天，我脚上穿的是他去上海出差为我买的新皮鞋，我主动去找寻路边的小石头，目的是引起他的重视，报复他对我喜欢的东西表现出来的在我看来不该有的平淡，即使这样，也没能让我有一点自责、羞愧，反而，更加怨恨他了。这里面包括，踢坏的新皮鞋，包括不坐他的车。也包括他推着车，不停地停下来，不停地回头看我。

我竟然就这样把这条路走完了。

我忽略了父亲的年龄，他已经五十多岁了。

他走的是下坡的路。

到了医院父亲病房的门口，我的脸已经湿透了，并且不断地有透明的液体从眼角流淌出来，我用一只手翻开另一只衣袖，用最柔软的部分把脸擦干。

以前父亲总是这样为我擦眼泪，他说这样不会弄伤皮肤。

过了一会儿，我推开门，走到父亲床边。父亲没有责怪我，尽管他疲惫的目光中装满了心疼。

我掏出口袋里的包得完完整整的月饼，弯下身体，用两只手捧着，把它送到父亲的嘴边，他嘴唇表层的皮差不多完全脱落了。父亲用舌头在上面试探地舔了一下，又使劲儿地咽了一口唾沫，做出非常想吃的样子把月饼含在嘴里，抿了抿，就像吃糖一样，我期待着他吃完糖的像糖一样的笑容，他努力这么做，向着我希望的地方，我看到了，他缓缓地别过脸，轻描淡写地说了句"傻孩子"，之后，闭上眼睛，把他的"傻孩子"放到一边。

第二年的秋天。

还是中秋节。

黄昏。

我买了月饼、酒，还有花生米、巧克力豆，拎着它，上了一座漫山遍野都是坟的山。

十七岁的女孩子费了好大的劲儿在数不清的旧坟新坟中找到了父亲，就在那一瞬间，恐惧像一把无形大伞笼罩在女孩儿的心上，女孩儿什么都顾不上了，她心里只有害怕，风吹过来，草动一下，她都要紧张，匆匆地和父亲共进了晚餐，磕磕绊绊逃也似的下山。

她只能去山上找父亲，可是，山上没有父亲。父亲不见了。即使你把生前他最疼爱的面孔送到他面前，这张幼稚美好的脸庞此时布满泪水，风走过这里，见了都忍不住要在她脸上轻轻地抚摸一阵，他怎么能就这样静静地伫立着，看着这里发生的一切，不发一言。

下了山以后，女孩儿才想起哭。她像一个在路上和母亲走散了的孩子那样六神无主地哭着跑回家。

那一次我晚回家，把母亲吓坏了。哥哥严厉地警告我，如果我对父亲有孝心的话就该好好孝敬母亲，要孝敬母亲就不该让她为我担心。

可是我的心里只有父亲，和那一点点可怜的被我视若珍宝，现在捧出来给你们看的孝心。

十六岁那年，我用年少的双腿撑着和我的悲伤不相称的虚弱身体跟在哥哥后面，穿着肥大的盖住了手和鞋子的写满孝的衣衫，向着那小小的盒子里面装着爸爸去血去肉骨头化成灰的身体行着各种各样的孝的礼节。

骨灰盒被黄土掩埋了，堆成了一个小山包。山包前，树起了一座比山包高大的纸山，哥哥点燃了它。熊熊的火焰从此将我视若珍宝的孝心送上了天国，连同他对我千般宠万般爱，哪怕是曾经让我最为不屑的衡量孝的标准，我一直以为我会做得更好，我一定会做得更好。可是，我不禁要问，我做错了什么，我究竟做错了什么，爸爸，你的哥哥凭什么像对待罪犯似的把我一次次爬向你的双腿扶成跪的姿势，磕头，再磕，再再磕，行那我永远也不愿意接受的最轻易也最沉重的孝礼。在这个时候，如果我孝顺的话，我就不该把我的眼泪滴到你的身上，应该握着你的手，十六年里我握了千百遍却总握不够的手；如果我孝顺的话，我就该按每一个规定的时间给你烧纸；如果我孝顺的话，我就应该大声喊，爸爸，你来收钱；如果我孝顺的话，我就应该让自己相信那些最劣质的纸经过烈火的焚烧之后会转变成花花绿绿的钞票；如果我孝顺的话，我应该让自己相信五脏六腑都化成了灰的你，照样可以品尝到伴了你一生的妻子亲手为你做的你生前最爱吃的小菜，还有伴着小菜的飘着浓烈的酒香的透明的液体，和含糊不清的微笑。

我孝顺，每一件事情我都做了，按照我最亲近的人和与我最陌生的人为我规定的标准。如果我孝顺的话，我应该相信。

我不孝顺，每一件事情我都不是真心的。

我也清楚，这泪水随着时间的流淌，早晚要被阳光晾晒得干爽的。

参加工作以后，我极少花钱买纸去父亲坟前烧，买，也都是象征性的，我只有在母亲提出要我给父亲买纸时，我才去。她叫我买什么我就买什么。有时多买点，那也完全是为了讨母亲心里的安慰。

我更乐意把那为数不多的钱拿出去给母亲买一块两块三块

更多的肉。母亲最爱吃肉了，看着她用全口的假牙费劲地磨蹭着好半天的时间才把肉吞进肚里，我会难受，但我还是愿意看着她吃，看着我那让她吃肉的心呈现在她的脸上。

还有八天就是母亲的生日，我希望那天天空的颜色是蓝的。

母亲老早就提出了自己的想法，这个生日她主张不过，我有充分的理由认为这不是母亲的真实想法，以我对母亲的了解，每年的生日来临之前，她都要说相同的话，一再地说，如果我们孝顺的话，就听她的。每一年过生日的事情我们都不听她的，当母亲带着抑制不住的微笑坐到尽是她爱吃的饭桌面前的时候，她还是要重复说先前说过的话，末了补充一句，今天她要多吃点，这是我们的孝心。这种时候，我不免要想，其实母亲以孝顺衡量孝心的说法有时是言不由衷的，比如说她在干活的时候，你过去帮忙，她让你走开，进屋歇着；比如在吃饭的时候，她把鱼肉夹到你的碗里，自己却违心地说她不喜欢吃，等等。

我想，没有哪一个做儿女的会相信母亲真的觉得干活比歇着好，咸菜比鱼肉好吃，除非你的母亲是个素食主义者。我母亲不是，而且她的身体也不好。在这方面，我曾经表现得很不孝，甚至很恶劣。不过现在我可以肯定地说，我不会再像十年前那样因为母亲执意不肯去吃我特意为她做的一道我知道她肯定爱吃可她就是不吃的菜而气呼呼地倒掉自己也没吃一口，以此来惩罚母亲教我的我永远也不认可的顺为孝，在我把菜倒进厕所的那一瞬间，泪水已经充满了眼眶，我心疼，但我知道母亲比我更加心疼。

我那时的想法很简单，就是想让自己泛滥的、高傲的、任性的孝心在母亲那里得到最大限度的满足。在以后的日子里，在给予的时候，我尽量把这种不顺表现得温和和恰到好处。

还有八天是母亲六十六岁的生日。

民间流传着一种说法，六十六，不死掉块肉。听上去挺吓人的，没有哪个做儿女的愿意看到母亲血淋淋的皮肉，哪怕是一般意义上最为不孝的女儿。

按照传统风俗，这个生日应该有别于其他的生日。我的理解是，满足于别人的时候也让自己满足。但是，最主要的还是让母亲在那一天笑得长久放松。就像一九九八年在沈阳过生日时那样，我如此清晰地记得。

那天晚上，在我的小屋中，我和母亲背靠背坐在床上，感受着彼此的气息，那种气息最大限度地释放着满足。我焐被的时候，母亲像个孩子似的把掉得七零八落的牙凑近我的耳朵，用露着风的嘴说，每一次她都不让我们为她过生日，主要是怕我们破费，每一次我们为她过生日她都很高兴，但是最高兴的是这个生日。

长这么大，我从没有看到母亲像那一天那么长久地不知疲倦地笑，我知道为什么。我知道那不是最好的，我知道我会做得更好，我一定也能做到。

最后，我请求那个把第一个孝心的声音送给我的男人，我的父亲：

给我时间。

妈妈说，他现在是神了。

给我时间。

向着他丢下的那个我称作母亲的凡事都为别人着想的女人教我的我永远也不认可的顺为孝，行礼。

致童年

简　儿

扁担与水井

　　恐怕现在的孩子不会晓得，从前的水是用扁担挑来的，扁担上垂下两根很粗的链条，末梢处吊着一只铁钩，钩在木桶上，天蒙蒙亮，挑水的人就出发了，脚步惊动了草叶上的露珠，瓦上的白霜。等到孩子们起床，院子里的那只大水缸已经蓄满了水，孩子揉着惺忪的睡眼，去水缸里舀一盆水，蹲在院子里的一块大石头上，一边刷牙一边东张西望。

　　母亲把鸡鸭鹅从竹棚里赶出来，满地飞着鸡毛鸭毛鹅毛，猪也哼哼唧唧地叫唤着。村庄于动物们是主角，人反而退到暗处成了背景。

村子里的男孩子几乎都有过挑水的经历，那条碧青色的新扁担，由父亲磨得发了乌，油光闪闪，郑重其事地交到儿子手上。那不亚于一个男孩子的成年礼。我们家因我是长姐，挑水的任务便由我接过来了。

记得初学挑水，才知道这是个苦力活，那两只挑水的木桶太大，我家的屋子又与河阶离得很远，每次我只挑得动半桶水，况且还得歇两歇，等到晃晃荡荡走回家时，一小半的水洒在了路旁的草丛里。怪不得那路旁的小草见了我总要点头微笑，原来每天不辞辛劳、浇灌它们的那个人就是我呀。

隔壁的天生叔见了我，笑嘻嘻地说："哟，小橘子，少挑一点，不然个子会长不高哦。"

我朝他点点头，继续嘿哟嘿哟往前走。

听说村子里的小红姐，就是因为妈妈生病去世了，过早揽了大人的重活，所以个子才长得矮，人倒是十分漂亮。大人说起她来一脸惋惜。她的爸爸名字叫连寿，是个很有情义的男人，老婆过世以后，再也没续弦，又当爹又当妈把女儿拉扯大。

并且不甘落后，村子里的人陆续造起了楼房，连寿也咬咬牙造了一幢二层小楼。小红姐那时不过十来岁，干活手脚十分麻利，几乎能顶一个小工。吃上梁酒那天，听说连寿偷偷抹眼泪了，不知他是想起了早逝的妻子，还是为了懂事的女儿。

往返挑了几趟，我的肩膀斜了，水桶拖到了地上，再也走不动了。

"好心人快点来救救我吧。"我一屁股坐在地上，嘟囔着。

隔壁的海兵哥飞快地跑来了，接过我的扁担。我使劲地甩着又酸又胀的胳膊，跟在海兵哥后面。

很多年以后，我总是梦见那个白雾弥漫的清晨，从小河到我家的小路上，有一条洇湿的水迹，两个少年，一前一后走着，男孩子挑着水，女孩子手里采了一束野花，仿佛这样一直走下去，就可以走到地老天荒似的。

醒来后发觉，胳膊仍好酸好胀哪，依旧被那根生活的扁担重重地压着。

小时候，我曾想，要是那口大水缸每天自己会长出水来，那该多好啊。长大后，听到了一则小故事，说是几个沙漠里的人到城市，发现只要一拧水龙头，就会汩汩流出清泉，于是那几个人买了一堆水龙头回沙漠。

听了不禁莞尔，那几个沙漠里的人，实在有一颗比孩子更天真的童心哪。

我的苦日子持续没多久，有一天，爸爸决定在院子里挖一口水井。爸爸请了几个挖井师傅，吭哧吭哧挖了老半天，一口圆筒形的漂亮的水井终于安在我家院子里了。起先那打上来的水还是一片浑浊，没过几日，井水就清澈见底了。

爸爸又在井边砌了一块大青石，供女人们洗衣、洗菜，叽叽喳喳聚众闲聊。天气晴好的日子，去坟地上摘了木槿叶，揉出浓稠的汁水，再把一头焦黄打结的头发浸到里面，那头发刹那间就变得光滑柔顺起来了，晒干了以后还有一股淡淡的清香。

夏天的黄昏，是水井旁最热闹的时候，一家老小或搬竹椅，或坐在冲洗过的青石板上，祖母一边摇着扇子、一边讲鬼故事，孩童痴痴地听着，不知不觉倦了，快要睡着的光景，忽然被嗡嗡的蚊子叮了一口，祖母的蒲扇"啪"一下落下来，留下一摊血迹。

那只倒霉的蚊子，转眼成了肉酱，孩子的睡意也被赶跑了，这时候他抬头看见天际一颗拖着尾巴的流星，不禁觉得惘然，星河宇宙，多少生命转瞬即逝，千年即是一个瞬间啊。

犹记得趴在井壁上看稀奇的小人。"喂——喂——有人吗？"幽深的井底，回荡着我们的声音。我们以为那口井一定通着龙宫，说不定里面还住着小龙女呢。不然怎么用了一天完全干涸掉了的井，到了第二天早上，又蓄满了清水。

谁能告诉一个稚童天地间的奥秘呢？譬如草为何会绿，花为何会开，那一口水井，又为何永不会枯竭？

万物轮回生灭，时光无情，记忆却不曾老去。

那一条童年的扁担，卸下来竖在门角落里，变作了光阴里的旧物。那一口童年的井，亦早已经被废弃不用，成为青蛙冶游、嬉戏之所。经过了岁月的侵蚀，那井壁上的苍苔，已经很厚很厚了吧，那个曾在井边洗衣服，用木槿叶揉出汁水洗头发的青葱少女，亦已不复昔日丽颜。

桑果谣

那天表哥在学校门口遇见我。

"小橘子，到我家去过夜吧。"表哥殷勤地拎过我的书包。

"那得托人告诉我妈才行。"我扭捏道。

这时，恰好英子从后面走上来。表哥忙高声对她说："英子，回去跟小橘子妈讲下，今天小橘子不回去了，去杏村浜她三姑姑家了。"然后不由分说拉起我的手就跑。

小橘子不回家是常有的事，因为小橘子经常莫名其妙地在放学路上走着走着就失踪了。不过小橘子的妈也不着急，小橘子不回家，一定是去了杏村浜。

倒是小橘子心里着急，哎呀，三姑丈说了，小橘子这么喜欢跟着表哥，那么长大了嫁给表哥好啦。三姑丈一边说一边还嘻嘻笑着。真羞人。所以小橘子见了表哥才有点忸怩。

表哥比我大一岁，不过长得很魁梧。有一次班上的沈涛欺负我，表哥知道了，放学后就在校门口堵住沈涛，威胁他要是再敢欺负我就揍他一顿，沈涛后来见到我一直点头哈腰的。我一下子威武起来，心想只要身边有表哥这个保镖，世界上谁也不敢欺负我。

初夏的黄昏，晚霞染红了天际的微云。农人走在开满紫花的田埂上。

一条条垄沟，如水蛇蜿蜒在大地上。表哥仿佛脚底有轻功，从垄沟上跳过来，跳过去。垄沟对面的土坡上，长着几株桑树，村子里不再有人饲蚕，这几株桑树却仍好似丰腴的绿美人，舒展着油光光的叶子，风一吹，落了满地的紫果。

我们把桑葚叫狗粪果。因为吃了桑葚，拉出的大便呈黑色，如狗粪一般。

还有那桑汁染到手指、唇齿上就变作了乌色，洗都洗不掉。然而那鲜艳欲滴的色泽，却诱引着我。

"表哥表哥，我要吃桑果——"我撒娇道。

"好好好，表哥给你采——"表哥野猴子似的"嗖"一下蹿上树去，往下给我掷桑果。霎时，满地都是桑葚紫汁，一股浓浓的甜汁化在了我嘴里，如饮琼浆。

那熟透的桑葚，有一股好闻的酒味儿。

正在陶醉之中，听到表哥一声大喊："小橘子，毛毛虫爬到你衣服里去了。"

"在哪里，在哪里？"我着急地抖衣服，可不是么，地上躺着一条青色的毛毛虫，可是好奇怪呀，为什么那条毛毛虫一动也不动呢，我壮着胆子捡起来一看，原来是一粒青果。

"哈，表哥你好坏。"我朝表哥追去，一边追一边朝他扔桑果。一场混战下来，衣襟上开满了紫花。太阳也骨碌碌地滚落到河对岸的草坡上。

直到天色渐晚，两张花猫似的脸，出现在表哥家的水井边。那幽深的井壁上长满了苔藓，会不会通往龙宫呢？我们把头伸到里面，对着黑黝黝的水喊起话来："喂——喂——"那井底也传来一模一样的回音，吓了我们一大跳。

荷锄的农夫从田埂上缓缓归来，淡蓝色的炊烟升起在一望无际的稻田之上。

忽闻一阵突突突的声音，是三姑丈开着挂机船回来了。表哥跑到河边，接过三姑丈扔过来的缆绳，系在一根大树桩上，又扛过一块木板，铺在船与河阶之间，他的侧影看起来已经有点像个少年了。

那一颗青果，在时光中发酵，边缘微微泛起了一点红，渐渐又变作了梦幻紫。而小橘子与她的表哥，再回不到青梅竹马、两小无猜的旧时光。

桑葚桑葚，你还记得否，你的紫衣曾披在一个小女孩身上。如果，如果长大后非要嫁给一个人，那么，那么就嫁给表哥吧。

如果，如果要唱一曲怀旧的歌，那么，那么且让我轻轻、轻轻地唱这一曲桑果谣。

野番薯地

我家屋背后有一片空地，堆着鱼鳞似的瓦片，那是我们家造房子时剩下来的。乡下人把什么破烂东西都当成宝贝，柜子里塞满了鞋底、牙膏、衣服的边角料，等着货郎来村子里的那一天，好找出来换玻璃珠子和皮筋。

那瓦片上爬了一片野番薯藤，不知是小鸟衔来的种子，还是它们自己长出来的，反正很快就爬满了瓦砾，欣欣然呈蔓延之势。那野番薯叶子奇大，镶着暗红色的边，春天时开出细碎的白花，风一吹，有一股奇异的香气，使人昏昏然醺醺然。也许那香气闻了使人中毒也说不定，可是小孩子才不会管。

照例一天到晚野猴子似的在外面乱窜。

野番薯地里长着狗尾巴草和蛇莓。那蛇莓招摇着艳红色的果子，偶尔还能看到蛇褪下的皮，白乎乎塑料纸似的一截，看着就令人脊背发凉。

村子里的蛇实在太多，潜伏在墙角边，瓦砾下，稻草垛底下，甚至于碗橱之中。有一次打开碗橱，赫然发现一尾青蛇，正骨碌着三角形的小眼睛瞅着我。一边大喊救命一边逃到屋子外，"咚"一声撞到奶奶身上。

"死丫头，大白天撞见鬼了？"奶奶劈头骂我。

"奶奶……比鬼还可怕……是蛇……碗橱里有一条蛇……"我害怕地结巴起来。

"那是显灵的祖宗，庇佑家里太平的。"奶奶舀了一碗米，恭恭敬敬放到碗橱上，朝青蛇作揖，那青蛇竟忽然消失不见了，真是奇哉。尽管奶奶一口一个祖宗，我的脊背仍是凉飕飕的，每次打开碗橱就无端地惧怕，幸而后来那青蛇不再出现。

它会不会游到野番薯地去了，我疑心着，那蛇莓吐着红信子，一日艳似一日。

野番薯藤不长果实。不过摘下它的茎，照例可以一搭一搭地折成项链和手链挂在身上。走起路来环佩叮当，俨然像个美丽的新娘子。这时候隔壁的海兵哥和小黑哥就蹲下来当轿夫，四只手绞在一起搭一顶轿子，让新娘子坐到轿子上。两个轿夫还兼任了乐师，呜呜哇哇吹起唢呐。

接下来是拜天地，吃喜酒。摘了野番薯藤的叶子，狗尾巴草剁碎，揉出籽，又采了蛇莓，盛在瓦片的盘子里，舀了墙角边一只瓦罐里蓄的雨水当美酒，又捡了树枝当筷子，有滋有味地"吃"起宴席来。待到有一日披上嫁衣，才发现一切早就在童年预演得烂熟于心。

原来人生的盛大与恢宏，只不过是一场童年办的家家酒。那么，还有什么事情是我们所不能释然的呢？长大了的我们，无论在何时、何地，怎样的境遇中，只需保持着一颗天真烂漫之心就好了呢。然而一个人永葆童心终究是不可能的。除非那个人是一个傻子。

在我们村子里，倒是有一个傻子的，是个模样很秀气的青年，名字叫阿盼，每天都是笑眯眯的，所以我们叫他眯眯盼。我们过家家的时候，眯眯盼来了，于是我们请他入席，饮酒，吃菜，他接过瓦片里的雨水一饮而尽，又吃光了几盘蛇莓，嘴角染上了红色的汁液。长大以后，我听说蛇莓长在蛇出没的地方，可解蛇毒，因它本身有剧毒，可是眯眯盼吃了并没有中毒。第二天他又好端端地来了，继续充当我们婚礼的宾客。

屋背后的那堆瓦片和野番薯地，不知何时毁灭掉，父亲在那里挖了自来水管，又砌了一堵围墙。在围墙边，砌了一个花坛，种了桂花、金橘和月季。地是水泥地，再也没有蛇的踪迹了。办家家酒的小伙伴纷纷作了鸟兽散，眯眯盼有一天从村子里消失了踪影，亲爱的奶奶也已不在人世了。可是，每当我回到故乡，从围墙下走过的时候，依然闻到野番薯叶子奇异的香气。

人的一生，无论走得多远，也许最快乐的时光就是在童年。那时天地之间一切皆为宝物，一切皆为乐事，那真是生命中至福的时刻。

本文选自《鲜艳与天真》，作家出版社 2018 年 7 月出版

草的事

刘江滨

　　农村长大的孩子跟草最有缘，他们几乎是一起疯长的。田间地头，院落街道，甚至房顶，到处都是草的芳踪，有草的地方就有小孩子的身影。在农村，树需要植，庄稼需要播，蔬菜需要种，这些绿色植物需要精心侍弄，浇水、施肥、管理、看护，唯独草，被称作野草、杂草，人们欲除之而后快，因此，孩子们的一大任务就是割草。

　　割草最怵头的是炎热的夏天钻进玉米地里，密不透风，闷热难耐，身上的汗水如小溪流个不止，玉米叶子刮到裸露的肌肤上，划出道道红印，被汗水蜇得又痒又疼。这个时候玉米地里的草，没法用锄头锄，只能用手薅，薅不动的就用镰刀割。而最惬意的是在苜蓿地里割草，尤其是傍晚时分，小风儿溜溜吹着，苜蓿地里平展展的，干起活儿来很清爽。阳光给簇簇狗尾草穗子镀上了一层亮色，在微风中有些嗞瑟地摇曳。记得有一次，割得累了，我躺在苜蓿上，像躺在绿色的毯子上，听着草丛里虫子的鸣唱，望着白云悠悠的天空，享受着清风蓝天。

割完草，用箩筐背回家，晾晒在场院里。青草的气息一直萦绕在空气中，甜丝丝的，很好闻。如果家里养着猪和兔子，就拿一些喂它们，多数情况下，是晒干之后，交给生产队牲口棚，算作工分。我们邻村有一个县里的马场，有时候我们把草打成捆用排子车拉过去，卖给马场，赚些家用。草是牲畜的粮食，称作草料。鲁迅说，牛吃的是草，挤出的是奶，是也。

草的种类繁多，可不像庄稼只有麦子、玉米、高粱、谷子等几类，草像天上的星星，不知凡几。小的时候，为了记住草的名字，也是为了消遣，我经常把草的名字跟村里的人名连在一起，编成顺口溜，诸如，燕子黄，找修己；灰灰苔，找军涛；蒲公英，找建东；马齿苋，找福建……当然，许多草的名字我是记不住的。中国第一部诗歌总集《诗经》出现了大量植物（包括草）名称，孔子说，读《诗经》的功能之一便是"多识鸟兽草木之名"，这是对大自然最原始的亲近。据统计，《诗经》共305篇，其中153篇写到植物，草字头的字满目皆是。如"葑""菲""苨""荠""荼""蓼""苓""莪""茆""蒿""薇""蕨""茉莒"……草色青青，绿意幽幽。古人生活的世界就是大自然的一部分，对种种草木抬眼即望，伸手可触，物我难分，浑然一体，不像现代人筑城而居，与自然暌违疏离了。屈原的作品中也充盈着草木的世界，尤其是开创了"香草美人"的文化传统，遗泽后世。"朝饮木兰之坠露兮，夕餐秋菊之落英。""兰芷变而不芳兮，荃蕙化而为茅；何昔日之芳草兮，今直为此萧艾也。"（《离骚》）屈原将草分为香草和恶草，与人的品行德操熔为一炉，设譬做喻，联想引申。读楚辞也每每从字里行间嗅到青草的气息。

草是最低矮的植物，匍匐在大地的胸膛之上。相较于蔬菜、庄稼、树木，草是最无用的东西，牛吃马嚼，任人践踏，与竹头木屑同类，因此地位卑微，遭人轻视。鲁迅在其《野草》中说，野草"当生存时，还是将遭践踏，将遭删刈，直至于死亡而朽腐"。所以，生活在最底层的人被称作草民、草根，上山的土匪被称作草寇。旧时代的平民百姓在上层统治者眼里就如同草芥蝼蚁，草菅人命是常有的事。

然而，卑贱者又何尝没有高贵的一面。草也是大自然之子，也是地球上的生命体，所有的生命一样应该得到尊重。怀有一颗大自然之心的诗人爱称其为"香草""芳草""幽草"，在他们笔下，这是一片美丽的风景。"天意怜幽草，人间重晚晴。"（李商隐）"晴川历历汉阳树，芳草萋萋鹦鹉洲。"（崔浩）"枝上柳绵吹又少，天涯何处无芳草。"（苏轼）"天街小雨润如酥，草色遥看近却无。"（韩愈）……英国博物学家理查德·梅比著有《杂草的故事》，对杂草予以辩护，他写道："有时候，一种植物成为杂草，继而成为纵横多国的凶猛杂草，是因为人类把其他野生植物全部铲除，使这种植物失去了可以互相制约、保持平衡的物种。另有一些可怕的杂草则纯粹是人类的短视所致。如果我们想要作为一个物种生存下去，处理让我们'不知如何是好'的杂草，我们别无选择。但我们也无法忽视它们的美、它们的丰茂，更无法忽视一个事实——它们正是我们生存所必需的大部分植物的原型。被人类忽视的最重要的一点是，许多杂草也许正努力维护着这个星球上饱受创伤的地方，不让它们分崩离析。"在这本书里，他将杂草比作我们的亲戚。其实，虽然杂草有时是多余的甚至有害的，人类常常将其芟夷拔除，我们不能不承认这一点，但是，草却是人类生存必要的构成，如果没有草的存在，大地失去了植被，必会造成水土流失，土地沙化，山体垮塌，岂不最终和月球一样荒凉？

民间多有"仙草"的传说，比如《白娘子传奇》中，白素贞盗仙草（灵芝）救了夫君许仙。"神农尝百草"所形成的中草药，是中国对世界医学做出的巨大的贡献，现在普遍使用的中草药达 5000 种左右。人参、灵芝、枸杞、当归、黄芪、茯苓、白芷……这些草药的名字人们耳熟能详，如数家珍。明代医学家李时珍著《本草纲目》成为中草药的经典、人类的福祉。草成为仙草灵丹，挽救了无数人的生命，谁还敢小视睥睨？

　　如果说散落在世界角角落落的草，像散兵游勇，那么来到草原，就像来到草的根据地，大本营，"天苍苍，野茫茫，风吹草低见牛羊"。这是草的世界、草的海洋，莽莽苍苍，横无际涯，绿色的波涛汹涌起伏，草们恣意撒欢儿，自由自在，任风抚慰，任阳光亲吻，盏盏各色各样的小花仿佛星星点灯。叫人心醉神迷。

　　"离离原上草，一岁一枯荣。野火烧不尽，春风吹又生。"在草的身上，我们看到了生命的坚韧、顽强，打不垮，毁不掉，挫不败，这是人类需要向草致敬的最宝贵的品格。

本文原载《光明日报》2017 年 8 月 11 日

飘动的红袖带

李湛冰

一

童莉，这位衡水湖的女儿，一定是天女下凡！

2020 年 4 月 5 日上午 10 时，一个阳光明媚的春日，正逢清明假期，中共河北省委宣传部、河北省卫生健康委员会在河北广播电视台发布《白衣执甲逆行出征——燕赵楷模·时代新人发布厅》专题节目，大力弘扬河北省医务工作者抗击新冠肺炎疫情的先进事迹和崇高精神。童莉的名字赫然在列。

童莉，河北省第七批援鄂医疗队护理组主任，衡水市人民医院护理部主任，衡水市护理学会理事长，是河北省派出的十二批援鄂医疗队一千一百名医务工作者中唯一一名三级综合医院的护理部主任。

发布会举行当天，童莉依然带领着团队在武汉雷神山医院坚守，奋战在一线……

二

武汉病了，正躺在早春的怀抱里疗养。她的儿女们，许多也病了。

珞珈山下，东湖之滨。

武汉大学中南医院一间隔离病房内，一位老人躺在病床上长吁短叹："唉……唉……"一声又一声，一句又一句，像受伤的灰鹤，似离群的孤雁。

老人脸色黯淡，神情憔悴，眼神布满哀伤，皱纹深锁愁容，睹之不禁心生怜意。

穿着厚厚防护服脚步飞快的护士送上来的饭菜，她很少动筷子。摆在桌上拧开的水杯，她不常拿起来。盒中的饭菜和杯中的热水，早已经晾凉了。

老人身体素质很好，治疗效果也挺不错，就是情绪非常低落，整天躺在床上不活动，总是一个人默默叹气。这两天，她甚至开始拒绝配合治疗。

早上查房时，童莉注意到了她。

"阿姨，不能不吃饭啊！快，趁热把饭吃了，再喝点热水。保重身体最重要！"她拉过一把凳子坐下来，拿起饭盒，动作轻柔地夹起一口菜，递到老人嘴边。

她急切的样子，看上去比躺着的人是自己母亲还要着急。

菜，被送到了老人嘴边。但是，沉默良久，老人的嘴巴没有张开。

"老人家，您是不是想家了啊？家里都有什么人啊？"童莉只好把饭又放回桌上，微笑看着老人的眼睛。

这时候，老人突然一把紧紧抓住了她的手，像个孩子似的失声痛哭了起来。"呜呜呜，呜呜呜……"

童莉赶忙也拉住了老人的手，在床边坐了下来，暖言暖语地安慰着。她知道，老人这是想家了，想念自己的亲人了。

这位七十八岁的老人，因新冠肺炎确诊住院已经二十多天了。

老人在企盼能有孩子们的消息。孩子们呢，肯定也非常惦念老人！

费了很多周折，童莉终于找到了老人女儿的电话。

老人与女儿终于通上话了，电话线两端，母亲与女儿，江水决堤了，泪水泛滥了，哭声震响在病区，像惊雷一样将多日的苦闷与哀愁击打得四散奔逃……

听着母女俩久违的倾诉、幸福的痛哭，童莉欣慰地笑了。

三

童莉，身材娇小，不足百斤，眼睛灵动，气质干练。

她是要强的人，工作狂魔，干什么都力争一流。援鄂之前，在护理部主任岗位上，忙碌得像蜜蜂一样，一干就是八年。她干出了彩，酿出了蜜，多次受到各级领导和有关部门表彰，曾荣获"全国杰出护理工作者"、全国"优秀护理部主任"、全国"医院护理管理先进个人"、河北省"三八红旗手"、河北省"精准扶贫贡献奖"、河北省"脱贫攻坚先进个人"等多项荣誉称号；她负责的医院护理部被授予"全国五一巾帼标兵岗"，她的家庭荣获"全国五好文明家庭"光荣称号……一个个荣誉称号，像一颗颗女娲补天留下的五彩石，瑰丽璀璨；像一片片嫦娥广袖飞出的桂花瓣，馨香四溢。

她是"消防员"，是"特种兵"，哪里有急难险重的工作，哪里就有她的身影。她人生的字典里好像从来没有收录进"害怕"二字，也不知"畏惧"这词是何意。前两年扶贫，她天天住村里，说不觉得农村苦。2003 年抗击非典，她被抽调任命为发热病房护士长，到疫情解除连续工作三十四天没有回过家。由于工作突出，医院党支部吸收她火线入了党。

她有二十七年护理工作经历，十七年护理管理经验，她对自己的管理能力非常自信。

她向医院领导主动请缨，要求奔赴前线。医院领导深知她的性格，顺利批准。

她走路很快，像一阵疾风，语速很快，似一场骤雨。她精气神总是那么饱满，昂扬的工作状态始终在线。她娇小的身体里住满了无数的火，像夜幕上的繁星一样，闪闪烁烁，像箭筒中的箭镞一样，碰碰撞撞。举手投足间，一言一行处，热情的火苗仿佛能随时迸发出来。

童莉小时候，父亲在外地当兵。母亲是公社妇联会主任，特别善于做群众工作，经常有人家闹了矛盾找上门来让她母亲给评理。

当她还是一个八个月大的孩子时，被寄养在一个远房亲戚（童莉唤她奶母）家中，直到八岁。

奶母手特别巧，特别爱帮助别人，村里没有不说她好的。

小童莉调皮，爱闹。奶母就让自己的孩子们让着她，有什么好吃的让她先吃，有什么好玩的让她先玩。

耳濡目染，近朱者赤。

童莉身体里住着火，她儿时的这段经历，或许就是火种基因吧？

四

人性化护理，亲情化关怀，是童莉领衔的护理队护理工作的一抹亮色。在衡水人民医院如是，在武汉大学中南医院如是，在雷神山医院亦如是。

童莉是一片云，她从河北飘来武汉，这抹缤纷的色彩亦紧紧如影随形，纷至沓来。

不仅治病，还要疗心。

从事和领导护理工作，她特别注重营造一种亲情化和人性化的浓郁氛围。武汉大学中南医院护理部主任孙慧敏观察到："她是一个比较有想法的人，在病房里开展一系列优质护理服务活动，给患者实施富有创新精神的个性化照顾，非常温馨暖人。"童莉认为这样的帮助有时会比药物治疗能起到更好的效果。她总结说："有时去治愈，总是去帮助，常常去安慰。有些病是治愈不了的，是药物不能治愈的。在治病救人的过程中，药物、手术刀、微笑，是医护人员的三大法宝。药物和手术刀解决不了的问题，微笑和人性化关怀能让病人树立起战胜疾病的勇气和信心。"

还没来武汉时，童莉就听前期队员说过，很多新冠肺炎病人是绝望的。

由于身体的不适、长时间的隔离、反复的转院，以及对这种前所未有的病毒的恐惧等，加上没有家属陪伴，有的甚至是家中多人感染、被隔离，两三岁的孩子扔在家里没人管，由社区照顾……童莉注意到，大部分病人的情绪都比较低落，或急躁或沉默不语或郁郁寡欢，心理问题突出。

这样会严重降低病人的抵抗力和治疗信心！

发现患者普遍存在以上问题后，童莉带领护理人员继续发挥河北医疗队的独特温暖，果断将护理工作重点转移到对患者的心理及情绪疏导上——加强护理人员和患者的沟通及交流。

她要求护士们一定不要"哑巴操作"，要多跟病人交流，在护理过程中主动了解病人的感受及家庭状况。

童莉要求，每一名责任护士每班次必须保证与患者进行不少于十分钟的交流。还详细列出了与患者沟通中护士必须传达的信息：病人较关心的检查情况，目前血压如何，下一步治疗计划，哪些指标在逐渐好转……"不仅要清晰准确地告知，还要做到通俗易懂、平易近人，对患者的问题或需求及时回应、解决。"

因为这个暖心举措，河北省医疗队的护理人员得到了患者的高度赞誉，"感觉河北医疗队的医护人员跟我们的距离非常近。病毒传染性很强，但护士每天都会静下心来跟我们近距离沟通，关心我们吃得怎么样、有什么需求……"患者写来了很多类似的表扬信。虽然都是用废纸写的，但饱含真诚，令人感动。

严格按照传染病救治要求快速建起的雷神山医院，分内走廊和外走廊，医护患所待区域都是严格划分开的。外走廊内装有窗户，病人可以在此驻足，观看外面的天空、景色，以及在医护人员规定时间内进行一些活动。该走廊的门从外面锁住，只有医护人员才能打开。

为进一步改善患者心理，给他们更多温暖、鼓励与信心，利用这片区域，童莉建起了文化墙。

"文化墙上有温暖人心的图画和鼓励性话语，保健知识，八段锦、呼吸操等图解。虽然病人不能随时出入，更不可能全部站在那里细细观赏，但却可通过这种方式活跃病区氛围，缓解他们的心理压力。"

不仅患者有文化墙，童莉也为医护人员建立了属于他们的文化墙。

"我们将医生护士以及他们孩子、家属等画的画、写的字统统打印出来，贴在墙上，做成祈福祝愿墙，以此鼓励医护人员做好防护，安心工作，全力以赴，早日凯旋！我要让队员们知道，家里人在等着盼着他们的归来，所以千万不可以生病，不能倒下。"

是文化墙，更是心理寄托。

五

早晨 6 点多钟，天刚蒙蒙亮，星星还在天边眨眼睛，太阳还沉睡在梦乡里。新的一天又开始了，新的战斗又打响了。

开往武汉大学中南医院的 402 公交车上，一群白衣天使士气无比高昂地唱起了歌。

我最亲爱的祖国

我永远紧依着你的心窝

你用你那母亲的脉搏

和我诉说

……

这是英雄的祖国

是我生长的地方

在这片古老的土地上

到处都有青春的力量

……

嘹亮的歌声在略显空旷的车厢中回荡、碰撞，在寂寥的武汉街头漫步、徘徊。歌声有些跑调，引起一片欢笑。

在去公交站的路上，在公交车上，童莉经常组织护理组的兄弟姐妹们唱歌，凝聚人心，提振士气。

医疗队给每一名成员下拨的物资，像提供能量的巧克力和牛肉干、饼干奶粉和橘子，童莉自己从来不吃，全都分送给队友了。

来武汉支援的队员，有人因为走得比较急，带的东西不是那么齐全。有人给她打电话说没有鞋穿，她说，没事，她来解决。她怎么解决？她把发给她的拖鞋也好布鞋也好，都送给了人家。

为了联系方便，她自费为医疗队队员们定制精美的通讯录。

……

武汉大学中南医院隔离病区，一名戴有"红袖带"的医护人员正在忙碌地工作着，她是河北省第七批援鄂医疗队护理组王岩，现任武汉大学中南医院隔离病区第五小组护士长。

胳膊上佩戴"红袖带",代表着她是病区护士长。病区护士长统揽病区全局,负责病区班次安排、人员分工、督导护理工作落实、医护患沟通、对外协调联络和感控消毒等工作。由于医疗队成员来自不同的医院,穿着防护服时大家几乎谁也认不出谁,给工作带来不少麻烦。"红袖带",方便了医生、护士和病人辨认出护士长。

"红袖带"的创意和发明人童莉说:"护士长经验丰富,职责重要。怎样做一个标志让她们好辨认?当时我有了这个想法后,就地取材,找了个红塑料袋给护士长戴上,效果特别好。后来武汉大学中南医院的同人又帮我们找来了红布条。我觉得红色在咱们老百姓心中是个喜庆色,寓意着平安顺利,同时也代表着一份责任。我们一定会不辱使命,早日凯旋。"

啊,红色,是多么美丽的颜色!象征平安,寓意吉祥。红色,是平安的颜色,是吉祥的颜色,更是胜利的颜色,是凯旋的颜色。

一根"红袖带"的做法被迅速推广到各个病区。

在完成了对武汉大学中南医院十八天的支援任务后,受上级指派,河北省第七批援鄂医疗队又转战至雷神山医院,在那里工作了十六天。

"红袖带"与护理组一路紧紧相随,共同奋战。

在抗击新冠肺炎疫情的最前线,一根根红袖带,是吉祥物，是主心骨，彰显着责任，彰显着勇气，像一面旗帜引领着护理团队，凝聚起了抗疫的河北力量……

"童主任你太神了，这花是从哪里找来的……""三八"国际劳动妇女节到来之际，武汉大学中南医院四号楼十四楼西区病区的女医护人员和十七位女患者都收到了一份弥足珍贵的礼物——"女神节"花束，大家无不喜出望外。

不仅有康乃馨，还有许多美丽的做工精巧的手工做成的绢花，都是她费尽周折自己花钱辗转搞来的。

为什么要买花？

因为今天是姐妹们和战友们的节日。童莉相信，鲜花能带给人更大的鼓舞。不是吗？为了增进医患感情，为了让大家感受到团队的温暖与关爱，为了把大家更好地凝聚起来，为了战胜病毒，早日打赢这场艰苦卓绝的抗疫战争……

六

阳春四月，暖阳高照。鸟语花香，百花绽放。

像北飞的雁阵一样，童莉和她的护理队从武汉归来了。他们是河北省援鄂医疗队撤离武汉的最后一批。

离鄂前，他们坚守奋战在武汉雷神山医院，站好了自己的最后一班岗。用勇敢的行动忠实践行了自己作为一名医者和共产党员的崇高使命和庄严职责。

雷神山医院冯毕龙主任和武汉大学中南医院黄桂玲主任深深记住了童莉，记住了这位曾经和自己一起并肩作战的战友。

一提起童莉，冯毕龙主任掩饰不住内心的喜欢："童莉给大家留下了很好的印象，她很热情，有头脑，思路灵活，很善于做团结工作。她浑身散发着正能量，特别能影响和带动周围的人。"

"我觉得她是我们这个时代护理管理者同时也是护理专业人员的一个非常好的典范！"这是黄桂玲主任对童莉对这位令她印象深刻的战友的真挚赞扬。

2020年3月3日，"三八"国际劳动妇女节到来前夕，中共衡水市委书记王景武走访慰问援鄂一线女医护家属和优秀女性代表及群体。在童莉家中慰问时，他与正奋战在武汉的童莉进行视频连线，详细了解支援湖北医护人员的工作、生活及家庭情况，对他们临危受命、勇于担当的崇高精神给予高度评价。

2020，大疫之年。

扛鼎逆行援武汉，专业仁爱佑生命。

我仿佛看见，童莉正率领着她的护理队，他们的步履是那么匆忙，他们的眼神是那么坚定。

紧紧系在他们胳膊上的红袖带，跟随他们的步伐一起起伏跳跃，有节奏地摆动，在耀眼的阳光照射下，是那么醒目，那么鲜亮，那么娇艳，那么温暖人心……

本文刊于《散文百家》2020 年第 9 期

月亮的爸爸

朱金平

一轮滚圆的月亮，将无边的清辉洒向亚丁湾这片神秘的海域。银光闪闪的海面上，中国最现代化的护卫舰临沂舰正在耕波犁浪，护送着一艘艘中外商船驶向安全的远方。

身着海军迷彩服的舰长张广耀，在驾驶室里挺直着威武的身躯。舱壁上悬挂的时钟告诉他，此刻是 2015 年的阴历正月半。他抬头望了望深邃的天空，月辉下那张严肃的面孔顿时变得温柔起来。看到月亮，他就像看到自己远在青岛的女儿。

一

3 年前孩子出生的时候，正是阴历十五的深夜，也是这样硕大的圆月高挂在天空，正在海上执勤的张广耀，就给她取了个"月亮"这么浪漫的名字。他想把月亮"挂"在家里，以便爱人想起他的时候，就看看女儿；他在海上想念她们时，就看看天上的月亮。

谁叫他这个舰长，一年到头忙得不着家呢？2003年1月，他从海军大连舰艇学院毕业后，就被分配到海军首型全封闭的现代护卫舰芜湖舰，接着到支队司令部机关当作训参谋，31岁时就担任了沧州舰的副舰长，后来又被调到黄石舰当副舰长。2012年临沂舰组建，他从4月出发去造船厂接舰，到11月才回到港口。不久，他被下令调到另一艘护卫舰代理舰长，接着回来当实习舰长。在不到两年的时间里，他就完成了全训任务，具备了当舰长的资格。由于整天泡在海上，他几乎连结婚的时间都安排不过来。好在妻子是他中学时的同桌，理解他的人生追求。两人经过10多年马拉松式的恋爱，终于在2006年的年初领了结婚证，却在3年后举办婚礼，又等了两年才有了宝贝女儿。

然而，工作再忙，张舰长从来就没有觉得累过。因为他对海军事业似乎有着挥洒不完的激情，从军报国是他从小就立下的志向。他的父亲当过陆军两栖侦察兵，叔叔当过基建工程兵，他好像传承了父辈们的军旅基因，对军事特别感兴趣。上中学时，他就购买了《巴顿》《艾森豪威尔》《尼米兹》

《蒙哥马利》《隆美尔》《朱可夫》等 15 个世界著名军事将领的传记阅读，并自费订阅了《世界军事》《兵器知识》《现代舰船》等 10 多种军事类期刊，成为学校里有名的"军事迷"。高中毕业那年，空军到学校招飞，同学们说他视力那么好，一准能验上，可惜没有如愿。当不了飞行员，他就想当海军。于是，填报高考志愿时，他毫不犹豫就首选了海军的大连舰艇学院，并如愿以偿。从此，他把自己的一切交给了大海，并伴随着海军的日益强大而不断成长。也许一个人有什么理想、有什么追求，他才会为之不懈努力，再苦再累也乐此不疲。

女儿出生之后，尽管他的父爱泛滥，但一年到头也看不到几眼。月亮长得很乖巧，一张小嘴巴特别灵，不到周岁就会叫人了。一次，出海几个月归来的张舰长突然出现在家门口，全家老少像过年一样高兴。这时，张舰长示意家人别吱声，他要看看女儿认不认识他。小姑娘睁着一双大眼睛，盯着这个陌生人，就躲到了妈妈的身后。他低下头来问月亮："你爸爸在哪儿？"女儿笑嘻嘻地用小手一指家里挂着的相框说："在那里。"张舰长逗她："那你叫我什么？"大家屏息静气，想看这个小姑娘怎么开口。她眨巴眨巴眼睛，小嘴里终于蹦出两个字："爷爷！"屋子里顿时哄堂大笑，张舰长也笑得前仰后合，但眼里却闪出一个男人带点酸楚的泪花……

每见一次面，张舰长总会发现月亮又长大了一些。可彼此刚刚消除陌生感，他又要向海上出发了。2013年8月，正式服役不久的临沂舰，就受命出访美国夏威夷和新西兰的奥克兰。这是该舰的第一次远航出访，对装备的战斗性能是一种检验，对他这个舰长提高指挥能力更是一种历练。但偏偏这个时候，张舰长在中国医科大学硕士毕业后当医生的妻子，被查出得了甲状腺癌。他立即陪妻子动手术，可只在病床前待了一周，就告别了妻女。

二

随着我国海军对外军事交往的增多，以及为了有效维护我国海外利益与世界和平，海军舰艇走出国门的次数越来越多。2014年12月，临沂舰受命与其他两艘中国军舰组成第19批护航编队，开赴亚丁湾海域执行护航任务。随着汽笛一声长鸣，舰艇就要起航了，青岛港码头上前来送行的各级领导和战友频频向战舰上挥手。张舰长的妻子带着月亮也来为亲人送行，可娘儿俩伸直了脖子也没有在甲板上看到他的影子。此时，张舰长正在驾驶室呢！虽然他心里也惦记着前来送行的母女，却无法抽出身来挥手告别，只能从驾驶舱里瞭她们一眼。

可这一走，离家就是 8 个多月。而更没想到的是，编队在此次护航行动中，干出一件令官兵们终生难忘、令国人扬眉吐气、令全世界为之瞠目的漂亮壮举——赴也门撤侨！

那是 2015 年 3 月下旬的一天，正在亚丁湾海域执行护航任务的我海军编队，因为也门国内爆发战乱，突然接到赴亚丁港与荷台达港撤侨的紧急任务。形势十分危急，当临沂舰抵达亚丁港时，当地的引水员就报告我方，一支不明武装正在向码头靠近。而不远处的飞机场传来惊天动地的爆炸声，一片流弹"咣当"一声就打在附近码头的塔吊上。全体官兵密切配合，以最快的速度开展撤侨行动。

第一批登上该舰的有 100 多名华人。一个东北汉子一登上临沂舰，就激动得振臂高喊："中国万岁！""共产党万岁！"其情其景，令人感动得热泪奔流！他给舰上官兵出示手机上刚从路边拍的一张图片，画面上是一个被炸得只剩下半个身子的人。一个名叫邓玲玲的女孩，边跑边哭，说是海军给了她第二次生命。就在登舰前，她还不知自己是否能够活着回国，已把银行卡的密码告诉了国内的男朋友，让其在她万一殉难后照顾好自己的父母，没想到关键时刻祖国派军舰来救他们了。没有国，哪有家啊！这时，一个女兵领着一个撤离的小女孩兴冲冲地登上军舰，张舰长仿佛看到了自己的女儿……

被撤人员中，不仅有华侨华人，还有包括巴基斯坦等 10 多个国家和地区的侨民，成分复杂，把关任务也面临新的难题。一个不在撤侨之列的外国人，看到舰艇上飘扬的中国国旗，就往舰桥旁边一躺，说自己得病走不了了，当他被抬到军舰上后感激得大喊："真主保佑！"还有一个国家的侨民，竟然冒死带上两台"Made in China"的电视机登上舰艇。张舰长看到这一幕，好像看到当年国内抢购外国电器的镜头，随口就问身边的水兵："你们对此感不感到自豪？"大家兴奋地异口同声："自豪！"

此次撤侨行动，我海军编队共从也门撤出 892 人，其中临沂舰分 3 次共撤出 432 人。官兵们都感到：正是祖国的强盛、军队的强大，我们的军舰才有这样举世瞩目的壮举。

三

随后，临沂舰又马不停蹄地奔赴亚丁湾继续执行护航任务。而护航使命一结束，这艘军舰又受命通过埃及的苏伊士运河进入地中海，再通过土耳其的博斯普鲁斯海峡进入黑海，参加中俄海军联合演习。返航途中，还顺访了土耳其、克罗地亚与意大利，技术停靠马来西亚。从 2014 年 12 月 2 日到 2015 年 12 月 2 日，一年 365 天，临沂舰就在海上执行各种任务 315 天，破了支队舰艇全年出海天数的新纪录。

此次远航归来，张舰长发现月亮又长高了，并且进了幼儿园。但女儿有个遗憾，就是别的小朋友常有爸爸来参加幼儿园的家长会，就是她的爸爸从没来参加过。为了满足女儿这个小小的心愿，那天他特地打扮了一下，来到女儿的幼儿园参加家长会。他一出场，其他家长和老师们就像看稀有动物那样看着他。女儿兴奋地指着那位英俊威武的男子告诉小朋友："我也有爸爸，就在那里！"

然而，月亮对爸爸的印象，却始终是模模糊糊的。但从妈妈的讲述里，她知道了爸爸很"了不起"。他曾 4 次参加大阅兵。1999 年，他刚进入海军舰艇学院就有幸参加了国庆 50 周年天安门广场的大阅兵，是海军学员方队第 12 排的排头兵。2009 年他参加了纪念海军成立 60 周年的海上大阅兵，2018 年他在南海参加了海上大阅兵。2019 年 4 月 23 日，他又参加了庆祝海军成立 70 周年大阅兵，而且临沂舰是受阅舰艇群的首舰。入伍后，他先后获得许多荣誉。2006 年和 2008 年他两次荣立三等功，2018 年被评为"新时代海军十杰青年"，2019 年被评为"海军奋斗新时代优秀共产党员"，他还连续多年被评为军事训练优等团指挥官。而他担任舰长的临沂舰，

2015 年荣立集体一等功，2016 年被评为全军先进基层党组织和拥政爱民模范单位，2018 年被评为"海军亚丁湾、索马里海域护航任务十周年标兵单位"。月亮也许不知道爸爸和他当舰长的军舰获得这些荣誉的真实意义，但知道爸爸很光荣。

这光荣的后面，是一名中国军人的使命担当，是一位中国海军主力舰舰长的责任。2014 年初秋，远航海训归来的张舰长再一次来到刘公岛，参加纪念甲午海战 120 周年的活动。站在北洋水师当年修建的铁码头上，他思绪万千。曾经有过郑和下西洋辉煌历史的中国海军，在清朝的末年逐渐走向衰败，以致北洋水师全军覆没，国家有海无防，任列强宰割，历史的教训非常惨痛。今天的中国海军已经告别昨日的落后，从刘公岛出发走向了深蓝，驶向了亚丁湾，跨越了几大洋！这不仅是海域空间的跨越，是中国海军发展的跨越，是海军官兵精神的跨越，也是一个民族尊严的跨越，同时也是国家完全的跨越！

可张广耀初到海军时，也曾有过疑虑。20 年前当他在军校了解到当时我国海军装备还很落后时，心里不免有些失望。然而，随着我国经济实力的激增和军事科技的飞跃，中国海军部队的建设一日千里。尤其是党的十八大之后，一艘艘具有国际领先水平的新型战舰，像"下饺子"似的腾腾下水。2009 年他在青岛参观多国海军的军舰时，还很羡慕一些国家战舰的先进。仅仅 10 年过去，当 2019 年那些国家的军舰再次开来青岛参加我国海军诞生日庆典时，却轮到他们羡慕中国军舰的崭新风采了。

然而，一个更严峻的事实是，面对中国的崛起及军队的现代化，那些心怀鬼胎的国家却不乐意了，不断在中国南海和东海兴风作浪，肆意挑战；曾经在一起握手拥抱的异国官兵，也把中国海军认作潜在对手，在大洋上与我们的军舰明争暗斗。毋庸置疑，我国海军守卫海洋国土的任务变得比任何时候都更加艰巨繁重。"明者防患于未萌，智者图患于将来。"张舰长有了一种过去从未有过的危机意识，感觉到本能的恐慌，觉得自己要学习掌握的新知识、新本领太多了。

这几年，作为海军首艘航母"辽宁"舰的属舰，临沂舰参加编队的训练更加频繁，出海的日子更多。去年参加海军专业比武，临沂舰一举夺得一个第一、两个第二的好成绩。要知道，在今天强手如云的海军水面舰艇比武中，能够取得这样的训练成绩实属不易。张舰长和他的战友们明白，要想在未来的海上战场立于不败之地，避免甲午海战的悲剧重演，作为军人首先必须练就过硬的战斗本领。为此，他与家人见面的时间就更少了。

四

　　问月亮平时想不想爸爸，她摇摇头做了个鬼脸。但是，当她受到妈妈批评时，或者觉得自己受到委屈时，肯定就会想爸爸了，因为有爸爸在就有呵护在。但想也没有用，想爸爸时他总在天边的海上……而在大海上的爸爸，从没有忘记过家人。水兵们都知道，他们的张舰长平时最爱唱的歌，就是那首《十五的月亮》了。军舰在月光如水的海面上航行时，张舰长不经意地抬头望望天空，就会情不自禁地哼唱那句"军功章啊，有我的一半，也有你的一半"的歌词。

　　月亮又从海上升起，正在波峰浪谷中巡航的临沂舰沐浴在一片银辉之中，守护着万家团圆。此时，年方四十、与海军发展事业一样风华正茂的张舰长望望那轮圆月，给妻子发了个"晚安"的微信。而他微信的昵称就是：月亮爸比。

　　本文 2019 年 9 月 9 日发表于《解放军报》的《长征》文艺副刊

生命的至诚歌者与灵魂的虔敬使者

王德光

那是一个雨夜，2017年的夏天，"风如拔山怒，雨如决河倾"的疾风暴雨就在窗外，狂躁的骤雨急促地敲打着窗子，注定使那个夜晚成为一个不眠夜。

窗里的我们，我和我的朋友寇占文相向而立。寇占文侧立在书架旁，用他修长的手掌轻抚着书架上那一排排书籍，我看到他的双眸沁满泪花。没有说话，我们久久都没有说话。他紧紧靠在书架上的那个时刻，是永远雕刻在我心里的永恒时刻，我真切地看见一尊浑厚有力的立体浮雕就嵌在那整整两面墙的书架里，和那些沉稳坚实的书籍铭刻在一起，和书中绵绵无尽的汉字融汇在一起，质感独特，刻痕清晰，跌宕而来的是一种沉重的震撼、一种分量的冲击和一种特殊的激励。

就在这一刹那，我清晰地明了了作为记者和作家的他一生的宿命和使命：他的生命注定属于用千锤百炼的语言文字表达和体验活着的含义及孜孜追求的生活况味；注定属于用一个个汉字的心血组合诠释意志信念、诠释人生梦想、诠释大爱追逐的生命真谛，他永不疲倦地把爱、梦想和睿智倾注在字里行间，倾注在对文字、对文学、对思想智慧的真诚追逐与享受之中。

伫立无尘的雨夜，静聆冥想，我心目中的他，是一个心怀悲悯、时刻唱颂生活、唱颂美好、真情为民鼓与呼的至诚歌者，更是一个追逐内心圣境、虔敬供养灵魂的文化使者。文字在他笔下幻化成一条河流，一条关于生命的激情澎湃的滔滔大河：只要活着，就去做一个永不停歇的歌者，让平凡的生命在不平凡中，绚烂如歌。

诚如他所说："我不想成为蜗居在象牙塔里或者舔舐伤口的那一个背影。"他喜欢并习惯着直面生活，不向苦难和命运低头，用敞开的心扉放牧自己，放歌天边，放飞远方，永远在自己谱就的生命之歌里回旋着感恩、快乐、纯净与幸福的吟唱。我知道，生活与生存中最真实、最直接、最动情的完美华章，来自他最为温暖的那个地方——心灵，并以此感染和影响着通过他的文字与他心照神交的每一位读者和朋友。

之一

安静的病房，雪白的墙壁、床单，忙碌的医生和护士，一种无法诉说的情绪在这个屋子里流动着。

我站在寇占文的床边，空气和情绪都让我觉得像多年前的胡同一样逼仄。已身患癌症的他睁眼看看我，嘴角咧开一个笑，那是我特别熟悉的笑容。他指着橱子上一叠检查单子和CT片子说："又给了死神一套组合拳，真是感觉有点累。"在我印象里他红润的脸庞如今看上去有些苍白，沙哑、疲惫的声音让我心头一疼。床头的另一侧，是一本夹着笔的厚厚的笔记本。我有些诧异，他用眼神示意我看一看。我转到病床的那一头，轻轻地拿起本子，一页页翻开，文字扑面而来，是一篇篇他涂来改去的文章或者只言片语。"有些时候想起来就写下几句，不知道还能写到什么时候……"他说着，嘴角又费力地咧开一个笑。我别过头去，一时不知道该说些什么。

"没有精彩的结局就没有生命的绚丽。"笔记本的扉页上遒劲有力的粗黑字迹告诉我，他在与生命顽强抗争，却又为生命写下无数赞歌和期许。

有点累的寇占文从没让自己停下来歇一歇。他与死神格斗着，一次又一次超越着自我。他说："我喜欢这句话，你不能决定生命的长度，但你可以控制它的厚度和高度。"

医院，化疗、输液、吃药、白细胞增减……比起癌症带来的身体折磨，最让寇占文放不下的是还有许多命题没有写完，他宣称绝不放弃与病魔抗争，绝不放弃手中的笔。

2017夏天，《承德日报》急需一批歌颂塞罕坝精神的稿件。我作为总编辑亲自打电话向寇占文约稿，他没有犹豫一口答应。我哪里知道，他在医院化疗刚刚出院，身体虚弱得坐都坐不起来，但他只用了一天时间，一篇合辙押韵的塞罕坝赋，一篇读来朗朗上口的散文诗，一篇激情飞扬的朗诵诗，一篇饱含深情的散文，足足上万字的作品就到了我的手中，令人惊讶叹服。一位了解他身体状况的老读者看了他发表在《承德日报》上的作品后给我打电话说，这些饱含激情讴歌塞罕坝精神和高度的文章，也体现了作者的灵魂高度，寇占文这是在用生命写作呀！

文化圈内早就有"写作机器""快枪手""拼命三郎"雅号的寇占文知道，用手中的笔持续发声，是自己生命的最重要选择。他要用心用笔，让生命增加厚度和高度，绽放别样的光彩。伴随着常人难以忍受的化疗，他笑对生活的馈赠和磨难，也丰富着自己唱诵不尽的主题。带着这样的信念和坚强，他在不断咳嗽和腹疼的陪伴下，用了一个又一个不眠之夜写出了一篇又一篇的精彩美文：《有信仰，才有远方》《塞罕坝，英雄的丰碑》《承德，好美的一座森林之城》……在他被病魔袭击的这两年多时间里，"寇占文"三个字在报刊上出现的频率依然居高不下，近百篇杂文、随笔、散文、诗歌、通讯频频撞人眼球，殷殷心血浇灌出了一簇簇锦绣繁花。那是生机盎然的、关于热爱与激情、关于守望与倾听、关于回味与珍重的生命馨香，溢满了对生命本质的尊重和对灵魂朝圣的虔诚。

这是一位永远书写生命顽强与敞亮的抒情者，也是一个一直在燃烧自己、温暖希望的奉献者，他的周身充满了理想主义色彩。

寇占文出身农村，结婚后家里依然穷得让人看不过眼。女儿都四五岁了，还在农村租房子住。这哪里是房子呀，一间半的小屋又低又矮，墙壁黑黝黝的，墙缝里爬满了潮虫。两口子经常半夜三更举着蜡烛与潮虫"斗法"。

"有时外面下雨，我趴在炕桌上写东西，地上几只小蛤蟆蹦来跳去地陪着我。"寇占文一说起当年的苦日子，就眯起眼，嘴角似乎挂着笑，眉宇间透着隐忍、磨砺、释然。

屋外大雪翻飞，屋内昏暗的灯光下，裹着棉被奋笔疾书的一团身影被勾勒在老屋子的一角，写满为梦上路的执着与坚持。一个心怀热爱、以文寄情的年轻人，在寒冷和困境中擦亮灯盏，从宽广丰富的内心世界整装出发，奔向看似难以企及的温暖与辽阔的绿野。

1990 年，一个命运的转折点。在写作上已经小有名气的寇占文，用手中的那支笔，叩开了新华社的大门并出任了新华社河北分社驻承德记者站首任站长。他终于圆了梦，成为专业的新闻工作者。

从此，他所开辟的新闻之路，他所攀越的高峰之巅，可以说在山城承德，至今无人超越。《人民日报》《光明日报》《经济日报》《工人日报》《法制日报》……一些全国大报的头版头条他都"攻"下来了，而且多数加了编者按语或配发评论员文章。有一年他在《人民日报》发了 37 篇文章，这样的数量在全国罕见。

他在新闻界有"获奖专业户"之称，获奖证书整整摆满了一书柜。《人民日报》头版头条刊登的《庄稼地里也能种出希望》，《经济日报》头版头条刊登的《承德扶贫创新路》，中央人民广播电台新闻联播头条播发的《月亮圆党团员》等新闻作品，均获得全国好新闻特别奖。为此，在当年那间爬满潮虫听蛙鸣的小屋子里，他找寻到的一方精神乐土，干净而广阔，明亮而持久。

之二

那天，我们俩聊了多长时间已经记不清了，我们相聚在一起的话题，是我提出要策划一个"寇占文文学创作座谈会"。他将打印好的一本厚厚作品集递到我的手里，沉甸甸的，似乎带着他的体温，暖暖的。我们两个兴趣爱好相投的男人，因为文学，因为心的追求，成为三十多年的好朋友。在我们彼此年轻的岁月，我们交流最多的是杂文。当年，我骑着老式大二八自行车，呼哧呼哧地骑上二十几里地，为的是见上一面，切磋交流。我现在还保留着他当年的几份杂文手稿。作为一位高产的、具有独立思考精神和强烈社会责任感的杂文家，作为一位针砭时弊、激浊扬清的时评家，他写得最多、影响最大的是杂文、随笔和时评。如《记者的尊严与痛感》《就怕流氓有文化》《听君一席话白读十年书》《"官不聊生"新解》等，都是喜爱他的读者们津津乐道的经典佳作。

我这个老报人大概是编辑、审阅寇占文杂文最多的人了。在我的印象中，"针砭和隽永"是他杂文的突出特点，既强调深刻的思想性与生动的形象性，又突出浓郁的抒情性与强烈的讽刺性，"双枪"挥动，叱咤风云。《名人咋都前列腺发炎》

《救命钱为何屡屡出事》《带血的煤还要挖多久》《"打假"与"假打"》……这些发表在《人民日报》《光明日报》《经济日报》等中央级大报的杂文，鞭挞时弊，一针见血，让人读了痛快淋漓，感触颇深。

著名杂文家吴昊评价他："占文的杂文越来越成熟了。"这种"成熟"，是一种明亮而不刺眼的光辉，一种不需要对别人察言观色的从容，一种无须声张的厚实，一种并不陡峭的高度。

新华社老社长穆青在晚年曾两次来承德，每次都嘱寇占文要写报告文学，而他自然是不负重托。1997 年晚秋，穆青由承德返京不到 20 天，寇占文和杨海洋合作的报告文学《洒向深山都是爱》《心与心的撞击》就摆到了穆青的案头，穆老不仅亲自嘱咐新华社国内部要发特稿，同时还亲自给当时的《人民日报》总编辑范敬宜写信，推荐这两篇作品。

寇占文时时被脚下的这片热土打动着、感染着，新闻与文学相融合的独特视角，使他的《歧路芬芳》《洼地效应》《根植沃土》等几十篇报告文学作品立足于"报告"，精雕在"文学"，以笔调大气、格局高远、饱含深情的艺术追求，记录了变革年代的火热生活，呈现出一种五光十色、飞速旋转的时代感和艺术美。

无论是岁月静好，抑或是辗转流年，散文和诗词，一直是寇占文最为萦怀、最为纯粹，也最为煎熬的创作磨砺。在干涸贫瘠的过往，在物欲横流的当下，作为诗人的寇占文始终坚守着内心的温存、浪漫、炽爱和情怀，他总是把自己最真实的内心坚守与渴望表达出来，让自己那颗敏感的诗人之心穿过浮世嘈杂，穿过车马喧嚣，抵达神圣的诗意召唤。而这个备受病魔纠缠的汉子，每每创作的诗词，主题都是爱情："一声爱你说还难，当初一诺经年。辗转余生情更绵。薄酒轻似梦，抚上故人弦。故事翻开都是昨，尘飞镜里朱颜。人生难得黄昏恋，两心穿一箭，死作并蒂莲。"

岁月轮回，似水流年，让我们仿佛看见了那并蒂同心的莲花在洁净的湖面、在微醺的清风中摇曳馨香。红尘中，情相惜，心相念，人生旅途有谁不渴望有一双手永远相牵，有一份情永远陪伴。那些缠绵悱恻的爱情故事，那些爱和生命的相知相随，始终都是打动我们心灵、触动我们情感的泪点。这首缠绵、典雅的《临江仙》，仅是寇占文300多首爱情词作中的一首。月色珊阑的苦恋苦守是此生不换的风景，让最美的梦境呼唤彼此的眼眸，在恒久的远眺中实现爱的安放。

"爱情，经常让我想起一幅摄影作品。"寇占文说着，声音突然变小了，"那是画面既清晰又模糊的摄影，每当我失眠或是半夜醒来，我都会被带进镜头里，既走不出来，也融不进画面里。"后来我仔细回味寇占文的这句话，久久不能平静。

多少个夜晚，我燃起一支烟，捧读他的婉转吟唱的诗文，时常被温馨、真情、感动的潮水濡湿。那是灵魂深处一份伤感的美丽，是情感琴弦一次轻轻的拨动，是雨后心中一抹绚丽的彩虹。

之三

初秋的一个傍晚，我和他坐在一家茶室聊天。我从单位来，他从病房来，如同我们多年前骑着自行车从不同的方向而来一样，聊的依旧是文学、生活、感悟。我们临窗而坐，渐落的夕阳透过玻璃窗洒了他一身，橙红色的光在他身上绽放着，他侃侃而谈，眼睛里闪烁着光芒。他说人生的这几十年里，走进他生命中的有太多，排在第一位的就是文字，文字让他的生命更有张力，更有厚度。我们从低声到高声不断地讨论着，桌上的茶凉了又添，添了又凉。霓虹初上，他的额头渗出了一层密密的汗珠，我才意识到，虽然对文字的热爱有增无减，但是，他再也不是当年那个年轻的小伙子了，而是一个需要不断化疗的患者。那一刻，我的心疼得厉害。

尽管他身患重病，但文字依旧深刻，依旧激昂。我与他的每一次见面，男人之间的安慰没有绵密的语言，更没有动情的拥抱，只有站在一起的肩膀和充满力量的注视。他总说，放不下手中的笔，放不下从笔下流淌出的文字，这一份情，如同一个符号，已经刻入了他的生命。

常常喜欢与文学朋友们交流的寇占文在谈到自己的创作时总是特别入情，特别用心，说到动情处，他便涨红着脸，掰开揉碎地讲，那种认真劲儿，看得出，他的那些作品都经历过阵痛，仿佛带有淡淡的泪痕。

许多朋友劝他将作品结集出版，寇占文淡然一笑："经常有新作品发表就是我对读者最忠诚的回馈，就是最好的集子。"

他已经拥有足够多的花朵、雨水和粮仓，他的人生远比任何一本作品集更精彩，更富有魅力。

之四

寇占文从医院出来，习惯性地看了看天，承德的天空依旧蓝得那么高远，明晃晃的太阳不知道，这是他在这家医院的第多少次化疗了。每次治疗后，虽然自己很虚弱，但寇占文还是喜欢一个人随意走一走。

承德澄碧的天空让他亲近、放松，他不想只待在充满各式医疗仪器的病房里，他要去感受外面的阳光和精彩，看身边穿梭的面孔和车流，走过熟识的街道和窗口，多么美好！

又是一天的下午，我与寇占文在一家咖啡厅见面，约他再写几篇稿子。一说约稿，寇占文的眼里依然生出几分敬畏来，他神情专注地听我说着主题，略带倦容的脸庞看上去很安静，但他端起咖啡杯的手微微地有些抖，让我感觉到了他内心的涌动和不安，他还像我三十多年前见到的那个清瘦的文学青年一样对创作充满期待和敬意。怎么想，怎么看，他都一如既往地为文学、为爱、为情感和诗意的安放冲动着、年轻着、渴望着。

我不知道下一个光阴的故事将会有一个怎样的开端，但我相信他会在一笔水墨的情致里，细细研磨那分秒里停留的味道。文字，心灵永久的故乡，在他的每一寸土地里，无不藏着红尘眷恋，藏着喜怒哀伤，藏着若水柔肠……

夜很深了，我正在给这篇长文收尾，手机铃响，一看："寇占文"，接通了，还没说话，便听见那头的他开心地笑，自顾自说："我又写了一篇散文，题目是"生命的尽头不是死亡"，颇满意，我给你读读……"

"我一直在寻找一种文字，能让自己的灵魂安静下来，能让我的心灵美丽起来，能让我的时光变得柔软情长，永远不死……

"感谢在这个世界上，文字给了我一处栖身的角落，在一程程山水间辗转，让我的灵魂不再背井离乡，不再被弃之荒野深处，'恣意所欲，其乐无比'……"

他磁性而又沧桑的嗓音如生命的音符，一串串涌入我的耳中，又纷纷坠入我的心田……

放下电话，我望向窗外，我想，这个冬天，承德该下场雪了，晶莹的、飘然而至的雪……

本文原载《美文》2019 年 5 月号，本次收录有删节

读米记

李佳怡

今年两次去到黑龙江。一次是北大荒，一次便是五常。恰巧两个地方都是大米的故乡。当时，正赶上水稻丰收的季节，稻花儿芳香流苏，成片的金色稻浪与人之间形成一道道天然屏障，磅礴得令人迷醉。

黑吉辽一带土壤肥沃疏松，适宜农耕，因此盛产粮食作物。唯独大米，是家常便饭中最百搭的一种主食。记忆里，外婆总是端着一个白色陶瓷碗，盛上一碗挂满油珠、绵软甜香的白米饭，再配上可口的汤汁饭菜，口感自是不可言传，小时候的幸福感大抵不过如此了。长大后，走过很多城市，亦吃过很多地方的米，只有这种味道是最难忘的。

如今的五常是富足的。一桌五颜六色的美味佳肴，竟抵不过一盆稻米飘香的白饭惹人喜爱。关于米，做法则是花样百出。若不喜欢素淡的滋味，可在淘洗过的大米外，加上各式的食材，腊肠、豆腐干、香菇、青豆，以水将它们淹没，再静静等待 20 分钟，待锅里的水凝结呈黏稠状，香气弥漫于四周时方可享用。

其实在农业发展早期，与其他旱地作物相比，当时的水稻产值不值一提。后来，人们开始认识自己的土地，从野生稻的基因里找到了水稻种植的希望。两座海拔超过 1700 米的山峰——大秃顶山和凤凰山孕育了广袤的水系；在温带大陆性季风气候的精心塑造下，拉林河与牤牛河之间泛动着美丽的波影，辉映着辽阔的黑土平原。

日复一日，在河流经过的土地上，庄家人打土成畴，做垄为梗，引水入田，排秧成行，从此晨起耕作，披星晚归。对于庄稼人来说，水稻的一颦一笑，是他们喜怒哀乐最直接的引擎。

读"米"，需要站在土地上。读懂"米"，则需要站在松嫩平原南部 225 万亩的稻田里，与阳光一起，与水一起，与风霜雨雪一起，与季节更迭一起，与农人流出的每一滴汗水一起，与庄稼人的守望一起，阅尽沧桑，意味深长看清每一次辛劳。唯有如此，我才敢说：我真正见过一粒米。见过一粒米，你才配得上见过春华秋实，日月轮回。她献出的芬芳有时间的味道和泥土的沉重，她散发的光泽有汗珠的质地。

我绕田而走，越走越深幽。在这座 7512 平方公里的区划版图上，有一个叫乔文志的人。1998 年，20 岁出头的乔文志发现，在北京，家乡的一碗米饭竟卖出了天价，至此一颗种子埋在了他的心里。"有一类卑微的工作是用艰苦卓绝的精神忍受着，最低陋的事情往往指向最崇高的目标。"这个气盛轻狂的年轻人，将莎士比亚写进《暴风雨》里的这句台词，搬上了自己的人生舞台。不断地耕耘和探索，乔府大院应运而生。

在大院耕作的 2000 亩稻田里，有一道风景线格外引人注目——每亩稻田里都有一座小小的鸭舍。这里的人告诉我，眼前便是最负盛名的鸭稻田。水稻的田间管理方式彻底摒弃了人的劳作，每亩稻田里放养 18 只鸭子，百姓戏称它为"十八罗汉管稻田"。用鸭子日常的运动来松软泥土，鸭子捕吃各种蚊虫，粪便用来增肥，形成纯生物管理的格局，保证水稻天然的纯洁性。

土为米之根。世界三大黑土地之一的五常，历经千年形成了一条时光隧道，谱写着一粒米的溯源，平均有着幼童般高的草炭黑土层上，孕育着膏腴圣土。昼夜温差之大，无霜期之久，这些气候条件赋予水稻得天独厚的生长环境，产出的大米色泽光亮，若是在缺少油荤的岁月里，哪怕是闻上一闻，也算一件奢侈的事情。

每粒土都值得人们交付一生的时光。人类用它砌过宫殿，砌过茅屋，砌过道路，砌过诗词歌赋，砌过江山社稷，甚至还砌过坟墓……人类用它种植过庄稼，收割过粮食，收割过回忆，甚至收割过泪水……

谁读懂了土地，谁就读懂了"米"。

在土之上，在土之下，谁读懂了"米"，谁的膝盖上就挂满了经久不息的风声。

一粒种子从落地生根到拔节抽穗再到灌浆成熟，历经147天的神奇旅程，饱含着庄稼人的心血。

粒米之内，寒来暑往，风起云涌，世界小于她的尺寸，乾坤小于她的方圆。

她，就是人类的故乡。

发表于《文艺报》2019年11月8日

为了烈士的一块墓碑

艺　子

2013 年的最后一天，天气很干燥也很冷。

在迎接新的一年到来之际，我在回想，回想过去的日子里是否还留着遗憾。下意识的，突然很想去一个地方。

我又一次驱车沿着弯曲的熟悉的乡村路，来到了离县城40 多公里，有着 100 多户人家的小山村黄家安口村。村里 25 户群众是我的联系户。这些联系户大都家境富康，经济宽裕，但也有终身残疾者、孤寡老人和经历过天灾人祸的受害者。通过和这些群众一年多的接触，我深深体会到列夫·托尔斯泰的一句名言："幸福的家庭都是相似的，不幸的家庭各有各的不幸。"所以，我时不时地就会想起联系户中那些不幸者。这次去，是看望其中的一位。

第
三
辑

她，叫刘自美，是一个 85 岁孤独的老人。20 多年前，她的丈夫和大儿子相继去世。由于家境贫寒，小儿子为了糊口从小远离家乡到外省打工，后在那儿落了户，一年回不来一趟。我每次去看见她蜷缩在黑漆漆的炕上，或者花白的头发拄着拐杖一步三摇的样子，心头总是翻动着凄凉和酸楚。

经过 40 多分钟的时间，来到了刘自美大娘的家。叫了几声大娘没有答应，便推开半掩的屋门，看见她正坐在火炉子旁边烧着饭。看见我来，她颤巍巍地起来迎接，说："这几天不知是怎么了，老是盼着你来，这回可来了。"看见锅里冒着热气，我就敞开锅盖，看见锅里炖的是没有多大油水的大白菜，菜上边馏着一块地瓜。这顿饭，对于生活条件好的城里人来说，是一顿首选的绿色的减肥好餐，可对于刘自美大娘来说，谈绿色和减肥是有点夸张的，这也许只不过是她维持生命的一顿午餐。看到这个情景，我突然就想起了自己的母亲，和刘自美一样的年龄，却过着儿女孝顺，丰衣足食的日子，心里不仅泛起了阵阵的哀愁，或者说是淡淡的乡愁吧。我说："大娘，天气很冷了，我来看看你，你和我母亲年龄一样大，你就把我当作你的闺女，快过年了，有什么困难就和我说，只要我能帮上的就尽力帮。"刘大娘接着攥住我的手，连声说："闺女，那敢情好，那敢情好。"大娘的手虽然很粗糙，但像母亲的手一样很温暖。刘自美大娘说，政府每个月给她发着老年钱，还吃着低保，眼下一点困难都没有，就是有个想法，说出来不知成不成。这时我看见大娘浑浊的眼睛里泛着泪花，就让大娘尽管说。她停顿了好一会儿才说，她哥哥刘自功过了年就是 100 岁诞辰，他是去蒙阴打日本鬼子时牺牲的，死的时候才 29 岁，还没有成家。在刘自美的记忆中，哥哥只是个名词。她比哥哥小 14 岁，哥哥 16 岁去参军，后来又牺牲了，她根本不知道哥哥是个什么样子。哥哥是家里唯一的男孩，牺牲后，家里的天也就塌了，爹娘哭得死去活来。刘自美说自己也是 85 岁的人了，最近一段时间不知怎么，突然有个心愿，想给哥哥立块墓碑，去看看哥哥的坟头，给他烧点纸钱，这一辈子就没有什么挂心事了。

我听后心情很不平静，心想，烈士还没有享受人生的幸福和欢乐，就把青春和生命都献给了党，献给了人民，把汗水和热血都抛洒在沂蒙这片土地上。近百年过去了，刘自功没有后代，没有其他亲人，除了这个出嫁到外村的老妹妹记得他，还有谁能记得他？刘大娘想给哥哥立碑，这是她的心愿，而帮助大娘实现这个心愿，这也是我作为有着 20 多年党龄的人民警察的心愿。我当时就对大娘说："您放心，我这就回去了解情况，如果您哥哥是烈士，政府一定会给他立墓碑的，如果不是烈士，我出钱帮您立！"

我从村委会开始，管理区、镇民政所、县民政局一级一级走访查询。最终，在县民政局四千多份档案材料中查实，刘自功确实是烈士，政府应该为刘自功烈士立碑。

按照规定，给烈士立碑，需要由烈士的后代或者近亲属申请和签字，后由民政局统一定刻。可刘自功烈士没有后代，就这么一个多少年都没有出过村庄，走路都需要拄着拐杖的老妹妹了，怎么去办理，谁能去签字？我当时就对民政局的工作人员说：虽然烈士没有后代，但我们都是他的亲人！这事我来办。

就这样，我在繁忙的工作之余开着私家车往返于民政局、镇政府、村委会和大娘家签字盖章出证明。历时两个半月，终于为刘自功烈士办好了所有刻碑的手续。当把所有的手续备全报到县民政局后，第一批的已经结束，也就是说刘自功烈士的墓碑在清明节前是立不上了，只能等到来年。这肯定不行！刘自美大娘毕竟是 85 岁的人了，一旦有个什么意外，我的心里一辈子都会落下个遗憾。于是，我找到了县民政局的局长。我把情况向他作了介绍后，局长当即表态："特事特办，急事急办。"

4 月 3 日，县民政局把墓碑运送到烈士的管辖地。墓碑运送过去，还得有人给立上啊，我又联系了镇政府，组织好人员去给烈士立碑。

4 月 4 日，墓碑矗立在了刘自功烈士长眠的地方。

清明节，我买上国旗、食品和点心，开车来到了刘自美大娘的家，拉上她，沿着山道一路颠簸地来到了刘自功烈士的墓前。刘大娘被搀扶着走到了哥哥的墓前，一下就跪倒了下去，双手抚摸着哥哥的墓碑说："哥哥啊，哥哥，您终于有名誉了，俺死了也甘心了。哥哥，俺给你唱个歌听听吧：'抗日军人家属最光荣，丈夫兄弟儿子上战场，杀得鬼子无路跑，打了胜仗好威风，政府优待法令早颁布，全国民众有福享……'"

　　刘大娘在哥哥的墓前坐了很久，嘴里一直念叨着心愿实现了。人人都有自己的心愿，有些心愿看似很小，可如果没有人帮上一把，也许一辈子都难以实现。刘大娘的心愿已经埋在她的心头几十年，我帮她终于完成了她的心愿，也实现了我自己的心愿。

　　望着烈士的墓碑，我感慨万千，立碑也许并不难，可难的是我们把群众的细微之事真正放在心上，总能在群众需要我们的时候第一时间出现在他们的面前；立碑也许并不难，但它承载的是我们共产党员对无数革命先烈的缅怀和敬仰，它立起的是我们共产党员一心为民，无私奉献的不朽丰碑。

　　站在烈士的墓前，墓地上那面红旗在我的头顶上高高飘扬，听着刘大娘的这首《优待抗属歌》，我的泪流了满脸……

　　透过泪眼，我看见墓碑上刻着这样的碑文：刘自功烈士之墓，马站村人，中共党员，1943年3月蒙阴县跋石崮战斗牺牲，时任鲁中八支队排长，英年29岁。

本文发表于2018年5月《山东文学》杂志

柳青的老乡

袁炳发

哈尔滨气温降至零下 31 度。

网上有人在晒空中抛开水的游戏，一杯开水在超低温冷空气中运动，瞬间结成一道弧形冰霜，吸引了全国网友的目光，人们为这个都欢乐起来了。其实这不是全部真相，寒冷让人心情忧郁，不思茶饭，写不出来东西，也无法读书。广袤的黑土地上正咆哮着我们称其为大烟炮的寒风。虽然我完好地躲在城市中心坚固的水泥钢筋的城堡中，但心情摇摇欲坠，脑子里盘旋着伏尔加河上奔跑的三套车，它的旋律忧伤如刀。中午已经过去了，我饥肠辘辘，但嘴似乎并不乐意配合，就这么矛盾着，犹豫着。

哈尔滨冬天的夜晚来得特别早，三点四十分，夜的幕布在飘坠，四点整，整个城市笼罩在黑暗中。是的，灯光像喧哗的舞台，可是，它真的亮如白昼吗？不如说，霓虹闪烁的街灯，使夜更黑暗了。我在阳台上抽了一支烟，看远处车灯的河流在流动，终于感到饥饿难耐了。

楼下，面向主街的门市都开着各种各样的灯箱招徕生意，我一边走一边看，并没有多想就推开了一个小店，它灯箱上有四个热乎乎的小红字"砂锅油饼"，我是奔它而来的。小店很小，只有四张小桌，小店也很清静，只有一个穿着白色厨师服的小伙子，坐在椅子上低头看一本很旧的书（也许是一本破旧的账本），谁知道呢？现在看纸质书的人少了，人们都是手机奴了。

我要了半斤油饼一个豆腐排骨砂锅。小伙子回到后面的厨房去了，马上听见了排烟灶的风轮声，这时候从后面出来一个女孩，从柜台上的咸菜罐子里取了一碟小咸菜放我桌子上。我这才大致猜出这应该是个年轻小夫妻店。

东北的小菜馆里常常免费提供小咸菜的，无非是芥菜疙瘩、萝卜条之类的东西。老板娘问我是否喝一杯自泡的药酒，我本来无意喝酒，被她一问，倒问出喝一杯的意思了。我听出她的口音里有异乡的味道，又听不出具体是哪儿，因为现在的年轻人学习能力很强，能够很快将自己融入新的环境中，包括语言和神态、观念。这时候，老板在后厨喊了一嗓子，女孩回去了，再出来时两个人在一起，一个捧着砂锅，一个举着饼盘。我吃着喝着，小两口和我聊着，我这才知道，他们是陕西吴堡人。

"陕西吴堡?"我来了兴致，似乎超低温带来的忧郁都淡了许多。

"是咧。"小伙子用陕西话答道。

"你可知道吴堡有个响当当的人物?"

小伙子狡黠地笑了，不说知道也不说不知道。

"柳青，你们知道吗?"我问。

两个人相视而笑，然后回过头来对着我，那女孩一脸自豪，抢着说："吴堡人都知道他，大作家嘛。"

"对呀，大作家。"我翘起拇指，一扫内心的阴霾，给他们讲起了柳青，讲起了《创业史》。他们问我为什么这么熟悉柳青，我告诉他们我的职业就是作家。

我们聊了很多话题。

我们这就算认识了。我没有问他们的名字，只知道小伙子姓陈，姑娘姓马，从此之后，见面我就叫他们"柳青的老乡"。他们是县城里的孩子，离柳青故居40公里。

认识了他们之后，我就经常光顾他们的小店。小两口恩恩爱爱，手脚都麻利干净。有时候饭口人多，我们就没有时间闲聊，我吃着饭心里偶尔会琢磨下，这两个孩子是不是私奔的？感觉挺浪漫，但从未开口问过他们。但有时候不是饭口就我一人用餐，他们就陪着我聊天，这才知道，他们不是私奔的，人家两个年轻人是来看世界的。他们大专毕业之后就开始了全国之旅，已经去过云南、四川、广东、上海、北京等地。他们每到一地，先把当地的风景名胜玩遍，就像一对兴趣盎然的游客，但结束旅游之后，如果还对这个地方感兴趣，他们就找一份工作，一方面为的是赚钱养活自己和准备下一个旅程的资费，一方面停下来对当地进行更进一步的了解。他们到哈尔滨先在一个饭店打工半年，后来在微信朋友圈看到一个小店出兑，就接手干了下来。这一干就又半年过去了。

我问："这么说你们在哈尔滨已经待了一年了？还没待够？"

"是的，哈尔滨很好。"

"怎么好？"

"哈尔滨女孩漂亮极了。"小伙子说，也不顾姑娘的白眼儿。姑娘笑着说："这个地方让人很舒服呢，哈尔滨人的幸福指数很高，整天乐呵呵的。"她举例说，去年夏天大风来袭，哈尔滨街道上的大树都倒了，放假一天，结果哈尔滨人毫无压力，竟然赶到菜市场去采购。姑娘笑起来，露出洁白的牙齿，说："心态这么好，多么可爱呀。"

我说："那你们就在这里扎根吧。哈尔滨本来就是移民城市，会敞开怀抱欢迎你们的。"

可是他们说："不会的，我们不想这么早就停留下来，世界这么大，我们要好好走走呢。"

樱花盛开的四月，我因事和妻子去了一趟日本，在日本期间，收到了他们发给我的一段一段的微信。

我整理后贴在这里：袁老师，我们打算回乡创业了。如果不是认识你，我们可能还不能停下脚步。说实话，我们出来看世界，我们走了很多地方，我们很愉快，也长了见识攒了一些钱，但是，内心深处终究是有一个很沉重的问题一直困扰着我们，那就是，我们究竟要什么？可能这才是我们停不下来脚步的真正原因。自从认识了你，看到你那么了解柳青，那么敬重柳青，这让我在第一时间里有一点窘迫，因为作为柳青的同乡，吴堡人，我们虽然知道柳青，但我们究竟知道什么呢？我们只把他当成一张可以炫耀的名片（说实话，这一点也是要看对方是否知道柳青作为前提的）。没有您，我们不会进一步了解柳青。和您相识的几个月以来，我查阅了大量柳青的相关信息，网购了一套《创业史》，虽然我们80后并不能完全理解前辈们的创业，但是他们的经历还是感染到了我们，而且我们也深深地感到，无论年代如何变化、社会怎样发展，创业者的心灵旅程都有共同之处，所以我们被心灵史的这种说法震撼到了。我们也从《创业史》中重新发现了我的父老乡亲，我的前辈们，并且从心底产生对他们的敬意。我们就出生在吴堡，我们的身体里流着吴堡人的血液。柳青为了写《创业史》在乡村一待就是十四年，他说：文学是愚人的事业，只有愿意为文学卖命的人，才能干这一行。我们知道他所谓愚人，其实就是意志坚定的人，踏实的人。恰恰是这一点上，我们这一代人有差距和欠缺。柳青终身恪守一个作家的本分，心无旁骛地研究生活，从事创作，才终成大器，给我们很大启发。世界的确很大，但我们必须把握脚下坚实的土地。所以我们要回乡了，我们要像我们的前辈柳青那样坚韧地在吴堡大地上干出一番事业来。我们两个一个学的是农业，一个学的是旅游管理，虽然我们还没有想好我们到底做什么，但我们一定要利用好我们的专业，在家乡踏踏实实从头做起。

再见了袁老师，欢迎您有机会来吴堡。

当我从日本回到哈尔滨之后，看到他们的店已经换了新的主人，也不再是东北风味的餐馆，而是一家由几个少女开起来的西点店了。但是，柳青两位小同乡的微信动态我还是经常关注：有两人下农村考察吴堡山药和红枣的图片，也有去吴堡古城、蛟龙壁、孟门古镇的图片，当然两个人还站到了寺沟村柳青故居门前，他们在图片下写了两句话：我们回来了。我们因为您而骄傲。

后来的微信动态就很少了，他们只在微信的消息上给我的问询一个简短的回复：袁老师，一切顺利进行中，忙，累，但快乐着。当我们一切走上正轨的时候，再向您汇报。

我写这篇文章的时候，他们两个人的形象浮现在我的眼前。年轻是多么的好啊！柳青的老乡，你们要记住远在哈尔滨的朋友在祝福你们！

原文发表于《海燕》2018 年第 3 期

《道德经》在我家

董雪丹

就从我女儿收到大学录取通知书说起吧。在录取通知书的大信封里，同时装着学校留的作业：要求学生阅读经典、品味经典，深入了解中华民族优秀传统文化，还列了几个备选书目。不用看那些书的名字，我就知道，兜兜转转之后，女儿一定会选《道德经》。

果然，前天女儿在我家的微信群里留言："果断选择《道德经》，从我姥爷的文章里借鉴点就够了。"后面是一连串调皮的表情。我回复她："不带这样把抄袭美化成借鉴的。"调侃归调侃，隔天女儿还是说："和姥爷一起吃饭去，再听他讲讲。"

我当然明白，这种"听讲"会深化她对《道德经》的理解，会成为她读后感的一部分。应该说，在她的成长过程中，有意无意的"听讲"已经让她的血脉中流淌着一种文化传承。也许她自己都不明确如何选择时，这种传承已经在无形之中替她做出了选择。

还是在我女儿四五岁时吧，我牵着她的小手散步时，常常游戏一样教她背《道德经》，大概背了20多章，她不想再学，我也就没有再教下去。一切都顺其自然吧！

前段时间和她闲聊，她说有不少同学在整容，有的甚至去了韩国，她感慨："我能理解她们爱美的心理，也能接受化妆，毕竟卸妆后还是原来的自己。就是不明白，为什么非要去整容呢？想找回原来的自己，再也找不到了。"我当时有些激动，因为我看到，一颗小小的种子，已经在她心里发了芽！

去除外饰，恢复本质，也就是返璞归真啊。女儿还真没有辜负她名字中的"朴"字。也许她不知道，她的几句话，触及了人类的大命题。几千年前古希腊奥林匹斯山上的德尔斐神殿里有一块石碑，上面就写着"认识你自己"。但从古至今，又有多少人可以拨开层层迷障，真正地认识自己呢？

《道德经》是老爸最喜欢读的一本书，也是他说得最多的一本书，他的书架上，有各种版本的《道德经》，一排又一排。他常说，一部经典胜过万卷杂书。读了这部书，没有什么烦恼放不下，没有什么心结打不开。

他是以读道讲道传道为乐的。不仅仅是说、是讲，道法自然的思想之于老爸，已变成一种人生存在，变成了一些生活细节，变成了生活本身。他把自己活成了"老顽童"，心灵处于一种自由舒展的状态。

老爸退休后，为传播传统文化，做网站，办论坛，创立微信平台，一直乐滋滋地做着道学普及工作。现在，他又用明白、朴实又生动的话去译注、理解他心中的经典，想让更多的人能接受《道德经》，读懂《道德经》。我觉得，写《〈道德经〉传家版》是他退休后做的最有意义的一件事。而所有这些，用他的话说都是在玩，退休后，给自己找个玩的地方。

老爸玩得开心，我也为他开心。毕竟，这个玩的地方可以安放他的精神世界。《道德经》中有一句"不失其所者久"，老爸对这个"所"的解释是"灵魂安放之所"。他对这个字独到的理解，让我深深地意识到，他是一个幸福的人，《道德经》就是他寄放灵魂的所在。

其实，在我心里，也曾有疑问：这部书，值得老爸这么读吗？在一番求索和对照式的阅读之后，我找到了答案。那是在读过《西方哲学简史》之后，我曾随手写下这样的文字：苏格拉底、柏拉图、亚里士多德、培根、笛卡尔、斯宾诺莎、莱布尼茨、休谟、康德、黑格尔……一个又一个闪光的名字背后，站着一个又一个的思想英雄。我只是匆匆地追随着他们的脚步，倾听一颗又一颗高尚的心灵对人类永恒问题进行着无尽的思索和追问。

很奇怪，合上书，除了有艰涩阅读之后的轻松感，还出现了一种幻觉。仿佛看到老子独坐在一座高山的顶峰，双目微合。他静静地看着两千多年里思想战场上一轮又一轮弥漫的硝烟，像静静地俯瞰着山间的云烟漫卷。

老子让我们找到自己的精神血统，知道自己从何而来，向何而去。

今年父亲节的前一天，我带着女儿一起去老子学社。在那里，每周六下午老爸都与同道中人一起分享《〈道德经〉传家版》。我想，我们几代人一起学习《道德经》，就是对"传家版"一种现实的、真切的诠释吧！

此文发表于 2017 年 9 月 20 日《河南日报》第 14 版

身体里的谷子

周艳丽

谷子长在村庄的坡地上，可它却像我的影子，不管走到哪儿，它都在我的身后站着。站在我身后的谷子，有时离我很近，近到我恍惚觉得自己的身体里也有一株谷子。

这株谷子也像村头守望的一双眼睛，时刻牵着我的脚步，我的双脚不论向哪里迈进，都走不出它的视线。它的身影守在村口，根扎在村外的坡地里。我出生时的第一声啼哭，被它收去，揉进泥土，我的身体里就住进了一株谷子。

这株谷子让我看见了小时候母亲用小米糊糊喂我吃饭的情景：她一边喂我，一边唏嘘着说：这丫头命不济，生下来就没奶吃，还多亏我们有小米糊糊哦！吃小米糊糊长大的我，至今也吃不惯别的粮食，一日三餐，若是没有小米粥喝，就感觉胃里不舒服。这是饮食的习惯，更是身体本能里对小米那份固有的依赖与迷恋。

这株谷子让我想起了挂在老屋东墙上的那些谷种和"点葫芦"。谷种是一扎扎捆在一起的谷穗，那都是精挑细选的穗子，修长壮硕，籽粒饱满，贴着墙，沉甸甸黄澄澄地挂在两个细木橛子撑起的铁丝上，像一串美好的憧憬和企盼正在默默地守望着，而家人就在这样的守望里一天一天地走进播种的日子。点葫芦是一个用葫芦和竹管做成的播种器，样子有点像葫芦丝。播种时，从谷穗上脱粒下来的种子倒进葫芦里，父亲背挎着点葫芦，微微哈腰，一边沿着犁杖豁开的垄沟朝前走着，一边有节奏地敲击着竹管，伴着清脆的敲击声，种子沿着竹管均匀地流入大地，轻松而快乐。"春种一粒粟，秋收万颗子。"从播种到收获，像一个漫长而美好的梦，每年周而复始地做着。葫芦多籽，寓意多子多福，是吉祥之物。让种子在葫芦里走一遭，庄稼人的心愿，种子和大地都心知肚明，无须任何絮叨和解释。种下去的谷子，经过大地的用心孵化，很快发芽，然后，一齐热热闹闹地冲出地面。要是再来一场及时雨，没两天的工夫，田野里就会铺出一行行的绿诗、绿梦来。

谷子的小苗长势太快，也太挤了，要及时择优留存，才能确保谷子的茁壮成长，确保日后的收成。母亲薅苗的姿势很是虔诚，她双膝跪地，小心翼翼地在垄埂上爬着朝前行进，而父亲从背着点葫芦播种，到握着锄头耪地，再到挥着镰刀收割，也都是卑躬屈膝地面向谷子，他们对谷子的敬畏从始至终都充满着仪式感。

确实，住进我们身体里的谷子值得让每个种谷子和吃谷子的人肃然起敬，因为谷子除了作为粮食奉献自己，还具有诸多优秀品格令人钦佩。它优雅稳重、内敛、谦虚、忠实、顽强……就像人，是修养极好的那一个。美好的谷子让人打心里喜欢和信赖，不管年景如何，只要谷子带着庄稼人的希望和企盼婀娜风情地站在村外的田野上时，我们心里就多了一份踏实与祥和。在地薄雨少的辽西，谷子宛如贫寒人家的乖孩子，从出生到长大成人，一直虔诚地顺着庄稼人的心思，实实在在地长。长成的谷子却仿佛是从不出门的大家闺秀，总是低着头，羞答答地腼腆。我有时候就想：谷子长得这么丰盈美好，却如此羞涩谦逊，真是让我们这些狂妄浮躁的人汗颜。稳重内敛的谷子，也像种谷子的庄稼人，既不计较也不挑剔。辽西的土地贫瘠，气候干旱，但谷子不怕，再贫瘠的土地，谷子也能扎下根来生存。因为在漫长的生存岁月里，谷子和辽西人一样早就学会了适应，它懂得适者生存的道理，它是庄稼里的强者和智者。

谷子根扎在土里，心里却装着千沟万壑，墒情和土质都差的地块统统被谷子承揽着。"见苗三分收"说的就是谷子，种谷子的父亲说这话时，正低头笑眯眯地看着地里谷子的小苗，他说话的样子，仿佛是在夸自己的儿孙，满脸都是自信、骄傲和欢喜。而谷子的好还在于它的伏低伏小和不争不抢。地球上的空间越来越少，所有的生命却都渴望膨胀，都蓄意多贪多占，但谦卑内敛的谷子却将自己缩减到极致。细小的籽粒，窄窄的叶片，精瘦低矮的秸秆，纤纤柔柔，像个弱不禁风的小妇人。但其襟怀和修为却是庄稼里的伟丈夫。它虽然样子纤细矮小，却不能不叫人从心里仰视！

这株住进身体里的谷子，让我在静下来的时候，总能听见父亲挥镰收谷子的沙沙声。秋阳高照，盛装的田野凸显着丰盈，谷子站在村外的坡地上，沉甸甸地弯着腰，父亲也弯着腰，以感恩的姿势对着谷子和大地。大地威仪，清风徐徐地拂过田野，风中的谷子扶摇欲仙，淡淡的谷香随风飘来，那是成熟的谷子说出的第一句米语，也是父亲心里最美妙的歌。父亲左手攥住一把谷子，右手的镰刀向前一挥，谷子就被割倒了，割下的谷子在父亲手里乐得摇头晃脑，割谷子的父亲也在心里乐着，顶着烈日，他干得热火朝天。临近晌午，谷子割完了，父亲在醉人的谷香里回望码在地里的一捆捆谷子，爷爷奶奶的坟茔就在地头上突兀地显眼。一株谷子的梦从发芽到成熟哪一刻脱离过爷爷奶奶的凝望呢？他们活着时，种谷子，收谷子，吃谷子。人走了，就和谷子一样，融入大地。他们住进了谷子中间，而谷子却一直住在他们的身体里！也不知道从何时起，我们每个人的身体里都住进了一株谷子，就像血脉，亘古绵延，生生不息。谷子是大地的精灵，大地用一茬又一茬的谷子将一代又一代的人养大，一代又一代的人也和谷子一样出生、长大，很快老去，回归大地，还原成精灵。谷子和人的轮回仿佛是一个梦，虚幻、浪漫、美好。

这株谷子住在我的身体里，我的耳鼓里就充满了千年的米语和一串串苍老的述说。有一捧谷子，在红山文化遗址的泥土里，静静地躺了五千五百多年，而今，它以炭化的模样与世人相遇，我们的心立刻狂跳不已。这一刻，我看见曾经的江山社稷里以谷为神的祭坛和祭坛下虔诚膜拜的身影，我看见红山先民春天播种的背影及秋天收获的笑脸。那是一个用石犁石铲等石制农具种谷子的岁月，那时的辽西，雨水丰沛，土地厚实，人们种谷子的工具简陋、粗糙，每个人都迷信谷神，他们虔诚地祈祷膜拜，用心地播种锄地收割，每一场农事都是庄严神圣的大事，每一场农事都饱含着天地间最漫长、最殷切的祈福。用石具种下的谷子也带着石头的秉性和气质。瞧，这些谷子籽粒多么饱满瓷实，它和美玉、陶器、泥塑等一起一直在祖先的身边守护陪伴着，历经五千五百年的光阴，不腐不朽。它不光是一个奇迹，更是无声的米语，从幽深的时光隧道里传来，正深情地讲述着红山先民风生水起的日子。而我便在这米语的悄然诉说里，知道了自己的来处。

住在我身体里的谷子，承载上下五千年的光阴，把一串又一串鲜活美妙的米语编织成浪漫的故事，埋进米囤，小米的尊崇和金贵就此打开，灿灿耀眼。在悠悠的米语里，我隐约听见了来自大唐的马蹄声，那是御驾东征的皇帝李世民到了营州（今朝阳），吃了我们辽西的小米后，下令收购带回长安享用的佳话。我依稀看到了乾隆皇帝回奉天祭祖的浩荡人马，招招摇摇地由京城而来，路过朝阳，住在佑顺寺，吃了辽西小米的乾隆皇帝，顿时龙颜大悦，封其为"珍珠贡米"。从此，麒麟山里那个叫荒甸子的地方就成了专门给皇家生产贡米的一块宝地。我也似乎窥见了清朝年间，那个叫丛占鳌的本地政要，每次进京办事，不带金银和奇珍异宝，而是带上好多上等小米。他到了京城，把这些小米送给皇帝，送给交好的王公大臣，送得大家心里喜滋滋。而二百多年过去后，本地人的待客之道一点也没因为时光的迁延而改变，如今的我们给外地的亲朋送礼品，依旧首选小米，因为小米是我们心里永远的无价之宝。

所有的小米都来自那株住进我们身体里的谷子，来自这株谷子的小米每天都伴着我的味蕾有滋有味地享受着食物的美好。每每捧起餐桌上那碗香喷喷的小米粥，我总是心存感激，感激上苍把小米这富含人体所需各种营养、具有多种保健功效的谷物赐给我们，让我们在辽西这块贫瘠的土地上享受着如此金贵的美食。

是啊，这金贵的小米熬成粥被称作"代参汤"。在辽西，女人坐月子，要喝小米粥！有人生病了，要喝小米粥！小孩和老人牙口不好，要喝小米粥！有胃病的人，更是成年累月地喝小米粥！小米养胃更养人，吃小米的辽西人对小米的感情仿佛有身体、精神和心灵上都无法撼动的信赖与迷恋。迷恋小米的我们时刻身陷其中，不能自拔，因为我们每个人的身体里都有一株青枝绿叶的谷子。这株谷子生得宜人可爱，且不枯不败，就像基因，在辽西大地世代传承。

此文发表于《散文百家》2019 年第 8 期

你我人生里经得住咂摸的滋味

李咏瑾

我有一位阿姨，是一家报社的老总，想当年，我才进入媒体这个行当，对她那风云激荡的生活充满了莫可名状的想象和仰慕。印象中她那般的人生，一定天天置身于最热闹的局，说着最精辟的话，喝着最喧嚣的酒，顾盼睥睨，如瀑布般奔雷激荡，永远和聚光灯下最亮眼的人在一起熠熠生辉。

没想到她在闲暇却最喜欢约我喝茶。还是那种最平价的露天老茶馆 5 块钱的大盖碗，附近都是 30 年以上的老式居民小区，因此来这里喝茶的不是白发苍苍暮色沉沉的老人家，就是一些满身烟尘的体力工作者，守着一碗茶，可以在吱吱嘎嘎的斑竹椅上一窝老半天。我陪着她一起窝在那儿，无聊得跟一只小猴子一样坐立不安。我们的另一侧，是亘古平缓的府南河，她经常会盯着河水很久很久，几片似枯非枯的黄叶粘在河面上，就像粘在时间上，剥离不去，缓缓而过。

放下茶碗，我经常给她提出一些明知会被否决的建议：我们去看电影吧！我们去逛街吧！我知道一家好吃得不得了的甜品店……她觉得那些地方太嘈杂，纵使有趣也浅薄得很，她可能根本不觉得那些地方有趣，倒是这样的老茶馆，她觉得静中有动，异常养心。比如她会耐心极好地听茶老板抱怨生意不好做：别说年轻人咯，很多大人（他口中的大人就是我们所说的四五十岁的中年人）居然也喜欢去舶来的咖啡馆。

我阿姨就会逮住话锋宽慰得恰到好处：你的两个儿子是大医生和大律师咯，早孝敬你给你买了大房子咯，你又不缺这两个钱儿。这种妥帖让老板异常受用："那倒是，在屋头闲起一身骨头疼。"边寒暄又边满脸堆笑地拎来热腾腾的大茶壶，满满地给我们续上一注水，我心头一咯噔，站起来又坐下去，得！看来又走不了了。

阿姨也知道我待在这样的辰光里很无趣，她很理解苏东坡要到50岁才明白人间至味是清欢，但是她先见之明地提点我，这样的平淡可以解决我日常跟她滔滔不绝的百分之九十以上的烦恼，其实我的烦恼都是起源于人群喧嚣处，那些充满了新鲜刺激、最有奔头、充斥着角力和张力的地方，我那个时候怎么会懂得身边这些随处可见的平淡呢？但不知怎的，她说起这个话的场景，长久地停留在我的记忆中，年岁一丁一点地增长，竟越来越理解此中有真意。

有一段时间，总是加班到很晚，每天深夜回家时，总会遇见巷子口卖夜宵的老板娘推着她的烧烤车回家。那是一辆远看如此光明灿烂的烧烤车，车头就像深海里的鮟鱇鱼一样甩动着一颗硕大的灯泡，照亮老板娘前行的路。车里的灯光橘黄温暖，据说这种色调的灯光可以增加食物的卖相，增强人们的食欲。

　　白昼是镜，黑夜则沉陷于无边的时光之海中，此刻的街道黯淡而平缓，无人关注，亦无人打扰……我和她仿佛置身于河流的两岸，又好像同在这人生的长河中结伴而行……天上的星河与岚气也这样滔滔奔腾而过，浩瀚而不自知，越发衬得我们两人跟脚下的倒影一样渺小。

　　结束了一整天的喧哗，我此刻内心干瘪，肩膀佝偻，脚步软弱，明明自己还有千头万绪要烦，却总忍不住操心起她车里还剩下多少食材：如果远远看去盘中的肉串寥寥，就莫名为她感到开心；而遇到有时下雨，车里还剩着整盘整盘的肉、大条大条的鱼和大捧大捧的蔬菜，我就忍不住像这寒意袭人的夜晚一样，打个哆嗦，与她感同身受。

　　从没看见过其他的人帮衬老板娘做生意，这个矮小粗壮的女人仿佛生就一人，总是一年四季碌碌推着她的摊档奔波求生，而且推动摊档的姿态也异常生动，袖子高高撸起，以与地面几乎平行的姿势狠狠地推动向前。我能想象她短粗的胳膊上的肌肉坨坨鼓起，这种姿势总让人想起地底深处掘煤的工人，山呼海啸的生命力跃动于向下、向下的粗莽劲道之前，甚至在那些光线、包括脑海里的期望不可企及之处……这样的场景说不上什么特别，但是随着那碌碌的车声，我的内心仿佛受到了某种的鼓舞，生活加诸每个人的力道同样沉重，有的人顺势趴下，有的人摔倒了再爬起来、恶狠狠地推着属于自己的巨石继续向前。我跟着老板娘碌碌的节奏，脚步也越来越快，越来越有力，仿佛一脚踏过去，前方即将冲破这黑夜的围绕。

曾经有一部叫作《生活万岁》的纪录片小火了一把，其实我是不奇怪的，包括之前同样是反映普通人生活窘境的《无名之辈》，都是一个道理。大众下意识地喜欢他们，不是猎奇那些低微人生里的种种匪夷所思之处，而是突然在这些片子里找到了一种内心的观照。"观照"这个词真好，"观"是"又见"，而"照"里有太阳、有水，一派昭昭光明的意味，不管是在佛禅还是老庄中，都是一种充满智慧、又带着悲悯的美学体察。人在痴愚的时候总觉得自己无所不能，总觉得这个世界充满了无限可能，可只有在静下来的时候，才明白自己只是凡俗之人，同样避不开命运的种种苦痛，是异常渺小却是芸芸众生中最有力量的一名。

我曾采访过一位跳河救人的清洁工人。彼时在都江堰春寒料峭的河水边，采访并不顺利，倒不是他不肯配合，而是所有的事他都两分钟说完：时间、地点、人物、结果，此外他木讷得再也提供不了更多的细节。我是在一个大型表彰活动的现场等到他的，他穿着橙红的环卫工人制服，和附近的黑西装截然不同，我开始以为是想凸显他的职业属性，后来才知道他一会儿还要去扫地，懒得换衣服了。就连接受这采访——街道办之前再三和他交流过这采访对他的重要性，他却还是坐不住 10 分钟就跳起来："扫地时间到了。"

　　我拿着录音笔边看着他扫地边和他聊，这种状态并不完全能用恪尽职守来形容，更多的是他遵循并投入这一天一天行进着的、让他踏踏实实的生活，而这才是让他感到安心的终极所在，"就连救人那一刻，我爬上岸心里可焦急了，早高峰就要到了，这条路还没扫完……"我在失眠的夜里想起这个细节，不知是凌晨几点了，外面传来环卫工人唰唰的扫地声，身后的道路一定被扫得格外清朗吧。虽然这并不是那位聚光灯下的环卫工，但是寒冷深夜里独自工作的他或者她同样坚韧，踏踏实实地倚赖着自己每天的生活，仿佛是出于对这种生活、对人活一世的最大敬重。清洁工也好，科学家也好，你也好，我也好，所有人都好，寻找到生活真谛的人最后都回归于本能，这生生不息、浩浩荡荡的人类行进之路啊！

刊发于《中国妇女报》2018 年 12 月 20 日

氾光湖上那盏灯

王向明

一

太阳还没有完全睡醒，氾光湖居民家里的灯就陆陆续续亮了起来。要不了多久，集市口就会变得热闹嘈杂，拉桌子，摆凳子，蔬菜、肉、鱼、蟹，一个个摊位摆好，氾光湖百姓一天的日常生活就开始了。

氾光湖不是湖，原本是江苏省宝应县的一个乡，东临京杭大运河，西靠宝应湖，南接高邮湖，方圆 63 平方公里。1999年，县里乡镇区划调整，氾光湖乡撤销，并入氾水镇。派出所也一同合并，只保留一个警务室。工作踏实、口碑好的李树干，不出意外本来是要去镇上的。谁知，氾光湖的百姓得知他要走，联名写信请求让李树干留下来。所长征求李树干的意见，他没说什么，只说回去想想。看着信上一个个熟悉的名字，李树干的心里突然就像生出了根，那根，牢牢地扎进脚下这片土地。

从此，李树干守着一个人的警务室，日复一日做着平凡的基层警务工作。

多年来，有事找老李，成了氾光湖百姓习以为常的一件事。早些年，从这里去镇上只能靠摆渡。年轻人出去打工，老人和孩子留守在家。于是，哪家有办户口、交电费、买药的事儿，都会找到李树干。他趁着去所里开会的空当，每一件都办得妥妥当当。

这些年，每天清晨 6 点，不用闹钟，李树干就会醒来。先到集市口转转，哪个摊位占道了，哪家车辆停放影响交通了，他都要顺一顺，既要让摊主做得了生意，也不影响百姓正常通行。

管理好集市口，天已经放亮，家家户户的烟囱陆续冒起了烟。如今氾光湖的居民已经用上了煤气，但同时还保留着乡村原有的做饭方式。干净整洁的厨房里，除了抽油烟机、煤气灶，还会盘上一个地灶，上面放着一大一小两口锅，大锅炒菜，小锅蒸米。做饭时，屋顶的烟囱一冒烟，厨房里的香味紧跟着就飘了出来。

早上 7 点，李树干就开始了入户走访。他要赶在村民家里烟囱冒烟的时候去。过了这个点，村民有的下地，有的去打工，家里常常是铁将军把门，想见到人不容易。村民们看见李树干过来，从来不跟他见外，自己一家人吃饭，顺手给老李也盛一碗。李树干摆摆手，说吃过了，顺势在饭桌前的长条凳上坐下，掏出本子。有新情况他就记下来，没有就速战速决，临走的时候不忘叮嘱一句："马上年底了，自己养的鸡鸭鹅，该卖的卖，该腌的腌，别让'三只手'的偷了去。"村民笑着回他："偷了的话，你给我们把人抓回来。"李树干也半开玩笑："要是吃进肚子里的，可给你吐不出来。"一家子人都笑了。李树干也笑，边笑边拿起登记的本子，转身去走访下一家。

二

李树干是"全国公安系统二级英模"、全国"公安楷模"。今年 5 月，在省公安厅、市公安局，还有县里的领导和同事共同见证下，李树干荣誉退休。

虽然脱下了警服，但李树干并不觉得是真正退休了。警察生涯虽结束，但自己还是一名党员，只要氾光湖百姓需要，随时能发挥余热。这不，组织上又任命他为村里的党支部副书记，尽管一分钱工资没有，但他的干劲却一点儿没减。

妻子笑他，这辈子就是当牛拉车的命。李树干也不反驳，反而挺喜欢这个比喻。牛最为勤恳踏实，退休后能像老黄牛一样继续耕耘，也算是增加了生命的厚度。

从家出来，李树干下意识地往集市口走去。那条他穿着警服走了三十年的路，从土路、煤渣路到现在平整的水泥路，他见证了路的变化，也见证了百姓从贫穷走向小康的过程。

还没走到集市口，大老远就听见有人在吵。卖菜的老张和卖鱼的老华，正在为摊位界限的问题争得面红耳赤，眼看着就要动手。老张看见李树干走过来，大老远就喊："老李，你过来评评理！"

李树干看了看，一句话也没说，转身就要走。老张纳闷，问李树干："你咋走了?"李树干说："我已经退休了，你们的事也管不着了。"老华一听也蒙了："老李你不管了，以后我们找谁?"李树干回得很干脆："你们爱找谁找谁！"老张说："那可不行，我们不管你退休不退休。你断事一碗水端得平，向来不洒不漏，该找你还找你！"

其实，李树干不是真不管，只是想来个冷处理。氾光湖这块土地上，有多少条路、多少条河、多少亩地，有多少户人家，每家有几口人，哪些出去打工了，哪些留守在家，李树干的心里都有一本清晰的账。遇到矛盾纠纷，哪些人吃硬，哪些人吃软，哪些人要抬着哄，哪些人要晾一晾，李树干的心里跟明镜一样。

这两人没什么深仇大恨，无非是因为鸡毛蒜皮的事而产生的面子问题，晾一晾就行了。李树干问老张："吵了半天你得到了啥？"老张摇摇头。又问老华："你得到了啥？"老华不吱声。李树干语气严肃地说："折腾半天，肚子气鼓了，啥也没落到，你们图的啥？"两人相视无语。李树干一手搂着一人的肩膀，语气缓和起来："远亲不如近邻，你俩摊位挨着摊位，长年累月搭帮子做邻居，和和睦睦多好。来握个手，这事就算过去了，下次再闹这一出，我可就真不管了。"

两人的手握在了一起。此时，太阳已经爬过了头顶。

刚回到警务室，板凳还没坐热，李树干接到了顾欢的求助电话。顾欢是李树干的徒弟，刚从警校毕业没多久，局里安排他负责氾光湖警务区，算是接李树干的班。警情并不复杂。村民老王把收割稻子的活儿承包给小张，小张将收割机开到地头后，老王觉得要价太高，反悔不干了，打电话又联系了外村一个收割机手。小张一听火了，我大老远把车子开过来，你说反悔就反悔，我的损失找谁要去？就这样，两人争吵起来，愈吵愈烈。

顾欢没种过地，不清楚割稻子的费用，也不知道这种纠纷该怎么调解，只得求助师父。李树干车子还没停稳，小张就三步并两步走过来："老李，你断事公道，你说这事咋办？"了解事情的来龙去脉后，李树干把老王拉到一边："你找人家事先不问价格，人家来了嫌贵，又找别人，确实有点说不过去。我给你算算，后找的这个，一亩地便宜十块钱，十几亩算下来，省了一百多块，这样的话，你给人家小张贴补五十块钱的油钱，还省了大几十块。"老王想了想，这账算得不错。见老王点了头，李树干又把小张拉到一边："都是乡里乡亲的，低头不见抬头见，别伤了感情。你这路程也不远，烧不了多少油，我做主了，给你贴补五十块钱的油费，你看行不？"小张听了，说："钱倒是次要的，没他这么做事的，态度也不好。今天看在你老李的面子上，这事算了。"刚才还剑拔弩张，师父三下五除二给解决了，顾欢打心眼里佩服。回去的路上，李树干告诉顾欢，做社区警务工作，群众基础很重要，平时你心里装着大伙，乡亲们才不拿你当外人。

三

顾欢永远记得第一次走访时候的尴尬。

那天，李树干带着顾欢入户调查。到了一户居民家门口，李树干对顾欢说："你敲门，我站你后面，就全当我不在。"门开了，探出一个脑袋，对方还没说话，顾欢一本正经地说："我是派出所的，到你家做个入户调查，请你配合。"里面的人打量了顾欢一番，没说话，转身就要关门。这时，李树干突然从后面冒了出来："老赵啊，路过你家，看看你这儿有没有需要帮忙的？"老赵一看是李树干，立马露出了笑脸："老李啊，快进来喝口水。"

从老赵家出来，顾欢一脸郁闷。李树干安慰他："别泄气，这次吃闭门羹，是你说话的方式不对。跟老百姓打交道，就得学会用老百姓的语言。你上来一脸严肃，说是派出所的，要调查人家，还让人家配合，人家以为自己犯了多大事呢，哪个愿意配合？"为了早点让徒弟了解辖区情况，李树干带着顾欢上渔船、进农家、下农田。遇到渔民收网，他袖子一挽，撑船的水平不亚于一个老渔民；遇见马路上晒粮的，眼看着要被雨淋着了，他把摩托车往边上一停，拿起簸箕就帮忙；

眼看误了种地的农时，留守老人家的秧苗还没插，他卷起裤腿一干就是一晌。

走的村组越多，见到的村民也就越多，顾欢发现，师父无论走到哪儿，大家看见他都是满脸热情，像是看见了自己家里人。李树干也会趁机把顾欢往前推，逢人就说："这是我徒弟小顾，我退休了，以后他给你们跑腿。谁要敢欺负他，我可不愿意。"李树干说这话的时候，满脸带着笑。村民知道那是在开玩笑，都拍着胸脯保证："老李你放心，谁要不配合小顾警官，我都不能答应。"

李树干退休后，那辆跟随自己多年的警用摩托车，传给了顾欢。一天跑下来，前后挡泥板上沾满了泥渍。李树干拿着毛巾擦了一遍又一遍，一边擦还一边吹，轻轻地摸着这个曾陪着他风里来雨里去的老伙计。仿佛他擦的、摸的不是摩托车，而是一枚闪着金光的勋章。

走访结束，已是暮色四合。李树干和顾欢开始整理一天的走访记录。袅袅炊烟又在屋顶升腾起来，氿光湖百姓的一天开始打烊。警务室里却依然灯火通明。从高处俯瞰，京杭大运河与湖水环抱间，警务室就像是一盏点亮氿光湖的灯。看见它，就看见了光明，便感受到温暖和踏实。

在氿光湖百姓眼中，正是有了李树干年复一年的守护，他们的生活才得以平安祥和。在李树干看来，他终将会慢慢老去，但不管是他，还是徒弟顾欢，抑或是其他同事，总会有一个人头顶警徽，驻守在氿光湖，点亮警务室的那盏灯……

刊发于 2020 年 12 月 21 日《人民日报》20 版大地副刊

请别对妈妈使用反问句

叶浅韵

好几年前，我看到过一篇文章，标题很吸引人。《老妈的更年期遇上儿子的青春期》，它独占噱头地侵略了我的眼睛和心灵。我离更年期似乎还有一段距离，但儿子的青春期说来了就来了。

我有些小紧张，因为周围有许多孩子的叛逆令人炸毛，像是一场场没有硝烟的母子战，到了最后都是母亲战败了。母亲被儿子一步步往后逼，一次次的妥协和让步，都是因为爱，爱之过犹，反倒不及，结果都变成了害。

此前，当教师的大弟这么安慰我。他说，所谓叛逆这个词，都是那些孩子不听话的家长们臆造出来，因为他们必须要为自己教育的失败找一个听上去客观的理由。好吧，看着眼前身高才超过我，就开始摸着我的头顶嫌弃我是个小矮子的娃，我稍微给自己松了下绑。我就不相信，这块从我身上掉下的肉，在我眼皮子底下看着长大的小人儿，他真能跳得起梁高才怪呢。

初二平稳地度过了，也常看到一些娃的异常举动，无非是一些一直想刷存在感的行为，想证明我有思想有主见有自己的世界观了。给他根棒棒糖，有甜蜜也有点疼痛，把他的心肝抚摸平展了，也就好了。娃天生就是依老师教的，老师的话都是圣旨。好吧，他们有一个认真负责的班主任，放心三分之一，省心三分之一，另三分之一，见子打子吧。这见子打子是算盘上的一种游戏，我少年时精于此道。兵来有将，水来有土，我且站在岸边，看娃生长的方向。

事实上，话可以说得轻松，一旦做起来，却常常都有腰疼脑乱的时刻。

中考前夕一个多月，娃突然就了的新动向，先是把关联在我手机上的QQ解除了。从前，他只是用诡异的小眼睛探询我是否偷看了他的QQ。偷看显然是必然的，但不承认也显然应该是必须的。我不大相信那些要尊重娃的隐私的知性又高大的做法，因为我是一个普通的母亲，既然我有方便偷窥他隐私的时候，我当然会乐意暗度陈仓。

慢慢地，我发现自己错了，正是因为他没有隐私，才对我如此大方，一旦有了隐私，就必定要想法抹去一切痕迹。以至于到了后来，他在卫生间里打电话，也开始用英文，而我只能稀里糊涂听个大致，还要武装成什么也听不懂。

此前，他说我是他的好朋友呀。如今，他对我有了不能出卖的好兄弟，有了可以说话的女同学，有了不能让我知晓的新鲜事。上学期我问他，有没有喜欢他的女同学时。他说，妈妈，还没有呢，估计下学期就会有了。此话还被我一度当作笑谈，如此童心洁白，真令我老心高悬啊。我还揶揄他说，长得这么丑，当然没有了，你此一生都该是拼才华拼本事的命，加油吧，小子。待他有点小失望时，我又说，要是妈妈在你们班就好了，我肯定会喜欢你，而且只喜欢你。现在，一切都变了，我是他时刻需要防备的战友。

一段时间，他频繁地对我使用反问句。你说呢？你以为呢？你怎么会这样？你为什么要这么做？你……总之，所有的都是我的不对。从他高皱起的眉头和不耐烦的语气中，我知道我被他嫌弃了。心中的怒火常常被升腾起门高，我又迅速地按下去，才几分钟，一个不留神，我又哪里不对了，他又开始刺起毛来，横竖都不对，大规模地对我使用反问句。这心情啊，常常被他弄得五星级差。

如果我跳起脚来，莫非是我的更年期提前了。好吧，我必须要变成一团棉花，保证他每一次落下时，都不受伤害。我试着沟通，我说，小子，我是你亲妈，你长成刺猬的样子会弄疼我的。他立即说，难道不是你先弄疼我的吗？又是反问句。我在他各种各样的反问句里意乱心碎，且一轮接着一轮，吃饭时上演，出门时上演，睡觉前上演，只要我说什么，他必定随时是反攻的态度，使劲儿用足球场上射门的力量来对抗我。

马上就要中考了，我心里很着急，就尽量顺着毛生长的方向抚慰他。好吧，我适当回避几天，让他父亲料理下他。我倒要看看两头牛在一起相处的和谐程度。事实上，我的担心有点多余，毕竟是亲生的，毕竟都是聪明人，小牛知道，他不能到处点燃战火。我高兴地看到他们结成同盟军，他父亲说，你对你妈妈的态度应该好一些，不要总是对你妈使用反问句。他说，我尽量，只能尽量。

我以为换个选手，比赛就能精彩进行。当书房里的声音越来越大时，我才知道，牙齿和舌头咬上了。小子负气出门，连手机也不带。他父亲追出来，还在咬着牙根说，我赌他不敢去哪里。其实，我好担心，各种孩子们离家出走的剧情顿时想了一遍，越想越害怕，而身边这头牛角上的火气还噌噌冒出几尺高。

一个小时后，小子回来了。我笑着拥抱他，说，妈妈好担心你会离家出走哦。他说，我是那样的人吗？我有那么愚蠢吗？天啊，又是反问句。我最近对反问句呈过敏状态。好在，这次的反问让我没有痛感，只有释然，至少说明他的三观正六根清。

家庭成员之间的战争，有点像三国演义。我小时候看着村子里的纷争，感觉特别有意思，那些兄弟多的人家，一会儿大哥带着小弟打二哥，一会儿二哥又联合小弟讨伐大哥。就连家里这三个人也一样，小子在父亲那里讨不到好处，对我倒是客气了几分。我趁机加些酱油，我说，小子，请别对你妈使用反问句，直接陈述一件事会比你使用反问让人舒心得多，不管是请求还是叙述，说话的语气常常会比内容更重要。

后来，收效明显。许多反问句都变成了两个字"你猜"，我在这两个字里与他斗智斗勇，装傻装凶，用各种颜色蛊惑他。终于在考试前的两个星期，他的情绪回归到平常。看考场的时候，许多家长等在校门外，其中有一个母亲对她的孩子说，别人都进去了，你赶紧进去吧。一句普通的嘱咐顿时让那个孩子炸毛起来，他说，我就是不进去，你要怎么说？母子僵持的局面让人尴尬。

小子出来，我对他说，下辈子你做我妈妈吧，我们试着换个位置。他像忽然就懂事了一样，说，所有的妈妈都不容易，你妈妈更不容易，要养大四个不听话的娃。此情景，令我一下子就想起了我上中学时与母亲使用的各种反问句，与她各

第
三
辑

321

种各样的对抗方式。我一时就理解了眼前这个想要向我证明他正在长大的娃。

我也想起了无数次我使用反问句的后果，因为不能好好说话，不能站在对方的立场上思考问题，一句句毛腔腔的反问句，就引发了各种不愉快。此前，夫曾对我说过，请对我使用陈述句，我不以为然。直到在小子给我的反问句里，我才反思自己的过失。

反问句终是带着一种挑衅和不友善，让人产生反驳、对抗、争辩、否定的意识，进而让事情陷入僵局，实在是一种最愚钝的表达方式。这回，我该是长了教训，想必你也会有所收获。我们都要记住了，请别对你妈使用反问句，请别对一切对你心怀友善的人使用反问句。

刊《中国校园文学》2019 年第 10 期，《青年文摘》2020 年第 2 期转载

嫂　娘

张　岚

"嫂子，我的亲娘啊，你怎么一声不吭就一个人走了呢！"老叔扑通一声，双膝跪在母亲的灵床前，一声呐喊，两行泪水。

一

老叔与生活在深山里的母亲并无任何血缘关系，是母亲嫁给我的父亲后才联系在一起的。

老叔是五爷爷的遗腹子，是曾祖母的亲孙子，也是与祖母相依为命的人。其父牺牲在莱芜战役，作为烈士的遗孤，老叔在曾祖母温暖的怀抱里长大了。曾祖母中风时，老叔刚刚考到县城读中学，每周雷打不动需要带走一周的煎饼和咸菜；照顾曾祖母、为老叔备饮食便成了一件必须办又极难办的事情。为此，爷爷一筹莫展。

"我去照顾俺奶奶吧。"母亲抱着自己刚刚出生不足三个月的儿子轻声说的一句话，如同一个响雷，一下子让全家人震惊了。爷爷咳了两声说："他嫂子，按理说，你五叔为国牺牲了，是功臣，照顾好烈士的儿子、护理好你奶奶是最要紧的事情。你可要掂量清楚了，咱们现在的生产队，是全大队数一数二的富裕队，每个工能拿到七八角钱；你要去的是每个工是 9 分钱，是有了名的穷队，那苦日子可是没个头啊。"

"爹，这些俺都想过了。可俺奶奶得有人照顾，刚子（我老叔）每周回来拿饭得有人给他张罗，他上学的事不能耽误啊。"母亲平静地说。

被惊了很久的父亲终于忍不住了："这可不行。从奶奶住的村子到我工作的大队部少说要十里山路，一天一个来回就是二十里。咱奶奶住的那个地方岭高土稀，吃水要到三里路外的河里挑；我经常开会、值班不在家，刚子在县城读书，那个破破烂烂的院子和透风漏雨的房子就你和奶奶住着，我还不放心呢。再说了，奶奶孙子一大堆，正着数、倒着算怎么也都轮不着咱。"

"都快一个月了，我没听着谁愿意去伺候，总不能让奶奶就这样一个人躺着，时间长了身上还不招蛆？听说刚子回来两次没拿上饭，抹着眼泪走的。这事我琢磨了很久了。你忙你的，我保证不扯你的后腿。"母亲是一个极有主见的人，全家谁也没有拗过她。

二

母亲搬到曾祖母和老叔生活的"簸箕掌"的第一天，七十岁的曾祖母下身已经不能动弹了。

照顾曾祖母的头几年，正是人民公社化时期，父亲除了参加大炼钢铁，就是兴修水利工程，照顾曾祖母和正在上学的老叔的任务就全落在母亲一个人身上。白天到生产队出工的时候，母亲就用布兜把大哥系在背后，挑担、锄地、种苗，母亲样样干得比别人好；中间休息的时候，再飞快地跑回家给曾祖母端水、给曾祖母接屎接尿；晚上没有油灯，母亲总是借着月光纺线、剥花生、洗衣服、纳鞋底；到三里外的河里挑水的时候，母亲总是把大哥系在背上，再挑起百十斤重的桶水过沟越岭回到家。

除了照顾曾祖母，母亲每周要为老叔摊上一包袱煎饼。为了保证老叔的饭食，母亲都是先把剁碎的地瓜干子掺上少许粮食用石磨磨好，然后长久地坐在厨房里的"鏊子前"把一大盆煎饼糊一张张烙成煎饼，之后再一一叠好。这是个费时费力的活，但无论什么时候，母亲从未误了老叔回来带饭。母亲就里里外外一个人忙着，日积月累练就了一项特殊的本领：摊煎饼、纺线时都是一只手抱着孩子、另一只手劳作，从不误事，村里人无不惊奇。甚至有的婆婆责骂儿媳妇的时候，总拿母亲做参照，说："你看看人家的媳妇。"每次回家拿饭，老叔总是对母亲说："嫂子，您太遭罪了，我不上学了，回家帮您照顾咱奶奶吧。"母亲总是笑笑说："大兄弟，家里有我，你就安心读书吧。"老叔每次离开时，无论多忙，母亲总是把他送到村头，然后再站到东岭上一直望不到老叔的影子后才回家。

三

三年困难时期，最难的是给老叔备口粮。家家户户喝的稀饭都是能照出人影来的"菜糊涂"，母亲就口省肚挪，顿顿吃糠咽菜，以至于全身浮肿，腿上一摁一个窝，半天回不去。就是在这样的年景下，母亲却能保证让曾祖母一周吃上一个鸡蛋。在吃饭都成了问题的年代，鸡蛋更是稀罕之物。好在，母亲的娘家爷爷是个养蜂高手，即使贫穷的岁月，蜜蜂因花儿照开而正常酿蜜，因为大哥奇瘦，姥姥担心养不活，一个月送三五个鸡蛋、些许蜂蜜，母亲便悉数留给了曾祖母。

曾得过大病的曾祖母竟活过了一百多岁。她时常对我说："岚子，我的命是你妈给的，你老叔是你妈养大的。你妈才是你老叔的娘啊。"曾祖母是在这样持续的唠叨声中无疾而终的。

四

曾祖母的后半生，最挂心的应该是从小失去父母之爱的孙子——老叔，她做梦也不会想到，一个和她的孙子毫无血缘关系的女人，竟然给了老叔超越父母的爱。

沂蒙山地薄岭高，粮食产量不高，每年每家分得的棉花纺成线再织成布，仅能做两身衣服。除了我的父亲一身外，我们兄妹常年穿着大改小的衣服，冬天出来进去，就一身空心的棉衣再无多余替换。哥哥顽皮，棉袄的袖子、棉袄的角早就磨破露出了棉花，母亲总是缝了又缝、补了又补，直到参加工作，母亲才给大哥做了一身新衣服。而每年老叔回来的时候，总会有一身崭新的中山装、两双千层底的布鞋等着他。从没有得到父慈母爱的老叔时时感受到来自这位大嫂的亲情和爱，对大嫂也多了一份特有的亲近。

　　有一年的夏天，还在上学的老叔竟然突然回来了。母亲忙着张罗好饭后去敲门竟半天没有动静。母亲推开门一看，床前有不少呕吐物，额头更是滚烫。那时几千口人的大队仅两名赤脚医生，放心不下的母亲立即捎信让其中的一名医生来家里诊治。医生来后诊断为胃肠性感冒，为老叔挂起了吊针。当时，父亲也正好在家，母亲便炒了两个小菜让父亲陪医生"喝两盅"。半个多小时后，老叔的呕吐却更加严重，母亲哭着说要赶快送老叔去医院。父亲不停地用眼神制止着母亲，怕伤了医生的面子，母亲却呼天抢地，最终打动了医生，父亲背起了老叔，在母亲的帮助下爬上了拖拉机赶到了镇医院。原来老叔得了重度脑膜炎，赶到医院时已近昏迷，医生说若是再晚来几个小时老叔就会没命了。母亲和父亲一起衣不解带地在医院照顾老叔，直到老叔脱离了危险。之后，老叔含泪说："嫂子，你不仅救了咱奶奶的命，也救了我的命，您是比娘还亲的人呢。"

五

　　因为是烈士的后代，六十年代初老叔中学毕业后便到县机修厂参加了工作，因为老叔有文化、有闯劲，没几年便成了厂里的一把手。年轻的老叔意气风发、才气逼人，在几千人的大会上，脱口讲话三个多小时不会有重复的句子。花无百日红，七十年代末期，老叔被批斗审查后下放回老家改造。那时，曾祖母已经不在了，原来的老院子也坍塌了。孤单的老叔回到上无片瓦、下无寸土的乡村，看到周围的人如同躲瘟神般远离着自己，蹲在破院子里抱头痛哭。曾祖母去世后，重新盖房另住的母亲含着泪走过去拉起老叔说："大兄弟，天无绝人之路。到俺家吧，只要有俺一口吃的，就有兄弟吃的。"老叔便在我家住下了，这一住就是一年多。生产队里总是把最难干的活分给他干。没干过"庄户"的老叔怎会干农活？夏天割麦子是个技术活，老叔割了第二下便把自己的手割得鲜血直流。整整一个夏天，老叔所有的割麦任务都是母亲带着我未成年的大哥完成的；忙完了地里的活，母亲再跑回家做饭。老叔看到最多的是母亲满是汗渍、盐渍的背影和一溜小跑带起的细风。那时，老叔总是把自己关在屋里躺在床上两眼望向屋顶，有时吃着饭也会忘了咀嚼。左邻右居不时对着母亲说闲话：麦收时节谁不想变成三头六臂？这么大的小伙子白吃白喝，怎么就不能出来搭把手？母亲不但没有怨言，对老叔更多了一份照顾。有天夜里老叔突然不见了，母亲焦急万分，喊上全家人四处寻找，终于在离家很远的松树林里找到正想寻短见的老叔。母亲一把夺过老叔手里的绳子，边流泪边大骂："你爹是个了不起的英雄，怎么生了你这样一个狗熊？有啥过不去的槛，大不了咱们就在家种地。咱们本来就是山里的人，不偷不抢，有啥丢人的？你若是这样寻了短见，那才让人在背后戳脊梁骨、丢死人哩。"母亲连骂带劝的痛批，戳到了老叔的痛点，他跟老牛似的哭着对母亲说，他要上北京找党组织。那时，家里家外没有一分钱，母亲忍痛割爱剪掉了自己留了几十年的长长的发髻，卖了给老叔做了盘缠，在大队部的父亲给老叔开了介绍信，老叔才得以到了北京。

正是这次北京之行，老叔落实了政策，成了全村第一个工农兵大学生，三年毕业后被分配到县农机厂。那时的老叔已三十多岁却还没成家，大学毕业后谈的对象是老厂长的女儿，了解老叔情况后的老厂长强烈反对，并断绝了父女关系。母亲听说后，捎信让老叔和女朋友回到老家，收拾出一间小屋，用旧报纸糊了墙面；拆了家里仅有的两床被子，把两床的被面拆下来，做成结婚用被子的被面和被里，老叔就算结了婚，有了一个家。

六

每当说起旧日艰难的岁月，老叔总会眼圈发红。他不止一次地对我说："比我仅仅大 9 岁的嫂子，操的是比亲娘还大的心。我这一辈子，谢天谢地谢党中央，但最不应该忘的，是我的这个嫂娘啊！"

发表于《散文（海外版）》2019 年第 9 期

与书房有关的记忆

王怀宇

传统意义上的书房大致是以书架和书桌（也有人称写字台）为标志的。拥有书房曾经是我整个青年时代的奢梦。当然，电脑时代的书房那就是后来的事了。

1989 年大学毕业后，作为城市流亡部落中的一员，我开始有机会到一些拥有书房的人家做客。那些人家的装饰是否华丽我没记住，我只对那些书房有着深刻的印象。尤其是书房里有那么多的好书，真是让我羡慕不已。他们当中有的是我的文学前辈，有的是我的大学老师，有的是我的单位同事，当然还有另外一些附庸风雅的人。

单位没有员工宿舍，居无定所的我一心想租到一间便宜的房子。更大的目的就是要建立一个真正属于自己的书房。但我每月120元的微薄工资去了吃饭、穿衣等日常生活花销就所剩无几了。怎么算我每月也至多能省出50元钱，这还不计同事结婚、同学来访等意外支出，我只能在城市的郊区寻找那些看上去破旧一些的平房了。

我一度就如小狼一样梭巡在市郊，梦想找到一个"天堂"。我的运气还算好，连续十几天的徘徊之后，我果然在一个阳光明媚的上午以每月50元租到了一间平房。这在当时，已经是城市郊区住宅的最低价了。那天我非常喜悦，心想总算有个家了，终于可以在家里构建自己的书房了。

当天下午，女朋友就帮我借到了一辆"倒骑驴"（人力三轮车）。我没来得及观察天气情况，就决定马上搬家。所谓搬家，不过就是把寄存在大学同学宿舍里的书搬到租住的郊区平房。除了几件破行李，主要是大学四年里积攒下的书和本。几个要好的同学帮我们装好车，我就和女朋友蹬着"倒骑驴"向城市的郊区进发了。

那是一条漫长的沙石路。我头一次认识到"倒骑驴"在装上沉重的书本之后会是这样的难蹬。需要女朋友在一边奋力地帮着推，车子才能"吱吱咯咯"地缓缓前行……

一个晴天响雷过后，大雨就下起来了。我没想到会下雨，也就没带任何防雨工具，唯一能挡雨的就是一个不足半平方米的旧桌面。我就把它盖在那个最大的纸箱子上了，因为那个大纸箱子里装着我最心爱的好书。此时正是所谓的"前不着村，后不着店"地段，我们只能选择继续前行。

平日看上去很坚挺的大纸箱子被雨一浇就立刻变得软塌塌了。加上市郊凸凹不平的沙石路造成剧烈颠簸，重重的书就铅水一样从大纸箱子里流淌了出来。那一刻，我觉得书们是液体的，它们绝对是从纸箱子里流淌出来的。以前我只是常听人说"稀淌哗漏"，这回我可真是见识了什么才是真正的"稀淌哗漏"啊！看见女朋友不断地把它们从泥水中拾起来，我的心都要碎了。那是很馋得我少吃了多少回"肉条儿"和"鱼段儿"省下来的钱换回来的好书啊！还有，那天女朋友洁白的小腿浸泡在半尺深的黑色泥浆里，是我至今都无法淡忘的残酷细节……

我的书们虽然遭遇了严重的污损，但经过我和女朋友的精心擦洗、晾晒、压平和打磨，绝大多数还是幸存了下来。书们看上去虽然像一群伤兵，但毕竟还"健在"着。只是有的伤了肢体，不得不挂起了拐杖，有的毁了面容，只好缠上厚厚的绷带……

安定下来很久，我才意识到：原来，那日风雨中幸运没来得及瘫软下来的几个纸箱子就是我多日后的书架；那块差点儿被丢弃的不足半平方米的旧桌面就是我接下来的书桌。

苦难的现实并不止于此。一个月后，我出差回来已是深夜，我不知道我租住的郊区平房会因为另一场大雨而于室内"暴发洪水"。我摸着黑一进屋，就一脚踏入了半米深的污水里。打开灯后，我才发现只有一双拖鞋仍然漂浮在污水之上，所有的书本和衣物无一幸免，竟然全部罹难。衣物倒无所谓，我最心疼的还是我的那些好书啊！我欲哭无泪，绝望至极，差点儿一屁股坐在满地的污水中。

我原地站了好久，才不得不接受了眼前的惨象。痛定思痛，我想也许搬家那天的大雷雨就预示了这个结局，人干不过天，就得认命了。

1992年的春天，对我来说，绝对是值得纪念的。有人说，我的努力工作感动了单位领导，单位破例分给我这个年轻人一间小房子。尽管也有人说，那是因为同志们都嫌那房子太小，没人肯要才轮到了我。但我这个人天生乐观，我还是宁愿相信前面那个说法。这样，我就于1992年春天意外地拥有了第一个真正属于自己的小房子——一个9.6平方米的插间。拿到小房子钥匙那天我欣喜若狂，那毕竟是位于市区里的带阳台的楼房啊！城市里有我的一席之地啦，我可以不再流浪啦，我可以不再租那个冬冷夏不凉的郊区平房啦，更更重要的是，这回我也可以拥有自己的书房啦！

一共就九点六平方米，我就让它既是卧室又是书房吧。书架当然是最最重要的。我就在整个东山墙上由上而下钉了三道木板。那长长的三道木板摆上长长的三道好书，看上去气派极了。我一度为自己简单而大方的书架感到自豪。只是我的书桌暂时要简陋一些了，去了床，实在没有地方放上一张哪怕是最小的书桌了，我只好用一个可以折叠起来的烫衣板代替书桌。

虽然实际上那只是个破旧的插间，共同出入一个房门的邻居又是一个不太通人情世故的大龄单身男子。但对我来说，这毕竟是自己的家，已经相当不错了。只要我在家，痴迷于象棋的单身男子就整天都会缠着我不放。即使我的女朋友来了，我们也做不成任何越轨的事情。单身男子总是让我陪着他没完没了地下象棋，并不怎么会下象棋的我却总能把他杀得落花流水。他就更加不依不饶了，一边瓮声瓮气地说必须得报仇雪恨，一边又把棋子认真地摆好。有时，我只好假装比他下得更臭一些，但还不能让他看出假来。我得一本正经地痛惜着是哪步棋走错了才导致了后来的溃不成军，才能听到他开心的憨笑声。只有这样非常"真实"地输给他一盘棋之后，我才有可能清静那么一小会儿。

1993年单身男子意外地走了，我就在九点六平方米的小房里安安静静地结婚了。后来，又生了女儿。我的生活就更加安定下来。白天我去上班，晚上回来写作。抽空还可以逗逗可爱的女儿。不知不觉中，我的二十几个中短篇小说和我的第一部长篇小说就在那个熟悉的烫衣板上写成了。

随着女儿的成长，我才突然感到我们生存空间的狭窄。以后的一些年中，我为了改善生活环境也曾四处奔波了一段时间。我为个体老板写过报告文学，为民营小报拉过广告，还为一家知名企业当过企划经理……总的看都还没有离开文字，我就多多少少一直还像个文化人。

之后的六年的时间里我搬了四次家。一开始是租了个稍大一点的房子，后来是租了个更大一点的房子，然后是买了个稍大一点的房子，最后是换了一个更大一点的房子……

最难忘的还是第一次拥有书架和书桌那次搬家。那是两个仿光明家具的"贴皮"书架，对它们，我已经是相当满意了。一路提醒着搬家公司的人一定要轻拿轻放，生怕被人家磕了碰了。搬完家那天晚上，我和妻子认认真真、一本一本地把并不太多的好书整整齐齐地摆放在那两个心爱的书架上……直到后半夜，我仍毫无困意，还在不时地瞄着那两个"贴皮"书架，对妻子说，它们可真款式啊！

现在看来，似乎往事不堪回首。但当时我是幸福无比的。在那些有好书看的日子里，我从来没觉得自己生活在不堪或痛苦中，反倒觉得那些窘迫和无奈也是意味深长的。所以我一直认为人是一种纯粹的精神动物。金钱上的穷人和富人是一回事，精神上的穷人和富人则是另外一回事。就像我的一位作家朋友所说的那样：穷人有穷人的欢乐，富人有富人的烦恼。

2008 年我又搬了新家。这次，我有了自己独立宽敞的大书房，有了一大排深红色的实木书架，有了好几千册精装图书，有了超豪华的写字台，还有了最先进的笔记本电脑……可我却没有了昔日的万丈豪情和热切期盼，我常常一个人坐在宽大的书房里发呆。有时我想，与现实生活相比，还是我过去那些与书房有关的记忆无比美好，我应该永远把它们珍藏起来……

原载于《中国文化报》2008 年 6 月 24 日，选载于《新华文摘》2008 年 19 期

另一种生活

陈　涛

　　镇政府的院子里有两棵核桃树，高高大大，枝繁叶茂。树是镇上干部种下的，一晃几十年过去了。其中的一棵在我楼下，拉开窗，青翠满目，伸手可触。在大片的绿叶中间，点缀着青绿的果，它们都结挂在枝条的尽头，鸡蛋大小，有的单独一个，有的则两两相对或者三个一簇。我时常坐在院子中央的那棵核桃树下，腿或蜷或伸，透过枝叶与小楼交织下的小块天空望出去，不远处的朵朵白云，轻盈透亮，环绕山间，也不知过了多久，直到白云变得模糊，终融入灰色的天空。月亮升起来了，同样升起的还有心底的一份平静的难过。

　　小镇生活缓慢而悠长，在这里有过往有未来，有传统有现代，有落后也有开放，这其中既有地理上的缘故，也因生活方式、思维习性等依旧保有浓厚的农业文明基因。小镇是旅游区，城里人的大量涌入无形中改变并塑造着小镇特有的精神气质。老旧与洋气的穿着装扮，偶尔加快旋即归于慢缓的节奏，本色与异化交替呈现的居民特性，这一切的碰撞交织、矛盾挣扎，都将在小镇中长期存在。

从小镇到村里的路程不近，多年后我再次拥有了一辆摩托车，再次开启了我的摩托时光。粗略算来，距上次骑摩托车已有十五年。那时家中有一辆军绿色的原装进口的日本嘉陵摩托车，这辆车从使用到淘汰有着接近二十年的历史。之所以学会骑摩托车，源自与父亲的一个约定。1997 年，我参加高考，父亲说等我考取大学，他就教我骑摩托车。幸运的是，我考取了，此事却无了下文。在等待开学的一个夏日午后，我偷偷把车推到家对面小学的操场上，自己摸索起来。在一次次的发动与熄火后，父亲远远地走过来。原来，午睡的他透过窗户看到了我的行为。记得他当时只是低声地骂了我一句，然后开始教我："发动、捏离合、挂挡、松离合、加油门。"我很快掌握了这个程序，算是学会了。我与父亲还有一个约定，他说等我考取高中他就戒烟，后来我果真考取，他用了很多方式，最终把烟戒掉了。不知父亲与奶奶是否也有过一个约定，在奶奶卧床六年的时间里，他每天帮奶奶做饭并扶她吃饭，帮她翻身，抱她上厕所。六年间，他的膝盖跪出了茧，腰椎出了问题，可奶奶被照顾得很好。市里电视台要为他做一期节目，他说照顾自己的老娘有什么好宣传的。起初我有劝他，后来想想，觉得也是。现在回想起这一切，会由衷地笑，夹杂其间的苦涩也无法改变那段时光的美好。

除去每天骑着摩托车在小镇与村子间往返，还有一件常做的事就是散步。有时饭后与当地的朋友一起，边走边聊，内容庞杂，天气地理、民俗逸事等，以野史居多。更多时候则是自己一个人，在清晨、午后或者黄昏，穿过镇里那条最繁华同时也最尘土滚滚的砂石路，向河边去。小镇就那么两条主路，几乎每年都要挖开、填上，再挖开，再填上。每次我都会从冶力关桥的位置向西，沿着冶木河的两岸走一个大大的椭圆，行程五六公里，用时大约七十分钟。冶木河的名字由来，我始终未弄清，亦不知它从哪儿来，流向哪儿去，只见它每天就在或宽阔或狭窄的河道里流着淌着。河水流量不大，大一些的石头裸露于河床，时常有白头黑背红尾巴的小鸟立在上面，或者倏忽一下滑过水面。向西走不到一百米，停下，转身，向右上方望去，远山连绵，仔细端详之下竟可看出一副睡佛的模样，尤其是佛头，形容逼真，叫人不得不击节赞叹自然的奇妙。当地有人曾为其作诗一首：

十里修躯化作山，人间沉睡已千年。

凡尘忧乐何关我，静卧唯参梦里禅。

整条冶木河处在冶木峡谷中，河两岸的道路一条在山脚，一条离山脚的距离也不远。其实不唯是冶木河，整个冶力关镇都被群山环绕，晴天尚好，村民的白色房子星点般点缀于山腰，若赶上做饭时分，炊烟袅袅，直叫人想起"白云生处有人家"的诗句。每逢阴天下雨时，乌云低垂，一团团似乎要压下，将一切笼罩，也有一些云气缥缈于山间，宛若仙境。

河两岸错落有致，河床上长满芦苇以及不知名的野花，连枯草也别有一番韵致。有次与小马一起走路，他指着一棵要两个人才能环抱的大树告诉我，从前河两边这样的古树很多，后来因修路被砍掉了许多。"可惜啊！"他大声叹了一口气。想到村子也是如此，村人告诉我，冶海天池的水流经池沟村变成了池沟河，河两边都是粗大的白杨树，夏季绿树成荫，河水的常年浸泡使得许多树从树根处生发了根根红色的须条，在水中摇曳生姿，河水也似乎因此变换了颜色。后来不知哪里来了一支施工队，悄无声息地修建了河堤。如今站在狭窄整齐的河堤旁，昔日美景徒留回忆。冶木河边的风景也会吸引许多外地的师生来写生，我曾见过多次。有次一领导突发奇想，要写生的学生为池沟村画墙绘，我因内容部分跟他争执不下，我坚持要多做一些关于民风民俗、地方典故、自然风景的内容的墙绘。或许在他们看来，我是如此固执，因为他们无法体会当我站在冶木河边想象着一排排的古树，以及在池沟河边想象着昔日情景的心情。

　　在小镇上生活，尤其当我散步或骑着摩托车在街道穿梭的时候，无时无刻不感到这个由熟人朋友构成的社会有机体是怎样的强大，而又个性鲜明。小镇上的人多和气，在这一段时间了，都没见到吵架与打架的情况发生，可能因为即使不熟的人拐两个弯都会扯上关系吧。作为一个突然闯入小镇的外来者，自然地适应并融入虽也不难，但总归要多一些时间。起初，一个人去购物，卖价高且无商谈余地；去吃饭，偶尔也会遭遇店家不提供服务的情况，一切都是淡淡的、冷冷的。若有当地人陪同，一切则又会和和气气、简简单单。庆幸的是，在镇上工作的许多干部也多是外地人，也有许多人两地分居，与我一样是单身在此，所以有些觉得难做的事情就喊他们陪同。对于这种生活的不便，我无法也无从抱怨，因为在他们的眼里，一拨拨的背包游客与我毫无区别。而遇到的种种，也在不断提醒着我与他们真正融入的距离。

　　远离北京，远离北京的生活，仿佛进入了一个失重的世界。缓慢节奏下时间犹若停滞，面对这多出许多的时间，如同面对突如其来的巨额财富，一时竟有些不知所措。时间，面临着再次的切割与分置。与此伴随的是规律与计划的打破，甚至丧失。住在镇政府的大楼里，这个有着百十人的单位，我每天见到的人并不多，偶尔碰到问去哪里了，答复说下村了。对他们而言，每天坐在办公室是难以想象的，而开会到凌晨两三点也不是什么大惊小怪的事情。前些天，我去走访贫困户，山上山下走了个遍。每天都不知道吃饭的时间与地点，有时候饿了就在村民家里吃一块面点。在这个地方，村民都很热情，他们待客的方式除去倒茶，就是端出油饼、花卷等种种面食。对他们而言，面食已不仅仅是种饮食习惯，更成了他们生命体中不可分割的一部分，在潜移默化中完成了与自身生命体的同构。走访的过程中，有时我以为该结束去吃饭了，却车头一拐，又奔下一家而去。对于一个长期接受严谨训练并且陶醉其中的人来说，无法掌控的时间，无从掌控的计划，都是对其耐性的考验。在村里，在镇上，永远都是未知的等待以及说走就走的安排。不知村子的项目进度怎样，要等；不知各级领导的视察时间，要等；甚至今日也不知明日的事情流程，要等。只有身在基层，才会懂得基层的含义，即信息传达的尾端末梢，以及无法摆脱的需要不断调整才能适应反复多变的信息的命运。

我知道，我终会在核桃树下日渐松弛，也终会释然于这简单枯燥、充满未知的生活。这何尝不是生活的一种恩赐？在生活严格训练下，紧绷的身体，费力攥紧的拳头，以为已然抓住，殊不知松开之后才是真正的拥有。生活，原本未知，明亮无疑的坦途，也存有黑暗充盈的沟坎。在生活的内部，不灭希望地淡然行走，或许才会在遭遇各种纠结、困境、变故时依旧故我。功成名就的荣光与身败名裂的惩罚，对个体而言，拥有着同样的意义。生活之于个人，个人之于生活，莫不如此。

北风吹

陈楫宝

一

外公是从北疆一路颠簸回家的。

那是鄂东己未年腊月的一个早晨，下了两天的雪还在没完没了地下，门口屋檐上，已经挂满了玉帘似的冰凌，野外两处池塘，如一双黛眼，凝视着昏黄的天空。屋里大门闩着，二门掩着，依然听到屋外寒风嗖嗖。

那年我六岁，还没有上学堂，被早起的母亲三番五次催喊着起床。最终她冲进卧室，掀开被子。我乖乖地起床到堂屋拧起装满垃圾的土簸箕，要打开后门，到外面村口小烂泥窖里倒掉。我刚拉开后门门闩，就感觉一股力量由外而内，低矮的左右两扇门板被推开，一个大身影直接盖住了光亮，夹着寒风和雪花，涌进屋子。我赶紧侧着身子闪在一旁。

"外公！"我认出来了，丢下土簸箕，径直扑上去，好久没有见到他了。外公戴着护耳雷锋帽，裹着皮大衣，皮大衣除了领子羊毛有点儿污黄，里子全是乌泱泱的白羊毛，成排成排的竖立着，像外面的雪一样白亮。外公摸着我的头，径直走到堂屋方形的饭桌，拉开一把椅子就自顾坐下。

母亲闻声从厨房跑出来，看到了外公。她迈不动腿，怔怔地看着。然后她用衣襟擦拭着眼睛，过了好一会儿才上前，喊了一声"父"！随即她双手在外公左胳膊、右胳膊、后背上摸来摸去，然后拍着皮大衣和帽子上的雪花，边拍边颤着音说，纯来打了电报回来，问你到家了没有，说可能把你给丢了——我们都困不着觉，急得要死。

"我好着呢，社会上好人多。"外公挥摆了一下大手，顺势摘下帽子挂在木椅靠背右把手上。母亲转身跑到厨房，往外面忙不迭地端碗白米粥、腌萝卜、辣椒糊和辣椒炒藕片……外公不吃菜只喝粥，一碗又一碗，他至少喝了三大碗。他大口喝热粥的声音，至今想起，依然在我的耳畔滋滋响。

那是外公从北疆回到家里吃的第一顿早餐。他们之间仿佛在诉说着一个巨大的秘密，在我幼小的心灵，种下了诸多疑问。这些疑问充满着诱惑：北疆在哪儿？他去北疆干什么？打电报的纯来又是谁？……直到外公几年后去世，我上小学五年级了，母亲才告诉我，那次外公从北疆回老家，一万多公里，一路辗转，一路上遇到好人。尤其是母亲透露给我，冯纯来是舅舅，外公养大的，算是亲舅舅。外公去北疆，是把舅舅的未婚妻从老家护送到伊犁。

我竟然有亲舅舅。这太让我意外了。

二

打从我记事起，印象中就没有亲舅舅。

我的记忆中，外公孤身一人，住在武山湖畔冯秀村东头的一间小土屋，光线暗淡，长期关闭着后门，即使白天也是阴沉沉的，没有穿堂风经常光顾，初踏进屋子，有股发霉的味儿。

但是，我从来没有听说过，也没有见到过我的亲舅舅。

这让童年的我一度神伤。每年过年，经常在村口碰到拜年回来的小伙伴们，斜挎着一个粗布黄书包，书包里塞满了拜年礼物，有水果糖、饼干、烧饼、麻条以及酥糖等，他们炫耀着说这是他们舅舅家给的。

我撒腿跑回家，关上房门，把被子蒙着头，一泄滂沱的委屈和伤感。

直到外公去世后，母亲告诉我，你有一个亲舅舅，他在北疆伊犁。我才逐渐在心里释然。不过，舅舅长什么样？为什么在伊犁？他们在那儿过得好吗？我什么时候能够见到他呢？这些疑问就像种子，伴随着我从童年到少年，在心里慢慢发芽，长成了满腹心事。

我读初三那年，家里收到一封挂号信，从伊犁霍城县国营种羊场邮寄过来的。是舅舅。他写字飘逸，字个头儿大，写了好几页信纸。他在信中说那儿经济条件好，活儿多，让姐姐安排送一个外甥过来，可以找事儿做。

"他还是晓得事的。"母亲听着我一个字一个字地念，听了两遍，红着眼圈发出感慨。

舅舅来信啦。我则完全沉浸在这个传言中的舅舅果然真实存在着的莫名幸福感中。

冯纯来是我的亲舅舅。准确地说，他不是我外公外婆生的，是养子。

舅舅冯纯来的生父冯细银，与我外公冯济美之间是没有出五服的同族堂兄弟。1959年，冯细银跟随北疆支边大部队，万里赴边疆。

舅舅生母郭外婆与冯细银是二婚，带着一个女儿改嫁过来，地方文曲戏演员。她没有跟随丈夫远赴北疆，而是带着儿女四处慰问唱戏。那时候恰值三年自然灾害，家里穷，不到三岁的舅舅身体虚弱，头上生疮，拧起来一瘫，站不稳，大家都认为养不活，我的外公外婆两个女儿外嫁成家了，于是他们俩领养了他。冯纯来成了我唯一的舅舅。

舅舅有了新家。人到中年的外公外婆全身心扑在孩子身上，送他上小学、中学，直至舅舅逐渐长成风中的一条壮汉。

三

长大成人的舅舅，最终离开了老家，远赴北疆，投奔了他的生父。

那是在我外婆胡带娣去世的第二年。

舅舅走的那年，我也就三岁多一点儿。

之所以是在外婆去世后才离开，是因为外婆在世时扬言，只要我活着一天，就不能让儿子离开。从小到大，外婆爱子如命，一直把舅舅捧在手上，挂在心上，锁在身旁，视如己出。

聊起诸多外婆宠爱的过往细节，舅舅许多年后眼里噙泪，有关母爱的咽苦叶甘。

舅舅还是去了北疆。冯细银给外公写信，拍电报，以为孩子谋取广阔的前途为理由，希望孩子回到自己身边。

这对于我的外公外婆而言，是痛苦而难以接受的。尤其是我的外婆，说什么也不同意，撕掉电报，烧掉来信，赶走游说的人，举止强烈甚至极端。

这种状况维持不了多久。由于疾病，我的外婆不久就去世了。

外婆去世后，内心也挣扎过的外公，终于同意放手。外公对母亲说过，老家农村穷，一间小土屋，担心讨不上媳妇。天大地大，不如儿子终身事大。

舅舅离开湖北老家时，已是弱冠之年，跟随我的外公外婆一起生活了十七年。

有意思的是，舅舅抵达北疆的第三年，外公就去了北疆，他不是一个人，而是带着一个姑娘，也就是我的舅母。

舅母是舅舅的生母郭外婆牵线介绍的。两个天南地北的年轻人在通着书信，彼此情投意合。九月初，舅母决定要去北疆找舅舅。外公扔下农活，专程陪送她去北疆。说走就走，他们一老一少一路颠沛，赶到伊犁霍城县时，已是晚上八点多，北疆比故乡天黑得晚，此刻白如昼，凉爽的空气甚或飘着野葡萄的果香，他们一出汽车站，就看到了舅舅骑着大白马，在翘首以待。

外公既然来了，舅舅就不打算让他回去，留在边疆养老送终。舅舅跟外公商谈说，我给您在这儿弄一块地，种点儿烟叶，一亩地一年可以赚二百元。外公一听，眼睛发亮，在老家即使全家五口劳动力全勤出工，一年也不过一百来元收入。外公紧接着来一句说，那还得养一头肉猪。舅舅吃惊，赶紧制止他说，边疆属于少数民族地区，有民族风俗，不让杀猪。外公一听，就有些不乐意了。

大雪封路，转眼一个冬天快要过完了，外公就嚷着要回去过年。外公认为把舅舅的人生大事完成——成家立业，一块石头落了地。在这儿天天苞米面，即使馍馍蘸蜂蜜，也吃不习惯，还是喜欢吃大米饭。舅舅说路途太远，天冷。外公豪气干云，扬言没事，再远的路也能走回去，不怕冷，走路走的身上起火。

拗不过外公，舅舅就寻找机会。公路开封的时候，有一远房亲戚要回湖南办事，舅舅就委托他带着外公一起走，顺路送到武汉下车。

没想到到了乌鲁木齐后，就发生了意外。抵达乌鲁木齐火车站，买好了火车票，那人把外公安顿在候车室，自己临时外出办事，叮嘱外公务必原地等他回来，下午二点钟之前不要动。一点钟还没有到，一列开往北京的列车在广播通知催上车。性急的外公看到坐他周边的乘客呼啦一下都站起来，涌向检票口，他一看就慌了，不管三七二十一，也跟着起身，拧着包裹，被汹涌的人流挤上了车。

这趟车直接把外公拉到了北京。到了北京，外公觉得不对，就去找列车员，他们听半天才知道外公坐错了车。他们热情地让外公免费坐车原路返回乌鲁木齐。

从霍城县出发时，舅舅给外公买了一套羊毛皮大衣，长筒皮靴，还塞了一百元钱。从伊犁到乌鲁木齐车费十七元，从乌鲁木齐到武汉火车票四十九元。一番折腾后，外公身上没钱了。他把长筒皮靴给卖了，终于凑足了乌鲁木齐到武汉车票钱。四天四夜，漫漫路途遥遥，外公究竟是怎么熬到武汉的？母亲说，一路上有好心人给外公买小餐。

外公在汉口港撞见了一个熟人，借钱买了一张回家的船票。

陪送外公回南方的那人，二点钟之前赶到火车站，突然发现外公不见了，四处找，还申请了火车站广播找人，不见人影。他跑到火车站派出所报案，借用手摇电话打回霍城县种羊场总场办公室，总场派人骑马赶到农田村，把外公丢失的消息告诉了舅舅。

走的时候好端端，怎么转眼就把老人家给带丢了?!

舅舅接到消息，当即差点儿晕过去。

四

丁酉年初夏，跟随首都作家采访团抵达边疆采访北京援疆事迹，我有幸逗留伊犁。我终于见到了舅舅一家。

舅舅刚退休，在家闲不住，跑去跟人家学会了轧路机驾驶技术，在霍尔果斯路桥干活。握手时手掌有力，他那被大西北风吹晒得黝黑的脸庞饱满，印堂发亮，岁月可以催人老，但没有消磨斗志。

他给我翻看一些收藏的私人珍品，有当年通向边疆的边防证，有红皮初中毕业证书，有结婚证等，这些纸制品抵抗不了时光的磨损，已经泛黄。

一桌丰盛的晚餐。舅舅在伊宁市买了房子，把家从霍城县搬过来了。在霍城县承包建筑工程的细哥赶过来了，带着三哥，还有细哥发小老家隔壁村月哥等人。

他们被舅舅喊过来陪我，喝团圆酒。

那年舅舅发挂号信回家，本来是想让三哥来北疆的。那年三哥二十六岁，正是一个年轻人体力最好的年纪。可惜，三哥那会儿犯浑，混社会。这个机会就落到细哥头上了。

细哥那年十八岁，独自一人上路。那是他的梦想，出门打工干几年，赚了钱后回老家盖一栋大房子。因此，他奔赴远方的步伐，铁蹄生风。

细哥几乎走着跟舅舅一样的道路，娶了老家的媳妇，在北疆成家立业，买房，干事业，生儿育女。不同的是，细哥兑现了当年奔赴北疆的承诺，在老家盖了一个大房子，带了不少老乡来北疆发展。

但是，舅舅自从当年离开鄂东老家后，四十多年再也没有回去过。

每年初夏，万亩薰衣草开遍霍城肥沃的土地，香气吹过赛里木高山湖泊。沿着萨尔布拉克河逆流而上，舅舅喜欢爬上连绵起伏的天山余脉，眺望南方。

"年轻时候，我们想多赚点钱，再回去；成家后，有了儿女，想等着孩子长大了再说；儿女长大了后，想等着退休……现在是退休了，但是——"喝的有点儿高的舅舅，眼圈红着，特意看了看坐在对面的儿子，我的表弟，一时无语凝噎。

舅舅有两个孩子，表妹在当地学校当老师，成家了；表弟已过而立之年，膀圆腰阔，面目敦厚，笑起来像舅母，眼睛眯着一条缝。不过，表弟尚未成家，这是舅舅的一块心病。

"我想回老家给养父母修墓立碑，想把儿女以及儿女的孩子们名字一个字一个字地戳上去——"舅舅端起酒杯没喝，放下，再次看了我的表弟一眼说，"我还有任务没有完成——"

表弟在闷头吃饭。他肯定听得懂自己父亲的画外音，潜台词。

我的哥哥姐姐们也是我父亲的养子养女。中年守寡的母亲带着三哥细哥和细姐改嫁给我的父亲。至今，我和同母异父的哥哥姐姐们毫无疏离，从未分过彼此。

我的三哥人到中年娶了守寡的三嫂。三嫂带了两个男孩过来，一个三岁，一个七岁，生龙活虎，聪明伶俐。三哥没有要自己的孩子，倾力养育两个养子，把他们养大成人，并送到武汉读了大学，让他们迎来各自光亮的前程。

三代人，三代养父母养子女——一切似乎冥冥之中有着千丝万缕的联系，似乎有着共同的神性。这不是悲情，这是命运，是造化，更是温暖和美好的人世间。

"只要舅舅想回去，无论我在哪儿，都会随时提前赶到，把所有的事情安排好。"我敬了舅舅一杯酒，故乡，总得要回去的，哪怕看一眼。

舅舅没有言声，嘴唇翕动着，似有千言万语又不知从何说起。这一刹那，我似曾相识，想起了在天国的外公。

首刊于《长江丛刊》2021 年第 4 期，《散文（海外版）》2021 年第 8 期转载